AF355100

Eufemia von Adlersfeld-Ballestrem

Tragödie im Palazzo Pavonazetti
(Historischer Krimi)

e-artnow 2018

Elisabeth Bürstenbinder
Um hohen Preis

Eufemia von Adlersfeld-Ballestrem
Palazzo Iran (Historischer Krimi): Venezianische Geheimnisse

Eufemia von Adlersfeld-Ballestrem
Detektiv Dr. Windmüller-Krimis: Weiße Tauben, Die Erbin von Lohberg, Das Rosazimmer, Die Fliege im Bernstein & Povera Farfalla - Armer Schmetterling

Elisabeth Bürstenbinder
Die Alpenfee

Elisabeth Bürstenbinder
Ein Gottesurteil (Historischer Roman)

Eufemia von Adlersfeld-Ballestrem

Tragödie im Palazzo Pavonazetti (Historischer Krimi)

Gespensterjagd in den Straßen Roms

e-artnow, 2018
Kontakt: info@e-artnow.org

ISBN 978-80-273-1230-6

> Begreift ihr's nicht, daß wir Gewürm nur sind,
> Bestimmt, zum Engelsschmetterling zu werden
> Der schutzlos sich zum Himmelsrichter aufschwingt?
> Dante, Purgaforio X.120.

Wer jemals das wunderbare Schloß Farnese, zwischen Rom und Viterbo gelegen, besucht hat, wird gewiß gern der Behauptung zustimmen, daß seine landschaftliche Lage ganz einzig schön ist. Dieser wahrhaft königliche Palast, heute Nationaleigentum, führt lange schon ein Dornröschen-Dasein, hoch über der römischen Maremma am Fuß des Monte Venere gelegen, ein Lug-ins-Land ohnegleichen. Rechts der Lago di Vico, in welchem der Monte Venere sich spiegelt, links der See von Bracciano, der wie ein schimmernder Saphir in seinem Bett liegt, überragt von dem großartigen, wie aus dem Fels gehauenen Schloß der Orsini, jetzt der Odescalchi, ihm gegenüber am andern Ende Anguillara mit der schönen, vielgezinnten Burg des römischen Patriziergeschlechtes gleichen Namens. Der Überlieferung nach stand in alten Zeiten unweit von Bracciano die antike Stadt Sabate, die der See nach und nach überwältigte; an klaren Tagen soll man noch durch das glasklare Wasser die Häuser, Tempel und Statuen unversehrt stehen sehen. Über den See hinweg, in bläulichem Dunst verschwimmend, sieht man wie eine Silhouette die Kuppel der Peterskirche von Rom; gradaus aber bis ans Meer die römische Maremma, in welcher milchweiße Rinderherden grasen, und aus grünen Laubinseln hier und da ein schlanker Campanile aufsteigt, wie beispielsweise aus den Ruinen der lange schon der Malaria wegen von ihren Einwohnern verlassenen Stadt Galera, auch einst ein Sitz der Orsini. Zur Rechten sieht man über herrliche Wälder und fruchtbare Felder die Türme von Viterbo ragen am Fuß des Monte Cimino, dem Ausläufer des Soracte, die Umgebung dieser hochinteressanten Stadt inkrustiert mit Schlössern und Landsitzen – ein einzig schönes Landschaftsbild, dessen Beleuchtung, mit der Tageszeit wechselnd, ihm immer neue Reize verleiht, nicht zum mindesten, wenn die Abendnebel violett aus der Maremma aufsteigen, und in eine Sonnenuntergangsglut übergehen, die so märchenhaft intensiv ist, daß man sie mit eignen Augen gesehen haben muß, um sie zu glauben, denn gemalt wiedergegeben würde man diesen von Purpur zum Scharlach gesteigerten Farbenrausch, der in Gold, Lichtgelb und Apfelgrün verschwimmt, für ein Phantasiegebilde des Malers halten, der imstande war, eine solche Pracht auf der Leinwand zu verewigen.

Zu Füßen des berühmten Palazzo Farnese liegt das Städtchen Caprarola, eigentlich nur aus einer langen Straße bestehend, zu deren Seiten einige um etwas hinausgerückte Landhäuser oder Villen liegen, und dahin flüchten sich vor der Sommerhitze, die Rom zu einem Hochofen macht, zur Villegiatura[1] einige wenige, die hier Aufnahme finden können. Warm, sehr warm ist's ja dann auch hier auf dieser an sich nur unbedeutenden Höhe, aber die Nacht bringt erfrischende Kühle von den Seen und vom Meere her, die Luft ist staubfrei und belebend wie prickelnder Champagner, hohe Laubbäume gewähren willkommenen Schatten, und der Duft von Tausenden blühender Feldblumen durchwürzt die klare, reine Atmosphäre.

In der Villa Gelsomino, der Sora Luigia Allori gehörend, von der man behauptete, daß sie das Licht der Welt bereits in dem türkisch gemusterten Kattunschlafrock, ohne den sie noch keine Seele gesehen, erblickt hatte, waren mit dem unerträglich heiß gewordenen Wetter in Rom zwei ›zahlende Gäste‹ eingezogen. Die Villa war nur ein kleines, rosa getünchtes, mit grüngestrichenen venetianischen Fensterläden versehenes Häuschen, halb versteckt in Jasmingebüsch, das ihm den Namen gegeben, und von den wenigen Räumen, die es enthielt, vermietete die gute, dicke Sora Luigia die beiden netten Zimmer, die ihr Stolz waren: eine kühle Cammera da letto[2] und den danebenliegenden Salotto, von dem man auf die schattige Veranda gelangte, welche fast den gleichen herrlichen Ausblick, nur niedriger gelegen, bot wie droben der Palazzo Farnese.

Auf dieser Veranda saßen an einem schönen, frühen Sommermorgen, der die ganze Landschaft zu ihren Füßen in strahlender Glorie zeigte, die Gäste der Sora Luigia am sauber gedeckten Frühstückstisch, auf dem zum Schmuck in schlanker Glasvase ein Strauß süß duftender

Damaskusrosen prangte. Es waren diese Gäste der weithin berühmte Privatdetektiv Dr. Franz Xaver Windmüller und seine schöne junge Frau, mit deren Heimführung er nicht nur seine zahlreichen römischen Freunde, Bewunderer und Verehrer vor wenig mehr als einem Monat nicht bloß überrascht, sondern, was mehr war, *freudig* überrascht hatte, als er sie als Herrin in seine Villa am Gianicolo in Rom gebracht. Die Geschichte ›Woans ick tau 'ne Fru kamm‹ ist in der Erzählung seines letzten Falles unter dem Titel ›Mit veilchenblauer Seide‹ ausführlich geschildert worden, soll darum nicht besonders wiederholt werden, aber es darf nicht verschwiegen werden, daß es alle, die ihn kannten, doch lebhaft interessiert hatte, daß er, den man für einen eingefleischten Junggesellen gehalten, im Herbst seines tatenreichen Lebens, das an Ehren und – Gefahren überreich war, dem Zauber einer Frau erlag, die zwar auch aus ihrer ersten Jugend heraus war, trotz ihrer fünfunddreißig Jahre aber noch so frisch und blühend aussah, daß selbst die schärfsten weiblichen Augen ihr zehn Jahre weniger zu geben geneigt waren, und man gern begriff, daß sie das Herz dieses Mannes zu gewinnen vermocht hatte.

Ihm selbst, obschon ja sein noch ungelichtetes Haar an den Schläfen zu ergrauen begann, sah man es gewiß auch nicht an, daß er ›des Lebens Mittaghöhe‹ schon überschritten. Ungebeugt war seine hohe, schlanke, elegante Gestalt, klar sein scharfes Augenpaar, das dabei so gütig blicken konnte und um das nunmehr erst wenige ›Krähenfüße‹ ihre verräterischen Runen gezogen; ohne sonderliche Altersrunzeln war sein glattrasiertes, feines Gesicht mit dem markanten Moltkeprofil. Wer seinen Beruf nicht kannte, hätte ihn nie auf den gefürchteten ›Bluthund‹ der Herren Verbrecher eingeschätzt, ihn vielmehr für einen Gelehrten gehalten, der er übrigens in gewissem Sinne auch war als der Menschenkenner, der den homo sapiens zu seinem Studium gewählt und zu seinem Privatvergnügen auch noch das des Kunstgewerbes, wofür seine kleine, aber prächtige Antiquitätensammlung in seiner römischen Villa ebenso Zeugnis ablegte, wie die Schublade voll Ordensauszeichnungen für die Erfolge seines eigentlichen Berufes. Hatte er doch längst schon aufgegeben, ›niederes Wild‹ zur Strecke zu bringen, dafür aber als Jäger von ›Hochwild‹ an hohen Stellen reichen Lorbeer gepflückt.

Und nun saß er wie jeder x-beliebige Sommerfrischler auf der Veranda der Sora Luigia und sah mit vor Glück leuchtenden Augen seiner schönen Frau zu, wie sie mit ihren schlanken, weißen Händen den Kaffee einschenkte und ihm ein Brötchen strich.

»Sie hat die goldnen Augen der Waldeskönigin«, zitierte er für sich zum wer weiß wievielten Male das Eichendorffsche Gedicht, denn diese ›goldnen‹ Augen in der dunklen Umrahmung, die so pikant von dem aschblonden Haar ihrer Besitzerin abstach, hatten es ihm nun einmal angetan – klare, reine Augen, die immer der geheime Traum seines bewegten Lebens gewesen, bis er sie endlich gefunden, da schon der Herbst ihm den ersten Reif aufs Haupt gestreut.

Mit dem trefflichen Kaffee der Sora Luigia, die im übrigen auch für die sonstige Nahrung ihrer Gäste sorgte als die treffliche Köchin, die sie war, hatte die Ragazza, der dienende Geist des Hauses, auf den Namen Assunta hörend, die bereits vom Postboten von Ronciglione abgelieferte Post mitgebracht: ein paar unwichtige Briefe sowie die Zeitungen von gestern für Windmüller und einen dicken Brief für Frau Evis; und als sie ihn nach genossenem Frühstück öffnete und ihn sowie eine gedruckte Einlage gelesen, sah sie lächelnd zu ihrem Gatten auf, der eben eine der Zeitungen weglegte.

»Meine Cousine und Doppelgängerin Lilias läßt ihren begeistert bewunderten neuen Vetter, dich nämlich, grüßen«, sagte sie, seinen fragenden Blick beantwortend. »Wichtiges schreibt sie ja eigentlich nicht, es sei denn wichtig, daß es ihr und den Ihrigen soweit gut geht. Aber denke nur, sie legt ihrem Brief einen Zeitungsausschnitt bei, aus dem man über Deutschland erfährt, was in Rom vorgeht! Ist das nicht allerhand? Hier hast du das Blatt, lies selbst und sage mir, was Wahres daran ist.«

Windmüller nahm den offenbar einem Zeitungsfeuilleton entnommenen Ausschnitt und las nicht ohne gelegentliches Kopfschütteln unter dem in riesigen Lettern gedruckten Titel:

›Gespensterjagd in Rom. Das schwarzrote Phantasma‹[3]

den umfangreichen Artikel, wortwörtlich hier wiedergegeben, wie folgt:

Seit einigen Wochen trat in Rom ein neues Phantasma in die mitternächtliche Erscheinung, und zwar in einem Stadtviertel, das bisher ganz unberührt von derartigen Erfahrungen gewesen war. Zuerst wurde es von einem jungen Mann gesichtet als ein etwas seltsam gekleidetes, augenscheinlich weibliches Wesen. Sie, die einsame Wandlerin, trug einen feuerroten, kniefreien Rock über schwarzen Seidenstrümpfen, einen schwarzen Hut, tief ins Gesicht gedrückt, ein rotes Seidentuch um den Hals geschlungen und schwarze Handschuhe. Nun, eine interessante Begegnung, – dachte sich unternehmungslustig der junge Mann und besann sich bereits auf die Begrüßungsformel, womit unternehmungslustige junge Männer alleinspazierengehende Mädchen anzusprechen pflegen. Doch im letzten Augenblick hielt ihn eine unerklärliche Scheu zurück. Er bemerkte jetzt auch einige Einzelheiten, die ihn noch mehr einschüchterten. So ging diese junge Dame in Rot und Schwarz auf eine ganz eigentümliche Weise, das Gesicht gesenkt, die Schritte unnatürlich verlängert, lastend schwer und doch wieder unheimlich leicht hüpfend. Als sie zufällig einmal den Blick hob, sah der junge Mann in zwei weißliche, verschwimmende Augen, die in ein Nichts zu starren schienen. Und zum Schluß machte er noch eine furchtbare Entdeckung:

die seltsame Nachtwandlerin hatte *überhaupt keine Füße! Etwa zehn Zentimeter über dem Erdboden hörten ihre Beine auf.* Da packte den jungen Mann ein Entsetzen, das er bisher nicht gekannt hatte. Er floh nach der entgegengesetzten Richtung und gelangte in seine Wohnung mit Angstschweiß auf der Stirn und mit schlotternden Gliedern.

Diese nächtliche Begegnung sprach sich schnell herum, wurde belächelt, bespöttelt und als mutwillige Erfindung aufgenommen. Jedenfalls war die Zahl der Ungläubigen anfangs weit größer als die der Gläubigen. Doch bald wurde die unheimliche Erscheinung auch von andern gesehen, bald in dieser, bald in jener Straße; und überall wo sie auftauchte, blieb kaltes Entsetzen zurück. Die Zahl der Ungläubigen nahm rapid ab. Die wenigen aber, die sich einen letzten Rest von Mut bewahrt hatten, organisierten eine Jagd auf das schwarz-rote Phantasma, um das Geheimnis zu lüften und die Unbekannte als das zu entlarven, was sie aller Wahrscheinlichkeit nach sein mußte.

Es war ein aufgeregtes und lärmendes Treiben in diesen Tagen im ganzen Stadtviertel. Doch wo sich auch immer die Spukgestalt sehen ließ, stockte die beginnende Verfolgung schon nach den ersten Sprüngen; die Verfolgte war immer so schnell verschwunden, wie sie aufgetaucht war, so als hätte sie der Erdboden verschlungen. Es ist verständlich, daß sich zum Schluß auch die Polizei mit dem ruhestörenden Lärm in dem sonst so friedlichen Stadtteil beschäftigte und auch ihrerseits die Jagd auf das Phantasma begann, allein schon, um den lächerlichen Aberglauben der Einwohner zu zerstören. Also wurden einige Polizeibeamte mit der Klärung der ›Angelegenheit‹ betraut.

Wirklich gelang es auch einem der Gesetzhüter, die unheimliche Spaziergängerin zu sichten, wie sie in dem bekannten schwarz-roten Aufputz eine halbdunkle Straße entlangglitt. Kurz entschlossen, stürzte er hinter ihr her. Aber die Unbekannte schien eine ausgezeichnete Langstreckenläuferin zu sein. Die Verfolgung dauerte bereits geraume Zeit, und immer noch wollte es dem Polizisten nicht gelingen, den Zwischenraum zwischen sich und der Verfolgten zu verringern. Doch endlich schloß eine hohe Treppe die Straße ab, durch die eben die Jagd ging; auf dieser Treppe mußte die Verfolgung ihr Ende nehmen, mußte sich das Geheimnis entschleiern, denn sie führte auf einen Platz, der keine Ausgänge hatte. Der schon atemlose Verfolger strengte also seine letzten Kräfte an. Doch was geschah nun? Die Fliehende nahm mehr als zehn Stufen auf einmal und flog in einer rasenden Schnelligkeit die Treppe hinauf. Aber der Beamte sprang ebenso schnell nach. Fast hatte er die Unbekannte erreicht, als diese, eben am Ende der Treppe angelangt, zu Boden stürzte. Wollte es der Zufall, daß in diesem verhängnisvollen Augenblick auch der Verfolger stürzen mußte? Er griff noch nach dem roten Rock . . .

Als er nach kaum einer Zehntelsekunde wieder aufblickte, bereit, die Unruhestifterin, die ein ganzes Stadtviertel in Aufregung versetzt hatte, zu verhaften, fand er zu seinem größten Schreck niemanden mehr. Seine rechte Hand, mit der er nach ihr gegriffen hatte, lag in einer schwarzen Wasserpfütze, in der sich die Lichter der Laternen rot spiegelten. Ein schriller Pfiff auf der Signalpfeife; Schutzleute stürmten aus andern Straßen herbei . . . aber das Phantasma blieb verschwunden, wie so viele Male schon. Der Erdboden hatte es wie einen schweren, sich senkenden Nebel aufgesaugt.

Soweit die Berichte der Zeitungen . . . Und bis heut weiß man immer noch nicht, wer das seltsame Wesen ist. Nur behauptet der Polizist, der im letzten, verhängnisvollen Augenblick zu Boden stürzte, daß er in ein bleiches, tieftrauriges Gesicht geschaut hätte, das eher einem *Manne*, als einer Frau anzugehören schien.

Jedenfalls wagt sich nach Mitternacht niemand mehr in dem vom schwarz-roten Phantasma heimgesuchten Stadtviertel auf die Straße; wer jedoch seine Wohnung aus irgendeinem Grunde verlassen muß, der bekreuzigt sich vorher dreimal und verlängert furchtsam, den kalten Griff der Angst im Nacken, die Schritte. . .

»Nun, was sagst du dazu? Was ist deine Meinung von dieser sonderbaren Sache?« fragte Frau Evis gespannt, als Windmüller seine Lektüre beendet.

»Ich erinnere mich ihrer aus den römischen Zeitungen, welche sie anscheinend nun für erledigt halten«, erwiderte Windmüller nach einer Weile. »Ohne Augenzeuge der seltsamen Erscheinung gewesen zu sein, kann man Stellung dazu nicht gut nehmen, jedoch wäre eine Aufklärung der Frage nicht uninteressant, ob, von wem und warum alle diese Leute genasführt worden sind.«

»Oh, du meinst also, die ganze Geschichte ist nichts, als eine Täuschung?«

»Das muß man wohl solange annehmen, bis das Gegenteil bewiesen worden ist.«

»Ich wüßte einen, der es könnte – dich!« rief Frau Evis lebhaft, und als Windmüller nur lächelnd mit den Achseln zuckte, setzte sie schmeichelnd hinzu: »Hättest du nicht Lust dazu? Oder meinst du, es sei keine Aufgabe für dich, das heißt für deine Bedeutung?«

Windmüller antwortete nicht gleich. Er blickte sie zunächst stumm an, während sein eben noch so freundliches Gesicht ernst wurde. Dann sagte er:

»Als ich unserm nunmehrigen Diener, meinem früheren gelegentlichen Gehilfen, dem unschätzbaren Thelesphor Pfifferling mitteilte, daß ich mich verheiraten und damit meinen bisherigen Beruf aufgeben würde –«

»Franz Xaver – davon weiß ich ja kein Wort!« fiel sie erschrocken ein.

»Ja nun, das ist doch selbstverständlich«, erklärte er mit etwas künstlicher Gelassenheit. »Jeder andre Beruf, eingeschlossen der eines Soldaten und eines Seemanns, die ja allzeit kriegsbereit sein müssen, ist meines Dafürhaltens kein Ehehindernis; aber ein Detektiv, der sein Leben beständig zu Markte trägt, sollte keine Frau nehmen, sie nicht der nie und zu keiner Stunde nachlassenden Sorge um Leben und Gesundheit des Gatten aussetzen. Evis, noch weißt du nicht, ahnst es selbst vermutlich nicht im entferntesten, was es bedeutet, dem Verbrechen in seine dunkelsten Winkel nachzuspüren. Es geht dabei wahrlich nicht allemal so ungefährlich zu, wie zum Beispiel bei ›dem Fall, der keiner war‹, den ich für deine Cousine Lilias so befriedigend für sie und mich erledigte – auch der hatte seine Seiten, von denen man nicht wissen konnte, was dabei zu erwischen war –, oder bei meinem letzten, der mir als höchsten Lohn dich errang. Das war ein Kinderspiel gegen jene Fälle, in denen ich selbst für mein Leben keine fünf Pfennige mehr gegeben hätte. Man kann im voraus niemals wissen, in welche Lagen man bei der Übernahme eines Falles geraten wird, und darum dachte ich, es sei nun an der Zeit, meinem Beruf Valet zu sagen –«

»Den Beruf, den du mit Leib und Seele geliebt und ausgeübt hast, Franz Xaver!«

»Das habe ich wahrlich, Evis, weil ich in ihm einem idealen Zweck diente, dem Zweck, das Verbrechen zu sühnen, Unschuldige zu schützen. Immer hin aber lebt der Mensch nicht nur von seinen Idealen, auch das Herz fordert endlich einmal sein Recht, und dieses wurde mir in dir zuteil. Also, um zu dem zu kommen, was ich vorhin sagen wollte: als ich dem Pfifferling kund und zu wissen tat, was mein Entschluß war, erregte ich damit die ebenso beleidigende wie schmeichelhafte, geradezu homerische Heiterkeit dieses Kamels, das mir versicherte, ich sei allemal niederträchtig schlechter Laune gewesen, wenn mir mal bloß vierzehn Tage lang kein neuer Fall angetragen wurde! Daß du mich für einen solchen begeistern willst, beweist mir, daß Pfifferling die Wahrheit gesprochen, recht gehabt hat. Bin ich denn wirklich schon in solch‹ niederträchtig schlechter Laune dir gegenüber gewesen?«

Evis, deren Augen bei Windmüllers Erklärung verdächtig feucht geworden waren, mußte nun unter Tränen hellauf lachen.

»Ich habe noch nichts davon gespürt – das kann ich beeidigen. Unsern braven Pfifferling habe ich nie für ein Kamel gehalten, und wenn er dir seine Meinung in diesen drastischen, beziehungsweise ungeschickten Worten kundtat, so beweist das nur, daß ich mit meiner guten Meinung von ihm recht habe; denn was er damit ausdrücken wollte, sollte doch nur heißen, daß es dir unmöglich sein würde, einem Beruf zu entsagen, der dir in Fleisch und Blut übergegangen ist, in welchem du geleistet hast, was dir ein andrer so leicht nicht nachmachen würde. Franz Xaver, du weißt, mußt es wissen, daß meine ganze Verwandtschaft, alles was Sennheim heißt, meine Cousine Lilias eingeschlossen, auf dich schwört, dich für einen herrlichen Menschen hält und ich dich für ›den Herrlichsten von allen‹ – und mit gutem Grund. Was du mir eben gesagt, ist nur ein neuer Beweis dafür, und meine Antwort ist ohne jeden Rückhalt: Mit meiner Einwilligung sollst und darfst du deinem Beruf nicht entsagen! Unter keinen Bedingungen! Ist's ein Wort?«

Statt aller Antwort stand Windmüller auf und schloß seine ›Waldeskönigin mit den goldnen Augen‹ in die Arme.

»Das sprach meine tapfre Evis, die mit wahrem, echtem Heldenmut, durch Feuer und Wasser siegreich aus einer Prüfung hervorgegangen ist, wie sie härter kaum ausgedacht werden konnte«, sagte er bewegt. »Seit ich dich heimgeführt, Geliebteste, bin ich aber tatsächlich noch nicht in die Lage gekommen, zwischen meinem Entschluß, meinen Beruf aufzugeben, und der Versuchung, einen neuen Fall zu übernehmen, einen harten Kampf auszufechten. Aber sollte eine Gelegenheit sich bieten, dann wollen wir miteinander beraten, ob –«

»Nein, das werden wir nicht beraten. Darüber hast du einzig und allein zu entscheiden,« fiel sie ein, »ohne irgendwelche Rücksicht auf mich zu nehmen! Ich habe ja doch mit offnen Augen den Detektiv Windmüller geheiratet, wußte ganz genau, daß seine Arbeit kein harmloses Kinderspiel bedeutet, und wenn du dabei in Gefahr kommst, dann wird mein Herz dich schützen, weil es dich doch begleitet.«

Windmüller tat einen tiefen Atemzug und streckte beide Arme aus.

»Ich hätte es wissen müssen, daß ich dich trotz allem bis zur Stunde unterschätzt habe«, sagte er mit frohem Lachen. »Evis, Geliebteste, so wären wir denn auch in diesem Punkte einig! Vielmehr, du hast mit dem feinen, unfehlbaren Instinkt deines tapfern, warmen Herzens gespürt, daß dein alter Franziskus Xaverius auf der Bärenhaut verkommen würde, solange Kopf und Corpus ihm den Dienst noch nicht versagen. Ceterom censeo: Was diesen Wisch mit dem Bericht von dem schwarz-roten Phantasma in Rom betrifft, so will ich ihn preisen als die *Anregung zu dieser klärenden Aussprache;* sonst hat er wohl keinen Wert. Es ist ohne weiteres verständlich. daß die Sache als ›Fall‹ für mich überhaupt nicht in Betracht kommt; denn erstens ist man doch gar nicht erst auf den Gedanken gekommen, sie durch mich zum Beispiel aufklären zu lassen, und zweitens ist dadurch niemand zu Schaden gekommen, außer dem das sogenannte Phantasma verfolgenden Polizisten, der dabei in eine Wasserpfütze gefallen ist. Wenn das ja auch nicht gerade wohlgetan haben mag, sintemalen Pflastersteine oder steinerne Treppenstufen als Sprungfedermatratzen für gewöhnlich keine Verwendung finden – blaue Flecke und beschmutzte Kleidungsstücke dürften als Grund, einen Windmüller in Bewegung zu setzen, nicht genügen. Und nun, Geliebteste, wie wär's mit einem Spaziergang in den Park des Palazzo Farnese? Denn ich weiß, daß es dahin dein Herz sehr zieht.«

Evis war gleich bereit, und als sie unterwegs waren, meinte sie:

»Du hattest ganz recht, Franz Xaver, daß es mich sehr in den Park droben zieht, von dem ich schon soviel gehört und gelesen, aber ich muß schon gestehen, daß auch das Schloß selbst zu sehen mich außerordentlich reizt. Ich weiß nicht, ob du es verstehen kannst, daß Häuser, *alte* Häuser mit einer Vergangenheit, einen großen Zauber auf mich ausüben, daß nicht nur ihre Mauern, auch ihre Einrichtungsgegenstände mir allerhand erzählen können.«

»Das kann ich sehr gut verstehen, Liebste«, versicherte Windmüller. »Ich neige sehr zu Hudson's Theorie von der Imprägnierung von Räumen und Gegenständen durch Menschen, die sie früher bewohnten und benutzen. Diese Imprägnierung zu empfinden, ist aber nicht jedermanns Sache, sondern einfach individuelle Begabung, die unter Hunderten vielleicht nur einem einzigen verliehen ist. Es gibt ja zum Beispiel auch Leute, welche es fühlen, ob ein Gegenstand, den sie berühren, echt ist, oder nur eine wenn auch noch so geschickte Fälschung – auch ein Beweis für Hudson's Imprägnierungstheorie. Ich kenne sogar einen Edelsteinhändler, der die Echtheit eines Juwels nur durch die bloße Berührung erkennt. Die oft gehörte Redensart ›Ja, wenn die Steine reden könnten –‹ ist eine gedankenlose Phrase, denn die Steine reden und wissen viel dem zu erzählen, der ihre Sprache, das heißt ihre Geschichte kennt. Und wo das in unbekannten Gebäuden nicht zutrifft, wo die Sprache versagt, da tritt bei damit Begabten das Gefühl, die Intuition in Kraft. Ja es gibt Menschen, die in solchen Mauern und Räumen zu *sehen* vermögen, was für die Augen dicht danebben Stehender unsichtbar bleibt. Das sind psychologische Rätsel, vor denen die exakte Wissenschaft haltmachen, die Segel streichen muß. Man könnte zu diesem Punkt ein tiefes Wort in Beziehung bringen, das ich unlängst irgendwo fand: ›Das ist der religiöse Mensch, dem der Sinn für die Wirklichkeit des Übersinnlichen aufgegangen ist.‹ Ich hab's dir angesehen, Liebste, als wir das Schloß Bracciano besichtigten, daß du darin mehr und andres gespürt hast, als die Durchschnittstouristen, denen es vor und nach uns gezeigt wurde. Nun, Caprarola hat auch viel zu erzählen; also heut wollen wir zuerst das Schloß besichtigen.«

»Ja, o ja! Bitte!« rief sie lebhaft. »Du aber, der du seine Geschichte kennst, mußt mich zuvor das Nötigste darüber wissen lassen.«

»Ob es mehr ist, als was du selbst schon gelesen hast, möchte ich dahingestellt sein lassen«, meinte Windmüller, über ihren Eifer lächelnd. »Zu einer flüchtigen Skizze jedoch dürfte Wissen und Zeit genügen. Soviel weißt du ja schon, daß der Palast, der diesen Titel wahrlich mit Recht führt, von Vignola in den Jahren 1547-1559 für den gelehrten Kardinal Alessandro Farnese erbaut wurde, und zwar auf dem festungsartigen, mit Bastionen versehenem Unterbau, den Pier Luigi Farnese bereits im Jahre 1530 von Baldassare Peruzzi errichten ließ. Um den kreisrunden Hof dieses Gebäudes erbaute nun Vignola in höchst genialer Weise den imposanten, zweistöckigen Palast, der seinesgleichen suchen dürfte, schon weil er die Form eines Pentagons, eines Fünfecks hat, dessen fünf Seiten all die gleiche Länge haben. Also, avanti!«

Da die Villa Gelsomino ungefähr auf der halben Höhe der steil ansteigenden Straße lag, welche gewissermaßen das Städtchen Caprarola bildet, so erreichten die Wanderer für die zu ersteigende Höhe rasch genug die wie aus dem Fels gehauenen Bastionen, über welche terrassenförmig ansteigende Treppen mit steinernen Balustraden zu dem an sich schon großartigen Unterbau führen, über dem sich die höchst elegante Front des Palastes erhebt. Die Brücke vor dem Portal überschreitend, erhielten sie auf Grund eines von Windmüller vorgezeigten Permesso[4], mit dem er sich vorsorglich schon in Rom versehen, Eintritt in den nach oben offnen, kreisrunden Hof, eingefaßt von den Loggien des Erdgeschosses und der beiden Stockwerke – Loggien, deren architektonische Gliederung und Verzierungen durch Säulen des dorischen, jonischen und korinthischen Stils in den drei verschiedenen Stockwerken, durchbrochene Balustraden und Nischen zwischen den reichdekorierten Türen, welche zu den Zimmern und Sälen führen, an Pracht und Eleganz ihresgleichen suchen.

Aus dem Hof führt eine wunderbare Spiraltreppe zu den oberen Etagen, deren Säle und Gemächer von den beiden Zuccari, von Tempesta und Vignola, aufs reichste dekoriert beziehungsweise al fresco gemalt, ausschließlich der Verherrlichung des Hauses Farnese gewidmet sind, aber durch die Menge der darauf befindlichen zeitgenössischen Portraits das Interesse sowohl des Historikers wie des Laien aufs höchste beanspruchen, besonders an dieser Stelle, der die meisten der dargestellten Personen jener Epoche durch ihre Gegenwart eine besonders intime Note hinterlassen haben, und wer ihre Geschichte kennt, wird sie im Geist, angetan mit den prachtvollen Kostümen ihrer Zeit, durch die wundervollen Räume dieses Palastes wandeln sehen. Aber auch noch andre Räume, als die ausschließlich den festlichen Zusammenkünften bestimmten, lohnen die Mühe ihrer Besichtigung. So die Kapelle im gedämpften Licht ihrer bunten Glasfenster, zwischen denen die Fresken des Apostel und der Heiligen Gregorius, Stephanus und Laurentius gemalt sind, mit dem reichen Plafond, dessen Muster auf dem eingelegten Fußboden gleichsam wie ein Spiegelbild wiederholt ist. Ferner das Arbeitszimmer des Kardinals Alessandro Farnese und in seinem Schlafgemach die geheime Treppe für eine mögliche Flucht, eine in jenen Tagen durchaus nicht überflüssige Maßregel. Sodann ein Saal, dessen Wände mit riesigen Karten bekleidet sind, gleich der geographischen Galerie im Vatikan; ein anderer mit dem wunderbaren Fresco der ›Mora‹, für das seinerzeit vergeblich zwölftausend Scudi geboten wurden; wieder ein andrer Raum mit dem Gemälde der Erscheinung des Erzengel Michael nach der Vision des heiligen Papstes Gregor des Großen, hier wie auf allen Gemälden umgeben von den Bildnissen der Familie Farnese und ihrer Begleiter bis zu den damals so beliebten ›Hofzwergen‹, welche hier aus gemalten Türen mit verblüffender Naturtreue heraustreten.

Zurückkehrend durch die große Eingangshalle, in welcher eine aus Steinen konstruierte Grotte und eine prächtige Fontäne zur Bewunderung hinreißen, verließen Windmüller und seine Frau das Schloß durch das Gartenportal. Ins Freie tretend, fand Evis zum erstenmal Worte, indem sie ausrief:

»Stunden und Stunden möchte man da drinnen bleiben und schauen, wie die Farnese in naturgetreuer Darstellung die großen Momente ihres Lebens vor unsern Augen sich abspielen lassen! Und immer wieder möchte man durch die Fenster einen langen, langen Blick auf die wunderbare Landschaft werfen, die sich wie ein Gemälde von überwältigender Schönheit vor einem ausbreitet, von jeder der fünf Seiten des Palastes anders, immer aber reizvoll zu sehen und zu bewundern.«

»Wir können oft noch wiederkommen, denn mein Permesso ist perpetuo – immerwährend«, versicherte Windmüller, entzückt von ihrer Begeisterung. »Nun aber bleibe deiner Sinne Meister, sage ich mit Turandot, als sie ihren Schleier lüftete, denn nun kommst du in Armidas Zaubergarten.«

Damit hatte er wahrlich nicht zuviel gesagt, denn der Zauber, der über dem in seiner Einsamkeit überwältigend schönen Park des Palazzo Farnese seine Kreise zieht, wirkt auch noch in der Erinnerung mit gleicher Kraft nach.

Unter dem blauen römischen Himmel, feenhaft beleuchtet von dem strahlenden Sonnenlicht eines Sommertages, wandelt der Besucher auf den langen, grasbewachsenen Pfaden und zwischen hohen, verschnittenen Lorbeer- und Taxushecken, deren sanftes Grün durch die üppig blühenden Ringelblumen zu ihren Füßen wie mit einem goldigen Widerschein verklärt wird, der auch auf die hochragenden Säulen-Zypressen noch sein Licht wirft. Von den oberen Terrassen gelangt man in ein Laubwäldchen, das auf einem Teppich gelber Orchideen, Iris, Lilien, Saxifragen, Cyclamen und Salomonssiegeln mit ihren maiglöckchenartigen Blütendolden steht, und am Ende der hindurchführenden Allee angelangt, steht man plötzlich vor einer Statue des Schweigens, den Finger auf die Lippen gelegt. Hier rauscht und plätschert den wiederaufsteigenden Pfad entlang eine künstliche Kaskade herab durch eine Reihe steingefaßter Bassins, begleitet von einer ganzen Menagerie steinerner Tiergestalten, besprüht von dem Gischt des Wassers, und daneben aufwärts steigend, erreicht man den gleichfalls von Vignola erbauten entzückenden Pavillon, das Sommerhaus des Parks. Den Rasen davor fassen Statuen ein, die der Kunstkritik vielleicht manches zum Aussetzen bieten, aber durch ihren Zustand halben Verfalls und mit grünem Moos bewachsen, recht malerisch wirken. Einige dieser Gestalten stehen ruhig, auf den seltenen Besucher herabblickend, da, andere spielen alte Instrumente, denen ihre Nachbarn still lauschen; zwei Dryaden flüstern einander wichtige Geheimnisse ins Ohr; ein impertinenter Faun bläst sein Muschelhorn seinem Gefährten so laut entgegen, daß dieser sich die Ohren mit beiden Händen zuhalten muß, und eine Nymphe ist im Begriff, von ihrem Piedestal herabzusteigen, um ein Bad zu nehmen; doch da die andern Herrschaften ziemlich alle Mangel an Bekleidung leiden, so hat sie vielleicht etwas andres vor.

Hinter dem Sommerhaus rauscht der Bach wiederum über eine steinerne Treppe herab, bewacht von dräuenden, steinernen Löwen und Greifen, und dahinter ist nur noch eine grüne Wildnis, streben Felsen empor, vergoldet vom Sonnenschein.

Es wurde Frau Evis schwer, sich von dem verträumten Zauber dieses stillen Parks loszureißen, der ihnen an diesem, wie an vielen kommenden Tagen allein gehörte, denn nur selten finden Fremde den Weg nach dem abseits ihrer Route liegendem, nicht ganz leicht zu erreichenden Caprarola, und die es dahin zieht, gehören nicht zu der großen Herde, sondern nur zu der kleinen Gemeinde der Wissenden, der Kenner und Freunde römischer Vergangenheit, der Maler und jener, die gern von der großen Heerstraße Abstecher machen.

Nach einem Blick auf die Uhr mahnte Windmüller jedoch zum Aufbruch; denn die gute Sora Luigia hatte ihnen beim Fortgehen anvertraut, daß sie ihren Gästen heute zur Colazione[5] ihr capolavoro[6], nämlich Risotto mit Hühnerlebern, dazu eine insalata mista[7] vorsetzen würde, – ein Gericht, das langes Stehen nicht verträgt.

Angeregt, hochbefriedigt und begeistert von dem Erleben dieses Morgens, traten Windmüller und seine Frau den freilich nicht weiten, aber doch schon recht heißen Heimweg zur Villa Gelsomino an und begegneten dabei einem aufwärts steigenden Herrn, der mit einem Blick auf Windmüller im Vorübergehen grüßte, jedoch keine Miene machte, stehenzubleiben. Letzterer grüßte wieder und sah dem andern kopfschüttelnd nach.

»Wer war der Herr?« fragte Evis leise.

»Ja, wenn ich das sagen könnte!« erwiderte Windmüller. »Kennen muß er mich, weil er mich grüßte, aber wo ich ihn hintun soll, ist mir schleierhaft, und habe doch sonst solch' gutes Gedächtnis für Physiognomien.«

»Der Mann sah entsetzlich elend aus«, meinte sie.

»Ja, und das mag wohl auch die Ursache sein, daß ich mich seiner nicht erinnere.«

Am Torgatter ihrer Villa stand die Sora Luigia in der Glorie ihres in allen Farben des Regenbogens leuchtenden türkischen Schlafrocks, anscheinend ihre Gäste erwartend, über das ganze, fette, mit stattlichem schwarzen Schnurrbart verzierte Gesicht vor Wohlwollen strahlend.

»Der Risotto ist fertig!« rief sie ihnen schon von weitem entgegen, und als sie im Vorgärtchen eintraten: »Haben Sie den Conte del' Poggio-Oliveto gesehen, Signor? Er muß Ihnen doch begegnet sein.«

»Das war der Conte del' Poggio-Oliveto?« wiederholte Windmüller. »Den hätte ich wahrhaftig nicht wiedererkannt! Allerdings bin ich ihm nur einmal in Gesellschaft begegnet, kenne ihn nicht näher, aber er hat sich auch irgendwie sehr verändert.«

»Er sieht wie der leibhaftige Tod aus!« bestätigte die Sora Luigia, ihre fette, weiße Hand wie zur Bekräftigung auf den voluminösen Busen legend. »Nun, ein Wunder ist es nicht; er kann es wohl nicht überwinden, seine junge Frau verloren zu haben.«

»War er verheiratet? Das wußte ich nicht«, sagte Windmüller. »Wann ist sie gestorben?«

»Sie – sie hat ihn verlassen. Ist bei Nacht und Nebel davongelaufen«, berichtete Sora Luigia mit Nachdruck.

»Oh –«, machte Windmüller ohne sonderliches Interesse, denn ein derartiges Familiendrama stand ja leider nicht ohne Beispiel da. Damit wollte er ins Haus treten, aber Sora Luigia war mit dem, was sie noch wußte, nicht fertig und brauchte dann allemal jemand, dem sie ihr Herz ausschütten mußte – einfach mußte!

»Gia!« seufzte sie. »Mich hat das Unglück des Signor Conte erschüttert. Denn Sie müssen wissen, daß meine leibliche Nichte, die Faustina Matti Cameriera bei der Contessa del' Poggio-Oliveto war, und diese stammt, wie ich auch, aus Viterbo, denn sie ist die einzige Tochter des Herrn Marchese Aquacalda, der seinen Palazzo zunächst dem Dom dort hat. Kennen die Herrschaften den Herrn Marchese –? Oder die Frau Marchesa, die eine Tochter des Herzogs von Rocca Saracinesca ist? Dio mio, wenn man bedenkt, daß die Contessa kaum ein Jahr verheiratet und erst neunzehn Jahre alt ist, so schön, so blutjung und doch eine – traviata![8] Ist es dann ein Wunder, wenn der Herr Graf aussieht wie der Tod?«

Windmüller murmelte mit teilnahmsvollem Achselzucken etwas Unverständliches, indem er seiner Frau in das Haus folgte, und es ist bedauerlich, sagen zu müssen, daß ihm das eben gehörte Ehedrama den Appetit an dem trefflichen Risotto mit Hühnerlebern nicht verdorben hatte, daß die das Gericht begleitende insalata mista sich seines ungeteilten Beifalls erfreute. Auch dem nachfolgenden Stracchino[9] tat er alle Ehre an und ebenso den köstlichen Gartenerdbeeren, welche das Werk der Sora Luigia krönten.

»Du bist müde, Evis«, bemerkte er dabei mit besorgtem Blick.

»Nicht einmal besonders«, versicherte sie »Aber mir geht dieser Conte aus Viterbo, dem wir vorhin begegneten, nicht aus dem Sinn, weil er so schrecklich leidend aussah, ja, mir einen geradezu tragischen Eindruck machte.«

»Ja, lieber Gott, eine Erfahrung, wie er sie gemacht, kann, ohne Spuren zu hinterlassen, wohl kaum einem Menschen begegnen; namentlich, wenn der Mann seine Frau sehr geliebt hat«, sagte Windmüller. »Übrigens ist er nicht aus Viterbo, sondern aus Rom, wo er im tiefsten Herzen der Stadt einen alten Kasten von einem Palazzo besitzt und darin eine ganz exquisite Sammlung alten Porzellans aufgespeichert haben soll. Mir wurde er, soweit ich mich erinnere, als eine Art von Sonderling geschildert, ungesellig und menschenscheu, nebenbei aber wohlhabend genug, um sich in seinem Palast und als Besitzer des Landgutes Poggio-Oliveto im Sabinergebirge halten zu können, ohne den größten Teil des ersteren vermieten zu müssen, wie es doch selbst die notorisch reichen Granden von Rom tun. Die Erwähnung Viterbos hat mich jedoch darauf gebracht, daß ich dir, Liebste, diese Perle unter den italienischen Städten unbedingt zeigen muß, was bei ihrer Nähe nur einen netten Ausflug bedeutet. Der Ort an sich lohnte sich zwar eines längeren Aufenthalts, aber wenn es dir recht ist, machen wir zunächst nur eine Tagespartie daraus, um noch zu Wagen zwei schöne Punkte in der Nähe der Stadt zu besuchen, nämlich das sehenswerte Dominikanerkloster Santa Maria della Quercia mit seinem wunderbaren Schrein, das auf dem Wege zu der köstlichen Villa Lante liegt, die du kennenlernen mußt.«

»Ob es mir recht ist!« rief Evis begeistert. »Wann fahren wir?«

»Oh, frische Fische, gute Fische! Also nehmen wir gleich den morgigen Tag in Aussicht. Ich werde uns das Wägelchen des Wirtes vom Albergo[10] in Caprarola bestellen, uns nach Ronciglione hinabzufahren. Von da ist's mit der Bahn nur noch ein Katzensprung bis Viterbo, wo wir am besten erst die Stadt besichtigen, und nachdem wir unsern inneren Menschen gestärkt haben, einen schönen Nachmittag in der Villa Lante verleben, die dich entzücken wird durch die Pracht ihrer Gartenanlagen.«

Obwohl das Barometer früh am Morgen etwas gefallen war, als Windmüller und seine Frau sich zum Aufbruch rüsteten, war bei ihrer Ankunft in Viterbo der Himmel so rein und klar wie tags zuvor. Der erste Teil des Programms, die Besichtigung der ›Stadt der schönen Brunnen und der schönen Frauen‹ verlief vollkommen planmäßig und befriedigend. Sie durchstreiften die Straßen und winkligen Gassen, von denen jede eine Studie ist mit ihren köstlichen, skulptierten Fensterkrönungen, ihren gotischen Fenstern und Türbogen, ihren eigenartigen Freitreppen, die auf wuchtigen Pilastern ruhen, ihren alten Palästen noch existierender und längst erloschenen Patrizierfamilien, traten in die alten, ehrwürdigen Kirchen, sahen mit Rührung die blutjung dahingeschiedene National-Heilige, Santa Rosa di Viterbo, in ihrem Glassarge nach siebenhundert Jahren noch unversehrt, nur mumifiziert liegen und beendeten ihren Streifzug mit der Besichtigung des berühmten päpstlichen Palastes. Nachdem sie sich in der offenen Loggia daselbst an der herrlichen Aussicht sattgesehen, war es Mittag geworden, und die breite Freitreppe hinabsteigend, schlugen sie die Richtung nach dem übrigens trefflichen Albergo ein, in welchem sie ihre Colazione einzunehmen gedachten. Dabei durch ein schmales Gäßchen gehend, an dessen Ende ein Briefkasten angebracht war, kam ihnen um die Ecke ein vornehm aussehender älterer Herr mit grauem Spitzbart entgegen, der einen Brief aus der Brusttasche seines Rockes zog und ihn in den Kasten werfen wollte, als er, Windmüller erblickend, stutzte, und, die Hand wieder zurückziehend, den Hut lüftete und verwundert ausrief:

»Ja, sehe ich denn recht? Herr Doktor Windmüller?«

Dieser, wiedergrüßend, wollte eben fragen, mit wem er die Ehre habe, als jener auch schon einfiel:

»Sie erinnern sich meiner wohl kaum mehr, denn es ist schon lange her, daß ich Sie bei meinem Sachwalter Dr. Nemi in Rom kennenlernte. Damals – es war kurz vor dem Ausbruch des Weltkrieges, war ich noch nicht ergraut; Sie aber sind noch ganz unverändert. Ich bin der Marchese Aquacalda.«

»Es hätte kaum noch Ihrer Namensnennung bedurft, denn schon erinnerte ich mich der Begegnung mit Ihnen bei meinem Freunde Nemi, dem ›weißen Löwen‹, erwiderte Windmüller verbindlich. »Gestatten Herr Marchese, Sie meiner Frau vorzustellen.«

Der Marchese machte Evis mit der ganzen tadellosen Grandezza seiner Rasse eine tiefe Verbeugung und nahm dann lebhaft das Wort:

»Dieser Brief, den ich eben im Begriff war in den Kasten zu werfen, trägt Ihre Anschrift, Herr Doktor, und sein Inhalt besteht aus der Anfrage, ob und wann Sie mir eine Unterredung behufs Übernahme einer Angelegenheit gewähren würden, deren Erledigung durch Sie mir dringend am Herzen liegt.«

»Herr Marchese«, erwiderte Windmüller nach kurzem Zögern, »ich befinde mich zur Zeit mit meiner Frau in Villegiatura in Caprarola und kam heut nur nach Viterbo, um ihr die Stadt zu zeigen, und nachmittags nach der Villa Lante hinauszufahren. Wir sind eben auf dem Wege zu unsrer Colazione – – – wenn Ihre Angelegenheit Zeit hätte, bis wir wieder nach Rom zurückkehren – –«

»Herr Doktor, ich fürchte, das hat sie nicht – mehr noch, ich fürchte sogar, daß schon zuviel Zeit darüber verloren ist«, fiel der Marchese sichtlich bestürzt ein. »Es wäre mir ja natürlich sehr peinlich, Ihre Villegiatura zu stören, aber ich bekenne, daß ich mich in einem Zustand schwerer Sorge und Bekümmernis befinde, aus dem befreit zu werden, ich meine Hoffnung nach dem Rate Nemi's auf Ihre Hilfe gebaut hatte.«

»So geben Sie mir diesen für mich bestimmten Brief, aus dem ich ja ersehen werde, um was es sich handelt«, schlug Windmüller vor.

»Nein, der Brief enthält nur die Frage, ob und wann ich Sie sprechen kann«, versetzte der Marchese und sah dabei so niedergeschlagen aus, daß Evis sich berechtigt fühlte, zu intervenieren.

»Darf ich mir einen Vorschlag erlauben?« fragte sie teilnehmend. »Wie wäre es, wenn mein Mann Sie, Herr Marchese, nach Ihrem Hause begleitete, um zu hören, was Sie ihm zu sagen haben, während ich gern noch ein wenig umherstreife. Wir könnten uns dann an einem zu bestimmenden Punkt treffen.«

»Signora, diesen sehr gütigen Vorschlag anzunehmen, würde ich mir niemals erlauben,« versicherte der Marchese mit vollem Ernst, »aber ich weiß einen besseren: Sie und Ihr Herr Gemahl begleiten mich in mein nur wenige Schritte von hier entferntes Haus, wo meine Frau glücklich sein würde, Sie zu begrüßen, und wenn Sie beide uns die Ehre erweisen wollen, an unserer Colazione in etwa einer Stunde teilzunehmen, so könnte ich vorher dem Herrn Doktor meine Angelegenheit vortragen.«

Es wäre nicht gut möglich gewesen, diese ebenso höfliche wie spontane Einladung durch eine Redensart oder gar brüsk abzulehnen, schon weil es Evis nicht im Traum eingefallen war, sie zu provozieren. Sie wie Windmüller fügten sich also nicht ohne ein leises, innerliches Bedauern in die Unterbrechung ihres Ausflugs und folgten ohne langes Hin und Her dem Marchese zu seinem palastartigen Wohnsitz, der in der Tat keine zwei Minuten von ihrem Treffpunkt gelegen war.

Von außen grau und verwittert, war der Palast, in den ein säulengetragenes Portal führte, innen wohlgepflegt und durchaus feudal zu nennen. Aus der großen, öden Vorhalle führte eine typisch italienische, monumentale und teppichbelegte Treppe hinauf in den ersten Stock, das Piano nobile[11], wo der Marchese im Vestibolo eine Tür öffnete, indem er seine Gäste bat einzutreten und zu warten, bis er seine Gemahlin benachrichtigt hatte, und Windmüller betrat mit seiner Frau einen großen, hohen Salon, der mit schönen Rokokomöbeln ausgestattet war. Die

Wände bekleideten purpurrote, etwas verschossene seidne Damasttapeten, an denen viele Bilder, meist wohl Familienporträts aus verschiedenen Zeitepochen in schönen alten Goldrahmen und auch kostbare Spiegel verteilt waren. Den Boden von Breccie bedeckten an geeigneten Stellen, wo Sitzmöbel standen, echte, alte, wertvolle Perserteppiche; von der reich kassettierten Decke hingen venetianische Glaslüster herab, einige Girandolen von Goldbronze versprachen weitere Abendbeleuchtung, und den Anachronismus in diesem vornehmen, wohnlichen Raum vertrat ein schwarzpolierter Palisanderflügel, der, aufgeschlagen, die gute deutsche Firma ›Bechstein‹ vorwies, und auf dem Notenpult stand ein offenes Heft mit Polonäsen von Chopin.

»Ein Zeichen, wes Geistes Hauch in diesem Hause weht«, sagte Evis auf den Flügel deutend. »Aber ach, mein armer Franz Xaver, es war mein dummer Vorschlag, der dich hier eingefangen hat.«

»Das wollen wir abwarten, denn das ›Einfangen‹ ist bei mir nicht so einfach«, versetzte Windmüller gelassen. »Auf alle Fälle werden wir hier, wenn auch vielleicht nicht besser, so doch entschieden feudaler speisen, und wenn wir infolge dieses Intermezzos vielleicht auch eine Stunde verlieren, so bleibt uns immer noch reichlich Zeit zur Ausführung unsres Programms.«

Lange brauchten sie nicht zu warten, dann erschien durch eine Seitentür der Marchese mit seiner Gemahlin, einer imposanten, immer noch sehr schönen Frau, welche mit der Gewandtheit der großen Dame ihre unerwarteten und ungebetenen Gäste begrüßte wie alte Bekannte ihrer Kaste, wodurch sie bewies, daß sie in puncto gesellschaftlicher und Herzensbildung auf gleicher Stufe mit ihnen stand. Sie fand auch ohne lange Redensarten gleich den richtigen Augenblick, zur Sache zu kommen.

»Wenn es Ihnen recht ist, so wollen wir uns in mein Boudoir zurückziehen, Signora«, wandte sie sich an Evis. »Der Marchese brennt ja doch darauf, dem Herrn Doktor seine oder vielmehr unsre Angelegenheit vorzutragen – ach, Herr Doktor, auf Ihnen beruht unsre ganze, unsre letzte Hoffnung!« setzte sie wie mit einem Aufschrei hinzu.

Windmüller, dem nichts ferner lag, als die Katze im Sack zu kaufen, machte der Marchesa nur eine stumme Verbeugung, die alles und nichts zu sagen brauchte, und während die Damen sich zurückzogen, folgte er dem Marchese durch die entgegengesetzte Tür in des letzteren Arbeitszimmer; wenigstens deutete auf diesen Zweck ein großer, mit Papieren bedeckter Schreibtisch hin, während die rings bis fast zu der hohen Decke mit Bücherregalen verkleideten Wände den Raum auch zu einer recht stattlichen Bibliothek machten.

Hier nahmen die Herren alsbald Platz, und der Marchese begann sofort hörbar bewegt:

»Meine Frau hat, indem sie Ihnen sagte, daß unsre ganze Hoffnung auf Ihnen beruht, ein leider nur zu wahres Wort gesprochen. Wir bitten Sie, unser einziges Kind, denn unser Sohn fiel im Krieg am Isonzo, unsre Tochter zu suchen, die seit nunmehr über drei Wochen spurlos verschwunden ist.«

Windmüller horchte hoch auf. Er hatte halb und halb erwartet, einen vielleicht sehr wertvollen, verlorenen Gegenstand suchen zu sollen, nicht aber einen Menschen, was sein Interesse sofort in hohem Maße wachrief und zugleich die Erinnerung an ein nur halb gehörtes Wort erweckte, das die Sora Luigia gestern gesprochen. Indes enthielt er sich noch einer naheliegenden Frage, und nach einer kaum merklichen Pause fuhr der Marchese mit sichtlicher Überwindung fort:

»Unsere Tochter Giacinta, neunzehn Jahre alt und seit kaum einem Jahr vermählt mit dem Conte Mario del’ Poggio-Oliveto in Rom, hat am Abend des dritten Juni das Haus ihres Gatten verlassen und ist dahin nicht mehr zurückgekehrt. Über ihren Verbleib sind wir seitdem ganz im Ungewissen geblieben, und da wir diesen Zustand länger nicht mehr zu ertragen vermögen – –« er brach überwältigt kurz ab, das Gesicht mit beiden Händen bedeckend.

»Nun, Sie, Herr Marchese, und vor allem doch wohl der Gemahl Ihrer Tochter, haben aber jedenfalls schon Nachforschungen nach dem Verbleib der Contessa unternommen«, sagte Windmüller betont.

»Nun ja, es ist bei allen ihren und unsern Bekannten und Freunden in Rom angefragt worden, aber es hat sie keiner gesehen, keiner von ihr gehört«, erwiderte der Marchese. »Sie hat nichts, gar nichts von sich hören lassen, wir sind ohne jede Nachricht von ihr.«

»Es ist doch aber kaum denkbar, daß Ihr Schwiegersohn untätig geblieben sein sollte«, wandte Windmüller ein. »Welche Schritte hat er getan, seine Gemahlin zu suchen? Wenden Sie sich an mich in seinem Auftrag beziehungsweise im Einvernehmen mit ihm?«

»Nein. Ich handle damit einzig und allein aus eignem Entschluß«, sagte der Marchese mit Überwindung. »Um Ihnen das begreiflich zu machen, muß ich wohl, so hart es mir wird, bekennen, daß mein Schwiegersohn hartnäckig auf dem Standpunkt verharrt, ›daß es, wenn seine Frau ihn freiwillig verlassen habe, nicht an ihm sei, ihr nachzulaufen und sie gegen ihren Willen in sein Haus zurückzuholen‹. Es war uns nicht möglich, dagegen etwas auszurichten, ihm eine andre Auffassung beizubringen. Nun ja, es mag solche Ehemänner geben, aber es gibt wohl kaum Eltern, die ein verirrtes Kind einfach laufen lassen, und darum, Herr Doktor, beschwöre ich Sie, unsrer Angst und Sorge ein Ende zu machen, uns unser Kind zu suchen, das uns bisher eine zärtlich geliebte Tochter war, unsre Farfalla wie wir sie nannten, weil sie leichtbeschwingt wie ein Schmetterling den ganzen Tag durch dieses Haus tanzte, und nun siecht sie vielleicht mit gebrochenen Schwingen Gottweißwo dahin!«

»Herr Marchese, was an mir liegt, die Vermißte wiederzufinden, will ich Ihnen gewiß gern zur Verfügung stellen«, sagte Windmüller nach kurzer Überlegung. »Aber mit dem, was Sie mir ja doch nur ganz skizzenhaft angedeutet haben, kann ich mich natürlich nicht begnügen, denn eine Nadel im Heuschober zu suchen, bedeutet nur verlorene Zeit und Mühe, namentlich da schon weit mehr Zeit seit der Entfernung Ihrer Tochter verstrichen ist, als mir lieb sein kann. Gestatten Sie mir also eine Reihe von Fragen zu stellen, auf deren *rest- und rückhaltlose* Beantwortung ich bestehen muß, wenn ich den Fall übernehmen soll. Und ich bitte Sie im voraus, keine dieser Fragen falsch zu deuten oder übelzunehmen. Was immer Sie mir zu sagen haben – nicht nur sagen wollen –, ist bei mir so sicher verwahrt wie im Beichtstuhl; aber ohne volles Vertrauen Ihrerseits dürfen Sie auf meine Hilfe nicht rechnen. Habe ich mich klar ausgedrückt?«

»Vollkommen!« versicherte der Marchese. »Als ich mich, nebenbei erst gestern, an Doktor Nemi wandte und er mir den dringenden Rat gab, mich unverzüglich Ihrer Hilfe zu versichern, warnte er mich gleich, Ihnen reinen Wein, und nichts wie reinen Wein einzuschenken, da ich sonst vergeblich bei Ihnen anklopfen würde.«

»Das war eine gute Vorbereitung, der weiße Löwe kennt meine Methoden«, sagte Windmüller befriedigt mit dem Schatten eines Lächelns, indem er sein Notizbuch hervorzog und bereit zu Eintragungen vor sich auf den Tisch legte. »Also zunächst: Was wissen Sie oder halten Sie für die Ursache der Entfernung Ihrer Tochter, beziehungsweise was haben Sie darüber erfahren?«

»Ich denke und habe nur ohne Einzelheiten erfahren können, daß die etwas dünne Ursache eine – Meinungsverschiedenheit der Ehegatten war«, begann der Marchese, und Windmüller fiel ein:

»Sie haben ganz recht, diese Ursache als fadenscheinig zu bezeichnen. Meinungsverschiedenheiten sind selbst zwischen den zärtlichsten Eheleuten weder ganz zu vermeiden, noch brauchen sie gleich zu Katastrophen zu führen, selbst wenn man das beiderseitige Temperament dafür verantwortlich machen wollte. Ein solcher Ausgang einer bloßen ›Meinungsverschiedenheit‹ ließe jedoch darauf schließen, daß die Ehe Ihrer Tochter keine glückliche war, nicht eine Liebesheirat im besten Sinne des Wortes.«

»Herr Doktor, Sie haben lange genug in Italien gelebt um zu wissen, wie die meisten Ehen in unsern Kreisen geschlossen werden«, erwiderte der Marchese offen. »Meine Frau und die längst verstorbene Mutter meines Schwiegersohns waren innig befreundet und haben die Ehe ihrer Kinder verabredet, als diese noch in den Kinderschuhen, meine Tochter sogar noch in den Windeln steckte. Immerhin glaube ich versichern zu können, daß Mario del' Poggio-Oliveto meiner Giacinta aufrichtig zugetan ist, und auch sie dem feingebildeten, wenn auch nicht grade schönen, doch recht ansehnlichen Mann gern und willig als Gattin folgte. Daß sich leider nur zu bald Verschiedenheiten der Charaktere und der Lebensauffassung herausstellten, haben wir indes nicht tragisch genommen, sondern mit der ausgleichenden Zeit rechnend, besser nicht vermittelnd eingreifen zu müssen geglaubt. Lieber Himmel, Giacinta war zur Not achtzehn Jahre alt, als sie Marios Frau wurde. Sie hatte hier in diesem kleinen Nest nichts von den verlockenden Vergnügungen einer Stadt wie Rom kennengelernt, und diese sind ihr sozusagen etwas in den Kopf gestiegen. Mein Schwiegersohn aber ist ein Mensch, der die Zurückgezogenheit liebt, dem das Leben und Treiben der sogenannten großen Welt direkt zuwider ist, der nur für seine historischen Studien und seine Passion für altes Porzellan lebt. Er sah sich nun gezwungen, der Lebenslust seiner jungen Frau manche Opfer zu bringen, was dann naturgemäß zu kleinen Reibereien Veranlassung gab, die jedoch, soviel uns bekannt, zu Kompromissen führten.«

»Nun ja, Kompromisse sind eben nur Brücken von Papier, die unter denen zusammenbrechen, welche leichtsinnig genug sind, darauf zu treten«, bemerkte Windmüller trocken. »Vermutlich war das wohl auch die Ursache zu der Meinungsverschiedenheit, die mit dem Verschwinden der Contessa in engem Zusammenhang steht.«

»Man möchte es annehmen«, seufzte der Marchese. »Mein Schwiegersohn hat darüber nur soviel gesagt, daß meine Tochter an jenem Abend ein Atelierfest mitzumachen wünschte, welches er für unpassend hielt, und zwar mit Recht, weil es dabei recht ungebunden zuzugehen pflegte. Er selbst hatte bereits erklärt, nicht teilzunehmen, und seiner Frau verboten, allein hinzugehen. Das führte dann zu einer lebhaften Auseinandersetzung zwischen den Gatten, die damit endete, daß meine Tochter das Haus allein verließ, um nicht mehr dahin zurückzukehren.«

»Allein?« wiederholte Windmüller scharf. »Es ist doch nicht anzunehmen, daß sie zu so später Stunde und ohne die Begleitung eines Dieners das Haus zu Fuß verlassen hat!«

»Und doch ist es so gewesen«, bestätigte der Marchese gequält. »Mein Schwiegersohn hält keine eigne Equipage. Im Bedarfsfall bedient er sich eines Mietwagens oder läßt von der nahen Haltestelle ein Auto holen. Wenn meine Tochter zu Fünfuhrtees oder zu kleinen Abendgesellschaften allein ausging, so wurde sie entweder von dem alten erprobten Haushofmeister begleitet oder beim Kirchenbesuch von ihrer Cameriera. Ganz so, wie es sich für eine Dame ihrer Stellung schickt. An jenem Unglücksabend aber lief sie in der Hitze ihrer Erregung allein davon, ohne daß sie dabei gesehen oder gehört wurde.«

»Ich verstehe«, nickte Windmüller. »Und wo fand das Atelierfest statt, auf dessen Besuch sie anscheinend so großen Wert gelegt?«

»Bei einem hervorragenden Portraitmaler Namens Filippo Terni. Kennen Sie ihn?«

»Ihn persönlich kenne ich nicht, nur seine Bilder und seinen Leumund, beziehungsweise den seiner Feste, mit denen er seine allerdings märchenhaften Einnahmen verpulvert. Soviel ich weiß, ist er unverheiratet. Ist bei ihm angefragt worden, ob die Contessa zu jenem Fest bei ihm erschienen ist?«

»Gewiß. Sie war nicht dort.«

»Und wo, bei wem wurde noch nachgefragt?«

Der Marchese nannte mehrere Namen aus der römischen Gesellschaft, darunter auch den einer jungen, vornehmen Frau, mit der seine Tochter sich besonders angefreundet. Windmüller wußte, daß diese vielgenannte Dame an der Spitze einer Coterie stand, für welche man in England den Ausdruck fast set hat, was man allenfalls annähernd mit ungebunden, beziehungsweise frei dem Sinne nach verdeutschen kann. Jedenfalls war der Salon dieser Löwin der Gesellschaft keine Musterschule für solch' eine junge Frau, wie es die Contessa del' Poggio-Oliveto war; aber das schien der Marchese nicht zu wissen.

»Und der Conte hat tatsächlich keine andern Schritte, als die Nachfrage bei Bekannten getan, um den Verbleib seiner Gemahlin zu ermitteln?« war Windmüllers nächste Frage. »Die Polizei ist nicht benachrichtigt worden?«

»Dies zu tun, hat mein Schwiegersohn energisch abgelehnt, ja direkt verboten. Er wünscht keinen öffentlichen Skandal. Nun, ich brauche wohl nicht erst zu versichern, daß wir die Flucht in die Öffentlichkeit lieber auch vermeiden möchten, aber schließlich hat doch alle, wenn auch noch so verständliche Zurückhaltung ihre Grenzen! Im Hinblick auf die Länge der Zeit, seit meine Tochter ihr Haus verließ, sowie darauf, daß sie nicht einmal versucht hat, bei ihren Eltern eine Zuflucht zu finden, muß ich gestehen, daß wir nachgerade doch nun sehr beunruhigt sind. Meine arme Frau ergeht sich in den schlimmsten Befürchtungen, die ich mich bemühe mit allen nur erdenklichen Argumenten zu zerstreuen, an die aber selbst zu glauben, mir schon recht schwer wird. Herr Doktor, Sie glauben doch hoffentlich nicht, daß meine Bitte um Ihre Hilfe – zu spät erfolgt ist?« schloß der Marchese mit einem angstvoll prüfendem Blick auf Windmüllers unbewegliches Gesicht.

Der letztere hielt eine sogenannte Schonung in gewissen Fällen für einen schlechten Trost; mehr noch, für ein Unrecht, und er erwiderte darum unumwunden:

»Es ist unverantwortlich viel Zeit über diese Angelegenheit, ich möchte sagen, vertrödelt worden. Dieser Vorwurf trifft aber in erster Linie den Conte, der meines Erachtens verpflichtet war, seine Frau sofort mit allen ihm zu Gebot stehenden Mitteln zu suchen. Doch darf man nicht vorschnell urteilen, sondern muß zunächst die Charaktereigentümlichkeiten eines Menschen verstehen lernen. Die anscheinend unbegreifliche Zurückhaltung des Conte kann in allen möglichen Punkten ihre Begründung haben: in seiner Erziehung, in den Traditionen seines Hauses, vor allem aber in dem ihm von seiner Gemahlin zugefügten Unrecht, in der Wunde, die sie seinem Herzen geschlagen. Sind wir allesamt doch nur Menschen und fühlen darum auch menschlich. Aber letzten Endes hat alles seine Grenzen, wie Sie selbst schon sagten. Nun, Herr Marchese, ich kann nur versuchen, mein Bestes zu tun; aber bis nicht gewisse Vorarbeiten erledigt sind, ist es mir wirklich ganz unmöglich, ein Gutachten für oder wider abzugeben. Es braucht oft mehr Zeit, einen Menschen zu suchen, als einen Gegenstand. Darum dürfen Sie nicht ungeduldig werden, oder den Mut verlieren, wenn Sie nicht bald von mir hören, um so mehr, falls Ihre Tochter sich verborgen halten will, in der Absicht, ihrem Gatten eine heilsame Lehre durch das ›Hangen und Bangen in schwebender Pein‹ zu erteilen. Das wäre ja eine Möglichkeit, mit der man rechnen darf. Lieber Gott, in diesem Alter verfällt man mit dem dazu nötigen Temperament auf die seltsamsten Sprünge. – Und nun bitte ich noch um eine Auskunft: aus welchen Personen besteht der Haushalt des Conte, dessen Palast, wenn ich mich nicht irre, in einer der engen Gassen zwischen Pantheon und der Piazza Maddalena liegt.«

»So ist es«, bestätigte der Marchese. »Nun, der Haushalt meines Schwiegersohns ist bald aufgezählt. Es lebt bei ihm ein Onkel, Bruder seines Vaters, der Nobile Uomo[12] Attilio Pavonazetti, was der Familienname ist; der Titel ›del’ Poggio-Oliveto‹ vererbt sich nur in der Primogenitur. Dieser Onkel, dem mein Schwiegersohn eine Heimat in seinem Hause gab, nachdem er den Dienst als Kapitän bei der Königlichen Marine aus Gesundheitsrücksichten quittiert, ist ein ungemein gutmütiger, unaufdringlicher Mann, der sich's zum Lebenszweck gemacht hat, die Chronik seines Geschlechts zusammenzutragen und zu schreiben, womit er in diesem Leben kaum fertig werden dürfte. Als Majordomo fungiert ein alter, erprobter Diener Antonio Lago, dem ein zweiter Diener zur Seite steht, welcher auch schon mehrere Jahre im Hause ist. Ferner ist noch ein Koch vorhanden, ein Zimmer- und ein Küchenmädchen, und bis vor kurzem die Cameriera meiner Tochter, die nicht mehr junge, anständige und brave Faustina Matti, Tochter eines trefflichen Handwerkers hierselbst.

Mein Schwiegersohn hat sie unlängst entlassen und meine Frau ihr eine andere Stellung verschafft.«

»Wo das? Und bei wem?« fragte Windmüller.

»Ist das von Belang?« sagte der Marchese verwundert, besann sich aber, daß ihm bedeutet worden war, es sei empfehlenswert, keine Frage Windmüllers unbeantwortet zu lassen, oder sie zu beanstanden und Gegenfragen zu stellen. Deshalb setzte er geduldig hinzu: »Oh, bei einer entfernten Verwandten meiner Frau, der Signora Cataldi in Velletri, Witwe eines Procuratore dello Stato[13].«

»Ich danke Ihnen, Herr Marchese«, sagte Windmüller, sein Notizbuch zusammenklappend und einsteckend. »Sie haben mir die nicht immer angenehme Aufgabe des Ausfragens leicht gemacht, und denke ich, daß mir fürs erste genügen wird, was Sie mir so bereitwillig, und, wie ich glaube, ohne Rückhalt anvertrauten.«

Er hätte hinzusetzen können: ›Und was mir begreiflicherweise mit Zurückhaltung gesagt wird, kann ich unschwer selbst ergänzen.‹ Aber er sprach es natürlich nicht aus, sondern bat statt dessen um ein gutes Lichtbild der Contessa, und nach kurzem Zögern, das durch die Versicherung späterer Zurückgabe sofort in Bereitwilligkeit umschlug, entnahm der Marchese einem Rahmen auf seinem Schreibtisch eine kolorierte Photographie im Victoriaformat und reichte sie Windmüller mit der Bemerkung, daß sie vorzüglich getroffen sei.

Es war ein mehr eigenartiges, als im landläufigen Sinne schönes Frauenbildnis: eine überschlanke Gestalt, die in einem filmigen, scharlachroten Abendkleid auf einem purpurroten, hochlehnigen, geschnitzten Sessel saß, der als Hintergrund einen kardinalroten Vorhang hatte – eine Studie in Rot, welche die klare, reine Blässe des feingeschnittenen, rassigen Gesichts marmorartig erscheinen ließ; um so mehr, als auch die Lippen des schmalen Mundes grade nur rosig getönt waren. Doch waren es weniger die Farblosigkeit des Gesichtes, noch auch die scharf gebogene, etwas kurz abgebrochene Nase wie das tiefgewellte nachtschwarze Haar mit den so seltenen tiefblauen Schatten und den stahlblauen Lichtern, die diesem Gesicht seine Eigenartigkeit verliehen, sondern vor allem die Augen unter den über der Nasenwurzel zusammengewachsenen, gradegezogenen schwarzen Brauen und den langen Wimpern; denn diese Augen waren von einem so hellen Grau, daß sie fast steinern wirkten, und die kleine, dunkle Pupille in der gleichsam wie in das Weiße eingeritzten Iris machte diese seltsamen Augen eben nur zur Not lebendig.

»Ich glaube, ich kann Ihnen das Bild gleich wieder zurückgeben, Herr Marchese«, sagte Windmüller. »Es ist so charakteristisch, so frappant, daß es unmöglich sein dürfte, das Original nicht wiederzuerkennen oder es mit einer andern Person zu verwechseln.«

»Filippo Terni hat diese Photographie nicht nur eigenhändig koloriert, sondern meine Tochter auch in diesem Kostüm und in der gleichen Stellung gemalt«, erklärte der Marchese, das Bild wieder in seinen Rahmen zurückschiebend. »Wenn Sie also sonst keine Frage für heut mehr haben, dann wollen wir unsre Damen zur Colazione abholen. Übrigens stehe ich Ihnen mündlich wie schriftlich immer zur Verfügung.«

Die Damen saßen in anscheinend ganz angeregter Unterhaltung in dem halb modern, halb mit kostbaren alten Möbeln ausgestatteten Boudoir der Marchesa, die ein inbrünstiges »Gott sei Dank!« ausstieß, als der Marchese ihr kurz mitteilte, daß Windmüller bereit sei, sich ihrer Sache anzunehmen, doch fühlte letzterer sich für verpflichtet, dem in ihn gesetzten Vertrauen gewisse Grenzen zu stecken, indem er darauf aufmerksam machte, daß er kein Zauberer sei, das heißt Zeit brauche, deren Dauer unmöglich abzusehen sei, und überdies das Resultat seiner Nachforschungen von zu vielem abhinge, um es im voraus auch nur annähernd anzugeben. Doch trotz diesem Dämpfer war seine Zusage für die neuen Klienten immerhin ein Hoffnungsstrahl, der dem entschiedenen Optimismus dieser ihrer beiden Kinder beraubten Eltern mehr Nahrung gab, als Windmüller lieb war. Denn er gedachte gewisser Fälle, in denen es seine Aufgabe gewesen, verschwundene Menschen zu suchen, und die er zwar auch gefunden, leider aber nicht allemal so, wie es seine Auftraggeber gehofft hatten.

Die Colazione verlief trotz der natürlich bedrückten Stimmung der Wirte infolge ihres gesellschaftlichen Drills, unterstützt durch die Gabe Windmüllers, eine Unterhaltung im Fluß zu erhalten, wozu ihm seine universale Bildung zustatten kam, sowie durch die Bemühungen seiner Gattin, vermöge ihres heitern Temperaments und natürlicher, harmloser Liebenswürdigkeit das Mahl zu würzen, für alle Teile befriedigend, und als die improvisierten Gäste sich gleich nach der üblichen Schale starken, schwarzen Kaffees verabschiedeten, geschah es mit der herzlich und aufrichtig gemeinten Hoffnung ihrer Wirte auf öfteres Wiedersehen.

»Ja, meine liebe Evis«, sagte Windmüller, als er mit seiner Frau wieder in der Straße stand, »die Madonna della Ouercia und die Villa Lante werden auf unsern Besuch schon noch länger warten müssen. In zwanzig Minuten geht ein Zug zurück nach Ronciglione, den ich nicht verpassen darf, wenn ich heute noch mit dem letzten Zug nach Rom fahren will, und das ist notwendig, um meine Tätigkeit unversäumt aufzunehmen.«

»Ich dachte es«, versicherte Evis ganz einverstanden. »Die Marchesa hat mir nämlich gesagt, um was es sich handelt, und ich bin froh für die arme Mutter, daß sie dich gerufen haben. Es war rührend wie sie von ihrer Tochter sprach, von ihrer ›Farfalla‹, weil sie so leicht und sorglos daheim durch das Haus flatterte und tanzte.«

»Wenn nur nicht schon soviel Zeit, kostbare Zeit mit dem Zuwarten über dem Verschwinden dieser Tochter vertrödelt worden wäre!« seufzte Windmüller ärgerlich. »Wer kann sagen, ob ich nicht zu spät gerufen wurde. Ich bin von Natur wahrhaftig kein Pessimist, aber ich muß schon sagen, daß die Geschichte mir gar nicht gefällt. Es kann ja sein, daß die junge, wie scheint sehr temperamentvolle Dame sich nur versteckt hält, um ihren Herrn Gemahl eine gründliche Lektion zu erteilen; immerhin aber ist das Rätsel, was aus ihr geworden sein könnte, nicht grade erbaulich. Auch der Conte scheint ein rechter Dickkopf zu sein, oder die Gattin hat ihn durch ihr Davonlaufen tiefer getroffen, als es den Anschein hat. Jedenfalls hat deine Liebesmüh, Geliebteste, mich nicht auf der Bärenhaut versauern zu lassen, dich nun in die Lage versetzt, unsre Villegiatura bei der guten Sora Luigia allein fortzusetzen, und für wie lange, das weiß der Kuckuck, denn ich bin zur Stunde außerstande, es auch nur annähernd zu berechnen.«

»Oh – du willst mich nicht mit nach Rom nehmen?« fragte Evis ganz verdonnert.

»Liebes Herz, dort würdest du voraussichtlich nichts von mir haben. Wir brauchen bloß den Fall zu setzen, daß die Contessa nach Amerika durchgebrannt ist und ich sie von dort zurückholen müßte«, erwiderte Windmüller. »Außerdem wäre es, ganz abgesehen davon, daß ich während eines Falles auch ein ganz ungenießbarer Mensch bin, fast unverantwortlich von mir, dich und deine Gesundheit der Gluthitze eines römischen Sommers auszusetzen. Daran bin ich gewöhnt, nicht aber du. Also bleibst du schon am besten droben in Caprarola in der guten Luft, im Vollbesitz des herrlichen Schloßparks. Und nun klage nicht mit verspäteter Reue: Ach, wenn ich das gewußt hätte!«

»Wenn du glaubst, daß ich daraus unsern ersten Ehezwist an den Haaren herbeiziehen will, dann bist du schief gewickelt«, erklärte sie tapfer und konnte dazu auch noch lachen. »Ich dachte nur – aber Gedanken sind ja Gott sei Dank zollfrei. Deine alte, von mir mitgeheiratete Haushälterin, die klassische Auguste, wird dich mit Wonne allein versorgen, denn auf mich ist sie ja doch eifersüchtig wie ein Schoßhund, und Thelesphor Pfifferling wird deine Stiefeln putzen, ohne daß ich ihn dazu anfeuern muß. Also –«

»Bravo! So kenne ich meine Pappenheimer«, lobte Windmüller. »Wenn wir den Zug nur nicht schon verpaßt haben! In dem infamen Wurschtnest hier kriegt man ja kein Fuhrwerk, das einen diesen langen, sonnigen und staubigen Weg zum Bahnhof bringen könnte«, setzte er mit plötzlich ausbrechendem Eisenbahnfieber hinzu.

»Gestern noch war Viterbo eine Perle unter den italienischen Städten. heut ist es ein infames Wurschtnest«, konnte Evis sich nicht enthalten zu necken. »Man sieht daraus, daß alles auf die Beleuchtung ankommt, unter der man eine Sache betrachtet. Vielmehr, ob man Eile hat oder nicht.«

»Na ja, fehlte noch, daß dieses Muster einer Vizinalbahn soviel Verspätung hätte, daß man auf diesem scheußlichen Bahnhof junge Hunde hecken könnte«, machte Windmüller seiner Erleichterung darüber Luft, daß er heiß und abgehetzt den Zug *nicht* verpaßt hatte. »Franz Xaver, in solch' einer zappeligen Stimmung lerne ich dich zum erstenmal kennen«, versicherte Evis kopfschüttelnd.

»Ach, Liebste, ich fürchte, du wirst mich noch in ganz andern Stimmungen kennenlernen, so lange mir ein Fall auf der Seele brennt«, meinte er reuig und ging dem Wirt in Caprarola telephonieren, ihm den Wagen nach Ronciglione zu schicken.

Als sie dann glücklich und ausnahmsweise pünktlich zur Abfahrt im Zuge saßen, zog er sein Taschenbuch mit den bei dem Marchese eingetragenen Notizen hervor und versenkte sich so tief in die paar dürren Namen und Worte, daß Evis ihn förmlich aufwecken mußte, als der Zug mit dem auf Vizinalbahnen üblichen Ruck in Ronciglione anhielt.

»Eigentlich wäre es am gescheitesten gewesen, du wärst gleich weiter nach Rom gefahren und ich hätte dir deine Sachen mit der nächsten Post nachgeschickt«, sagte Evis, als sie in dem Wägelchen saßen, das richtig zur Stelle war.

»Das hatte ich auch vor, noch ehe wir von Viterbo fortfuhren«, erklärte Windmüller ohne weiteres. »Aber ich habe mich an der Hand meiner Notizen eines anderen besonnen, und muß nun freilich erst sehen, ob es klappt.« Worauf er wieder in tiefes Schweigen versank.

In der Villa Gelsomino angelangt, fanden sie die Sora Luigia in der offenstehenden Küche damit beschäftigt, eine alte Pappschachtel zu verschnüren.

»Ah, schon zurück?« fragte sie erstaunt.

»Ja, Signora, denn wir wollen Sie zu einem Ausflug mit unerwartet getroffenen Freunden auf einen oder zwei Tage verlassen«, erklärte Windmüller so jovial, wie nur er es sein konnte, wenn er damit einen Zweck verband, während Evis mit immer größer werdenden Augen sprachlos zuhörte. »Wir lassen unser großes Gepäck natürlich in Ihrer Obhut zurück, nehmen nur mit, was wir für kurze Zeit brauchen. Oh, dabei fällt mir ein: sagten Sie nicht, daß Sie eine Verwandte, eine Nichte in Velletri haben? Wir werden morgen abend jedenfalls dort sein, und falls Sie an Ihre Nichte etwas zu bestellen hätten, bieten wir uns gern als Boten an.«

Die gute Sora Luigia, die keine Ahnung mehr davon hatte, daß sie gestern bei Erwähnung ihrer Nichte Faustina Matti bestimmt nichts davon gesagt, daß diese in Velletri bedienstet sei, schlug begeistert die fetten Hände zusammen.

»Nein, wie genzile, wie grazioso von Ihnen!« rief sie aus. »Das trifft sich ja wie durch Zauberei! Denn eben verpackte ich für die Faustina eine Bluse von schöner, weicher Rohseide, die ich ihr zum Geburtstag in Kreuzstich mit Blau bestickte. Aber ich kann die Herrschaften doch unmöglich mit dieser Schachtel belasten —«

»Natürlich können Sie das unbesorgt. Es wird uns eine Freude sein, Ihrer lieben Nichte das kostbare Geschenk zu überbringen«, versicherte Windmüller, dem nebenbei nichts ekliger war, als Pakete zu schleppen, besonders solch' ruppige, wie es diese alte, halbzerschletterte, noch dazu grüne Schachtel war. »Auf der Post wird Ihnen der Karton womöglich platt gequetscht und die schöne Bluse zerdrückt; wir aber werden sie behüten wie unsern Augapfel. Schreiben Sie nur gleich noch eine Karte an Ihre Nichte, die wir gern in Rom aufgeben würden, um ihr mitzuteilen, daß sie ihr Geschenk morgen abend im Albergo della Campana in Velletri bei uns abholen kann. Sie hat die Karte sicher bis spätestens morgen mittag, was insofern angezeigt wäre, als sie ihre Herrschaft beizeiten um Urlaub zu dem Ausgang bitten könnte. Meinen Sie nicht auch?«

»Der Herr Doktor denkt doch an alles!« sagte Sora Luigia bewundernd. »Ja, ich werde die Karte gleich schreiben, und wenn die Herrschaften, wie ich denke, mit dem letzten Zug nach Rom fahren wollen, so werde ich den Pranzo so richten, daß er in einer Stunde fertig ist.«

»Nun kann ich unsrer lieben Sora Luigia das Kompliment zurückgeben, daß sie an alles denkt«, versetzte Windmüller mit seiner bestrickenden Liebenswürdigkeit, und als er mit seiner Frau dann das Schlafzimmer betrat, knickte Evis einfach auf dem nächsten Stuhl zusammen, indes ihr Gatte sich befriedigt lachend die Hände rieb.

»Aber – aber was bedeutet denn das?« brachte sie ganz entgeistert hervor.

»Dem Sinn und der Tat nach genau, was du gehört hast«, versicherte er in bester Laune, und als sie vorwurfsvoll ausrief:

»Warum hast du mir nicht vorher gesagt —« fiel er beschwichtigend ein:

»Dazu war keine Zeit mehr, denn obschon die Idee schon unterwegs da war, so war sie doch noch nicht spruchreif, und das Tüpfelchen auf dem i war erst die grüne Schachtel unsrer guten Padrona.«

»Ich verstehe aber immer noch nicht – soll ich dich tatsächlich begleiten?«

»Nur nach Velletri; dann sollst du, ich denke übermorgen, allein hierher zurückfahren und der Sora Luigia über meine Abwesenheit vorschwafeln, was dir einfällt«, sagte er gemütlich, sich an ihrer Fassungslosigkeit weidend. »Die Sache ist nämlich diese: Ich habe nach einem Vorwand gesucht, die Nichte in Velletri ein wenig – hm, na, sagen wir nur ruhig: über ihre vorige

Herrschaft auszuquetschen. Wenn ich allein nach Velletri käme, sähe das leicht wie beabsichtigt aus, und eine gewisse Menschenklasse wird leicht mißtrauisch und zieht dann sozusagen die Hörner ein. Komme ich jedoch auf einem imaginären Ausflug in Gesellschaft meiner Frau und diese macht sich zur Botin der lieben Tante, so erleichtert das die Geschichte wesentlich, für *mich* notabene! Wir haben übrigens Glück, daß die Nichte nicht womöglich in einem sizilianischen Nest sitzt, sondern in Velletri, wohin ein Automobil uns von Rom in einer Stunde bringt, und wir dürfen die übernächste Nacht wieder in unsern Betten schlafen. Du wenigstens, denn von mir kann ich während eines Falles nie sagen, wo und wie ich eine Nacht zubringen werde. Ist's nun klar?«

»Es dämmert«, nickte Evis und setzte lebhaft hinzu: »Aber damit machst du mich doch – und darüber fange ich schon an, vor Stolz zu schwellen – zu deiner Gehilfin. Freilich wohl nur in der Eigenschaft einer – Katzenpfote«, schloß sie lachend.

»Katzenpfoten gehören für mich zu den Utensilien meiner beruflichen Tätigkeit«, gestand er mit Behagen. »Freilich wissen sie's für gewöhnlich vorher und auch oft nachher nicht, daß ich sie dazu gemacht. Nun erhole dich nur von deinem Erstaunen und packe dein Bündel für ein paar Tage, wie ich's auch tun werde. Unsre gute Padrona darf natürlich nicht wissen, daß ich sobald nicht zurückkehren werde. Wenigstens voraussichtlich nicht, obwohl man nie wissen kann, wie eine Sache sich entwickelt. Das kann, wenn man Glück und eine gute Nase hat, rasch gehen, aber auch mehr Zeit beanspruchen, als man berechnen kann.«

Von ihrem Erstaunen hatte sich Frau Evis Windmüller indes doch noch nicht ganz erholt, als sie mit ihrem Gatten in Ronciglione beim Erlöschen eines herrlichen Sonnenuntergangs in den letzten Zug nach Rom einstieg, und eine Ahnung sagte ihr, daß es gut sein dürfte, auf weitere Überraschungen gefaßt zu sein. Klug genug war sie ja, es nicht wie gewiß viele andre junge Frauen übelzunehmen oder die Pikierte zu spielen; denn vermöge ihres unbegrenzten Glaubens an ihren Gatten, dem sie mit Recht ihre Errettung aus einer furchtbaren Gefahr verdankte, hätte es schon noch weit mehr bedurft, um ihr Vertrauen in ihn und seine Weisheit zu erschüttern.

In dem Wagenabteil, in welches sie einstiegen, fanden sie einen Mitreisenden vor, einen wirklich sehr hübschen jungen Mann, den Windmüller als Bekannten begrüßte und seiner Frau als Signor Enrico Valdoro vorstellte. Auf eine Mappe deutend, welche neben ihm auf dem Sitz stand, fragte er:

»Sie waren wohl auf dem Kriegspfade? Signor ist nämlich einer unsrer begabtesten Landschafts- und Architekturmaler«, fügte er erklärend für seine Frau hinzu.

»Eigentlich war ich früh nur ausgezogen, um mir bei Viterbo eine Villegiatura zu suchen, habe dabei aber natürlich auch einige Motive mitgenommen«, sagte der übrigens sehr schik und korrekt gekleidete junge Mann, kindlich strahlend über das gespendete Lob. »Mit dem Glück, das man nun einmal haben muß, fand ich Besseres, als ich gedacht, denn ich erhielt im Kloster der Madonna della Quercia nicht nur die Erlaubnis, den wunderbaren Innenhof mit dem schönen Brunnen malen zu dürfen, sondern auch noch ein sehr freundlich angebotenes Obdach im Kloster selbst. Also werde ich in den nächsten Tagen die nachgerade unerträglich werdende Hitze in Rom mit einer mir mehr zusagenden Temperatur vertauschen.«

»Was wohl Ihre Kollegen in Rom längst getan haben?« meinte Windmüller.

»Oh, wenn überhaupt, gewiß nur wenige. Ich selbst bin ja aus der gemäßigteren Zone der Lombardei, aber die Römer vertragen in puncto Hitze das Menschenmögliche«, versicherte Valdoro. »Filippo Terni, der große Terni, hat zum Beispiel erst vor einigen Tagen eines seiner berühmten Feste, diesmal in Blau gegeben, und zur Zeit veranstaltet er in seinem Atelier eine Ausstellung einer Anzahl seiner Werke zum Besten eines Hospitals, die enorm besucht wird. Es ist übrigens ein offenes Geheimnis, was der eigentliche Zweck dieser Ausstellung ist daher auch der Zulauf, besonders von seiten der großen Welt, die ihre Abreise nach ihren respektiven Villegiaturen eigens darum verschoben hat. Aber auch sonst strömt herbei, was den Eintritt von fünfzig Lire, ohne der Wohltätigkeit Schranken zu setzen, bezahlen kann.«

»Wenn das Geheimnis ein offenes ist, kann es wohl kaum eine Indiskretion sein, es zu verraten«, meinte Windmüller lächelnd.

»Gern, wenn Sie es nicht wissen; ich glaubte nur, Herr Doktor wüßten alles«, sagte der Maler naiv.

»Gewiß; nur das ausgenommen, was ich zufällig nicht weiß«, erwiderte Windmüller todernst.

»Nun ja – also Terni hatte das Bildnis einer Dame der höchsten Kreise gemalt und bis auf Geringfügiges vollendet, als diese sehr eigenartige junge Dame zur letzten Sitzung und überhaupt nicht mehr erschien. Man behauptete, sie habe ihren Gemahl Hals über Kopf verlassen. Jedenfalls hat das Gerücht in der Welt, in der man sich langweilt und dabei vortrefflich amüsiert, die wildesten und sich einander widersprechenden Kommentare ausgelöst. Ob darum oder aus andern Gründen der Gemahl dieser Dame dem Maler die öffentliche Ausstellung des Portraits seiner Frau verboten hat, hat man nicht erfahren, aber Terni ist ganz und gar nicht gewöhnt, daß ihm etwas verboten oder erlaubt wird, verwöhnt wie er nun einmal bis obenhinaus ist. Das Verbot ist ihm also höllisch in die Nase gestiegen, und da er ganz darauf versessen war, grade mit diesem Bildnis seinem Ruhmeskranz ein neues Blatt hinzuzufügen, oder ob der ›Debit‹ dabei eine Hauptrolle spielte – kurz, unter dem Vorwande, daß das Bild noch nicht ganz fertig sei, hat er dem Besitzer die Herausgabe verweigert und die eben stattfindende Privatausstellung ›zu wohltätigem Zweck‹ veranstaltet, in der das bewußte Portrait den Hauptplatz einnimmt. Damit hat er erreicht, was er wollte, denn nun rennt natürlich alles, was Beine hat und den hohen Eintrittspreis zahlen kann, in sein Atelier. Oh, unser lieber Filippo Terni kann nicht nur malen, er versteht es auch wie keiner, Reklame für sich zu machen, aber man muß der Wahrheit die Ehre geben und eingestehen, daß grade dieses Bildnis ein gradezu stupendes Meisterwerk ist.«

»Wie lange bleibt die Ausstellung noch geöffnet?« erkundigte sich Windmüller.

»Nur noch bis morgen abend«, antwortete Valdoro. »Dann freut es mich, daß wir zu allerdings nur vorübergehendem Aufenthalt aus unsrer Villegiatura nach Rom fahren, denn das Bild müssen wir natürlich auch sehen«, erklärte Windmüller zur großen Verwunderung seiner Frau, die es nicht begreifen konnte, daß ihr Mann, der es so eilig hatte, heute schon nach Rom zu fahren, plötzlich Zeit zum Besuch einer Ausstellung fand.

»Sie werden es nicht zu bereuen haben«, versicherte der junge Mann. »Ternis Atelier ist an sich schon eine Sehenswürdigkeit. Er versteht wie keiner die Kunst des Dekorierens und hat dazu ja Gott sei Dank auch die Mittel durch die fabelhaften Summen, die er für seine Portraits fordert und erhält. Nun, und seine Atelierfeste sind berühmt. Er hatte sie während der letzten Stagione[14] einheitlich auf Farben gestimmt und auf den Einladungskarten die Damen gebeten, in den entsprechenden Toiletten zu erscheinen. Das letzte dieser Feste war, wie ich schon sagte in Blau gehalten. Das elektrische Licht erstrahlte aus Kelchen blauer Lotosblumen und aus Dolden blauer Hyazinthen, was einen ganz magischen Effekt machte, und die verschiedenen blauen Farben der Damenkleider wirkten einfach zauberhaft. Für meinen Geschmack war das vorletzte dieser Feste in seiner Wirkung eigentlich noch berauschender im allgemeinen Eindruck, denn es war auf Rot eingestellt. Da strahlte das elektrische Licht aus roten Tulpen, vergoldete Körbe voll roter Rosen dienten als Dekoration, ein Thron, umwunden mit Girlanden roter Rosen war für die erklärte Königin dieses Festes errichtet und – blieb leer, denn sie, für deren Bildnis Terni seine Ausstellung veranstaltet hat, erschien nicht: die Contessa Giacinta del' Poggio-Oliveto.«

Bei der Nennung dieses Namens ging Frau Evis ein Licht auf; wenigstens glaubte sie zu erraten, daß ihr Gatte ihn schon gewußt, als er die Absicht aussprach, die Ausstellung zu besuchen. Immerhin konnte sie sich noch nicht zusammenreimen, welchen Zweck er damit im Hinblick auf den heute erhaltenen Auftrag verbinden wollte, falls es nicht der war, den eigentlichen Grund seiner Rückkehr nach Rom zu dieser Jahreszeit zu verschleiern. Indes, wer hätte diesen Grund wissen oder erraten können? Und es schien auch sicher eine ganz überflüssige Vorsichtsmaßregel gegenüber diesem anscheinend doch ganz harmlosen jungen Mann zu sein, der sein Mundwerk, einmal ›aufgezogen‹, in Bewegung zu erhalten verstand. Sie wußte eben noch nicht in ihrer jungen Ehe, daß Windmüller niemals Überflüssiges sagte oder tat, und unbewußt kam sie ihm zu Hilfe, indem sie fragte:

»Hatte denn die Contessa ihr Nichterscheinen auf dem Feste vorher nicht entschuldigen lassen, keine Absage geschickt? War sie allein, ohne ihren Mann gebeten, der dem Gastgeber doch schon aus Höflichkeit diese Rücksicht schuldig war?«

Valdoro zuckte vielsagend mit den Achseln. »Wenn die Contessa schon abgereist war, hätte der Conte allerdings seine und seiner Gemahlin Absage schicken müssen, aber vielleicht war er über die Abreise der Contessa derart aus der Fassung geraten, daß er darüber das Nächstliegende vergaß.«

»Nun ja, das wäre leicht denkbar«, meinte Evis. »Was glaubt man denn, daß der Grund zu der plötzlichen Abreise der Contessa war?«

»Oh, die Leute schwatzen und kombinieren sich alle möglichen Lesarten zusammen«, erwiderte der Maler. »Wie das immer so ist, wenn etwas, das wie Sensation aussieht, die Zungen in Bewegung setzt. Der eine Teil behauptet, daß der Conte seine junge Frau schlecht behandelt habe, weil er rasend eifersüchtig war infolge ihrer Beliebtheit in gewissen Kreisen und auch auf Terni selbst, der ihr allerdings auffällig huldigte und ihr Portrait nur für die Gunst, es malen zu dürfen, gemalt hat. Das soll eine Tatsache sein, und zwar eine glaubhafte, weil man ja doch weiß, beziehungsweise wissen will, daß die pekuniären Verhältnisse des Conte ihm kaum erlauben dürften, einen Terni zu bezahlen. Nun, da meint man eben, daß der Conte seiner Frau eine Szene gemacht hat, die sie veranlaßte, ihn zu verlassen.«

»Wäre es dann nicht das natürlichste gewesen, zu ihren Eltern zurückzukehren?« frage Evis.

»Man sollte es meinen«, gab Valdoro zu. »Doch da sie dies, soviel man weiß, nicht getan hat, so kombiniert man sich eben einen Fall mit dem Motto ›Cherchez l'homme‹ zusammen auf dem Hintergrund einer reizenden kleinen Villa, des Namens Mia Gioja, die mit Rosen umsponnen im Lorbeergebüsch am Fuße des Kaps der Circe liegt.«

»Oh!« machte Evis mit einem Blick auf Windmüller, der mit geschlossenen Augen in seiner Ecke saß und allem Anschein nach die versäumte Siesta dieses Tages nachholte.

»Nun ja, die Leute müssen eben reden, und der liebe Nächste ist ihnen in Ermangelung einer geistigen Einstellung ein immer willkommener Stoff«, meinte Valdoro. Dann, das Thema fallen lassend, erkundigte er sich nach der Villegiatura der Herrschaften, und da auch er für Caprarola schwärmte, so ging der Gesprächsstoff nicht aus, bis der Zug Rom erreichte, wo der junge Mann sich auf der Station San Pietro von Evis und ihrem aus seinem verspäteten Nachmittagsschläfchen erwachten Gatten verabschiedete.

»Das ist soweit ein ganz netter junger Mann«, meinte Evis, noch bevor der Zug sich nach dem Grundsatz ›Eile mit Weile‹ nach der Station Trastevere, die ihr Endziel war, wieder in Bewegung setzte. »Schwatzt ein bißchen viel und hätte sich den dummen Klatsch über die Ursache des Verschwindens der Contessa, den er glaubte mir vorsetzen zu müssen, eigentlich schenken können.«

»Liebste, du hast ihn mit deinen Fragen dazu herausgefordert«, versetzte Windmüller lachend. »Das soll aber kein Vorwurf sein, vielmehr eine Anerkennung, denn du hast mir damit die Mühe erspart, besagten Klatsch mit Geschicklichkeit und List aus ihm herauszulocken.«

»Ich habe dir – – Franz Xaver, was kannst du davon wissen, denn du hast von Anguilara an geschlafen wie ein Murmeltier. Sogar geschnarcht hast du stellenweise.«

»Aha, ich darf also beruhigt darüber sein, es überzeugend gemacht zu haben«, sagte Windmüller schmunzelnd. »Du kannst mir also den Vorwurf ersparen, daß es nicht höflich ist, in angenehmer Gesellschaft zu pennen. Ich habe diese Übung immer für sehr nützlich gefunden, wenn ich den Anschein erwecken will, als höre ich nicht, was gesprochen wird. Hier lag mir daran, vorzutäuschen, als interessiere mich die Contessa del' Poggio-Oliveto und ihr Verschwinden nicht im mindesten; denn da ich und mein Beruf recht bekannt ist, so schließen die Leute immer gleich darauf, daß ich sie aushorchen will, wenn ich Fragen stelle. Der gute Junge, der Valdoro – er ist nebenbei aus einer angesehenen Mailänder Familie, der ich mal beruflich einen Dienst erweisen konnte – hat mir durch die Wiederholung des von dir beanstandeten Klatsches einen möglicherweise nützlichen Fingerzeig gegeben. Mache kein so erstauntes, entrüstetes Gesicht, Liebste, denn siehst du, ich bin einfach darauf angewiesen, mit allen Mitteln ein mir gestelltes Ziel zu erreichen, und dazu gehört auch der gemeine Klatsch. Aus diesem Gemülle muß ich, ob's ekelhaft ist oder nicht, das Körnchen Wahrheit herausklauben, welches gleich einem Mosaiksteinchen das Bild ergänzen hilft, das ich zusammenfügen soll. – So, nun hätten wir ja glücklich unser heutiges Ziel erreicht; der von mir telephonisch zitierte Pfifferling steht in der vollen Glorie seiner krummen Beine, uns erwartend, auf dem Bahnsteig, und sollte Auguste uns mit einem Abendessen erwarten, so tue du ihm alle Ehre an und wundre dich nicht, wenn ich gleich verschwinde.«

»Aber du wirst doch nicht heute noch –«

»Gewiß werde ich das. Ich darf das Gras nicht unter meinen Füßen wachsen lassen. Wer weiß, ob es nicht unverantwortlicherweise schon so hoch geschossen ist, daß ich den Weg darin nicht mehr zu finden vermag.«

»Trotzdem aber wolltest du morgen noch die Ausstellung jenes Malers besuchen. Oder – oder war diese ausgesprochene Absicht nur – eine Finte?«

»Evis, du fängst an, als Gattin eines Detektivs mit deinen höheren Zwecken zu wachsen«, versicherte Windmüller anerkennend. »Indes, damit ist mir's Ernst. Wir werden beide die Ausstellung besuchen, und ich bitte, dich recht schön zu machen, der Vormittagsstunde und dem eleganten Ort entsprechend. Es gehört zur Sache.«

»Sesam, öffne dich!« nickte sie kopfschüttelnd, denn wenn sie ja auch bereit war, der erteilten Weisung Folge zu leisten, so schien es ihr doch nicht ganz einleuchtend, was eine private Gemäldeausstellung mit der ›Sache‹ zu tun haben sollte. Wenn sie jedoch Abstand davon nahm, um Aufklärung zu bitten, so bewies sie damit, daß sie klug genug war, abzuwarten, ob und was sie darüber hören durfte; eine Einsicht, die unter zehn Frauen kaum die Hälfte besitzen dürfte, von dem großen Menschenkenner Windmüller aber in ihr längst erkannt und nach Gebühr geschätzt.

Von der Station Trastevere war es kein weiter Weg mehr hinab zur Via Dandolo, in welcher Windmüllers kleines, schmuckes Haus, umgeben von einem Blumengärtchen stand; für gute Fußgänger war's tatsächlich nur ein ›Katzensprung‹, immerhin aber jetzt nach Sonnenuntergang in der noch brütenden Hitze des Tages trotz seiner Kürze ein recht warmer Weg. In der Villa angelangt, nahm Windmüller sich nur Zeit zu einem kühlen Trunk und verschwand dann mit dem seiner Frau erteilten Rat, sich baldmöglichst zur Ruhe zu begeben, bestimmt aber nicht seine Rückkehr zu erwarten. Hätte er das Gesicht gesehen, mit dem sein früheres Faktotum und nunmehriger Silberdiener Thelesphor Pfifferling ihm nachblickte, hätte er wahrscheinlich lachen müssen. Aber was er nicht sah, konnte er sich unschwer denken.

Es war übrigens für römische Stunde nicht spät, das heißt noch nicht Mitternacht, als er heimkehrte, empfangen von Pfifferling, der dazu zwar keinen Befehl erhalten, aber aus lieber, alter Gewohnheit und brennend vor Neugier auf seinen vergötterten Herren gewartet hatte, eine gutgekühlte Flasche Aqua da Tavola bereithaltend.

»Tja«, begann Windmüller, nachdem er durstig ein Glas geleert, »für Sie habe ich morgen einen Auftrag. Verstanden?«

»Hurra! Also wir arbeiten wieder!« rief Pfifferling mit leuchtenden Äuglein. »Ich habe mir's doch gleich gedacht!«

»Pfifferling, Sie müssen doch nun schon endlich wissen, daß ich es bin, der hier das Denken besorgt«, schnauzte Windmüller sein Faktotum aus alter, lieber Gewohnheit an, was diesen aus dem gleichen Gefühl heraus keineswegs abschreckte.

»Befehl, Herr Doktor«, strahlte er unentwegt. »Und womit darf ich Herrn Doktor ergebenst unter die Arme jreifen?«

»Das werden Sie schon ohne Ihre dummen Redensarten erfahren, denn ich bin nicht so schüchtern, erst auf Ihre gütige Aufforderung zu warten«, brummte Windmüller, was ein breites Grinsen auf das Spitzmausgesicht Pfifferlings zauberte, denn diesen Ton hatte er lange nicht mehr gehört und sich heiß danach gesehnt. »Also«, fuhr Windmüller nach diesem Anschnauzer, den auch er seiner Gesundheit schuldig war, fort, »wissen Sie, wo die Via della Dogana Vecchia liegt?«

»I, wo werd’ ich denn nicht! Zu Befehl, Herr Doktor.«

»Gut. Aus dieser Straße führt, wenn Sie vom Pantheon aus hineingehen, rechts eine ganz kurze, enge Gasse nach der Piazza Maddalena. In dieser Gasse liegt ein zweistöckiges Haus mit schwervergittertem Erdgeschoß, einer geschlossenen, anscheinend unbenutzten Seitenpforte und einem hohen Portal zwischen zwei Säulen. Dieses Haus ist der Palazzo Pavonazetti. Gegenüber befindet sich eine Taverne, vor deren Tür ein roter Kattunvorhang hängt. In diese Taverne sollen Sie morgen frühstücken gehen und versuchen, mit den Wirtsleuten oder der Bedienung ins Gespräch zu kommen. Elegant brauchen Sie dazu nicht auszusehen, denn es verkehren dort nur Arbeiter und Facchini[15]. soviel ich gesehen. Im Gespräch sollen Sie sich erkundigen, wem das große Haus gegenüber gehört, wer darin wohnt, dürfen auch ein wenig neugierig scheinen, aber im allgemeinen weniger fragen, als sich erzählen lassen. Verstanden?«

»Vollkommnamento, Herr Doktor«, versicherte Pfifferling, die Hacken zusammenschlagend. »So was habe ich doch schon öfter besorgt, aber noch nie in diese schöne Jejend, wo meine Viechsjonomie –«

»Physiognomie«, verbesserte Windmüller mechanisch.

»Noch jänzlich unbekannt ist«, vollendete Pfifferling. »Woher soll ich denn sein, wenn man mir frägt?«

»Nun, Sie können sich ja auf einen italienischen Tiroler aufspielen, damit Ihr doch noch wenig einwandfreies Italienisch keinen Verdacht erregt. Am Nachmittag werden Sie dann in besserer Kleidung einen Ausflug machen –«

»Au Backe, bei *die* Hitze!«

»Ich führe auch keinen Kühlapparat in der Westentasche mit, Sie Kamel!«

»War ja auch nur ein lautjewordener Jedanke, Herr Doktor. Jedanken sind zollfrei.«

»Nur die, welche man nicht ausspricht, merken Sie sich das. Also, Sie werden morgen nachmittag mit dem Zuge Rom–Neapel bis Terracina fahren, dort übernachten, früh ein Wägelchen mieten und damit nach der kleinen Stadt San Felice am Fuß des Monte Circeo fahren. Dem Kutscher und dem Wirt, bei dem Sie sich stärken können, erzählen Sie, daß Sie etwas an den Wärter der Villa Mia Gioja zu bestellen haben, und lassen sich den Weg dahin beschreiben. Weit ist er nicht, die Villa ist sehr schön etwas oberhalb des Meeresstrandes gelegen. Vielleicht sehen Sie den Wärter, dann bleiben Sie stehen, loben seine Blumen, sehen dabei, ob das Haus bewohnt aussieht, und wenn Ihnen dies der Fall zu sein scheint, dann fragen Sie wie nebenher, ob sein Herr, der Signor Terni – das heißt, Sie müssen natürlich vorher fragen, wem die reizende Villa gehört, wohlverstanden – ob der Signor Terni anwesend ist, ob er bald kommt und ob er Besuch erwartet. Was man eben so fragt, wenn man sich als harmloser Tourist am Zaun festschwatzt. Mit einem Worte –«

»Ihm ein Loch in den Leib fragen, ohne daß es das Rhinozeros merkt«, fiel Pfifferling ein. »Herr Doktor dürfen sich auf mir janz erjebenst verlassen. M. w« auch wenn es kein Rhinozeros, sondern ein Schlauberger sein sollte, was man ja gleich merken wird und sich danach richtet. Ist mich allens janz klar, als ob ich’s schriftlich hätte. Also: Herr Doktor wünschen zu wissen, wem die Villa – hm –«

»Mia Gioja, was ebenso gut Meine Freude wie Mein Juwel heißen kann.«

»Danke; der Name sitzt jetzt. Herr Doktor wollen also wissen, wem die Villa jehört, was ich mich dahin übersetze, daß Herr Doktor es zwar schon janz genau wissen, aber nach diese Richtung hin wie Tulpe zu tun jeruhen –«

»Bravo, Pfifferling!« flocht Windmüller schmunzelnd ein.

»Aber janz jehorsamst nur wissen wollen, ob und was für Jäste bereits dort hausen oder vielleicht erwartet werden«, schloß Pfifferling freudestrahlend über das gespendete Lob.

»So ist’s recht. Sie haben Ihre Aufgabe schnell und richtig erfaßt«, schloß Windmüller. »Nach Ihrem Spaziergang zur Villa Mia Gioja fahren Sie mit dem Wägelchen, das Sie natürlich warten ließen, so nach Terracina zurück, daß Sie am Abend wieder per Bahn nach Rom zurückfahren können. Falls Sie den Zug jedoch nicht mehr erreichen, dann schadet es auch nichts, wenn Sie in Terracina noch einmal übernachten. Die Hauptsache ist, daß Sie in der Villa oder auch im

Gasthaus in San Felice alles erfahren, was irgendwie von Wichtigkeit ist, ganz besonders über schon anwesende oder zu erwartende Gäste des Besitzers. So! Und nun gehen Sie schlafen, was auch ich tun werde.«

Die Post des folgenden Morgens brachte Windmüller einen Stadtbrief, dessen Handschrift ihm unbekannt war. Den Umschlag von dickem Büttenpapier sorgfältig aufschneidend, las er unter dem Datum des vorigen Tages:

Signor!

Heut nachmittag von einem Ausflug nach Caprarola zurückkehrend, wo ich Ihnen zu begegnen die Ehre hatte, fand ich von meinem Schwiegervater, dem Marchese Aquacalda in Viterbo ein Schreiben vor, in welchem er mir mitteilt, daß er die Absicht hat, den derzeitigen Aufenthalt meiner Frau durch Sie ermitteln zu lassen. Ohne das Recht dazu dem Marchese bestreiten zu wollen, fühle ich mich verpflichtet, Ihnen zu sagen, daß ich für meine Person eine eventuell von mir zu diesem Zweck erwartete Beihilfe mit der größten Entschiedenheit ablehne und verweigere, ohne Gründe dafür anzugeben. Diese Zeilen haben demnach einzig und allein den Zweck, Ihnen Zeit und Mühe durch etwaige Anfragen, schriftliche wie mündliche, zu ersparen, da ich zur Sache doch nichts andres sagen könnte, als was mein Schwiegervater Ihnen mitteilen wird.

Hochachtungsvoll

Poggio-Oliveto.

›So, so! Hm! Nun ja,‹ meditierte Windmüller, nachdem er das Schreiben zweimal gelesen, ›das wäre ja deutlich und endgültig; aber nicht für mich, denn ich bilde mir nun einmal ein, daß der Herr Graf sicherlich doch mehr wissen dürfte, als der Herr Marchese. Schon weil die Standpunkte beider Nobili vermutlich voneinander abweichen. Mehr noch, weil der Herr Graf unbedingt mehr wissen muß, als was er seinem Schwiegervater mitzuteilen für nötig gefunden hat. Möglicherweise nicht, um etwas zu verheimlichen, sondern zur Schonung der elterlichen Gefühle, was mir gegenüber nicht in Betracht kommt, mich aber neugierig darauf macht. Das weiß der Conte sehr genau, und darum halte ich diesen Brief für einen unweisen Schritt. Man hat mich noch niemals ungestraft neugierig gemacht, denn was ich erfahren will und muß, erfahre ich auf – Umwegen doch. Heute vielleicht schon, wenigstens zum Teil; und wenn nicht heute, dann bestimmt zu späterer Zeit.‹

Bald nach elf Uhr, zu welcher Stunde die Ausstellung im Atelier Terni's geöffnet wurde, trafen Windmüller und seine Frau daselbst ein; letztere sehr vorteilhaft aussehend in einem einfachen, aber perfekt gearbeiteten Promenadenkleid von weißem leichtem Wollstoff, weißen Lederschuhen und Handschuhen, den weißen, kleidsamen Reißstrohhut, der ihr aschblondes Haar nicht ganz verbarg, nur garniert mit einer Schleife von Goldlahn. Wie reizend, jung und vornehm sie in dem gutgewählten Anzug aussah, bewies auch zur Genüge der bewundernde Blick, mit welchem Filippo Terni, der die Besucher an der Tür seines fürstlichen Ateliers empfing, die ihm fremde Dame musterte.

Der Maler war eine elegante Erscheinung; sein rassiger Kopf mit dem kurz verschnittenen schwarzen Kraushaar, und dem tiefgebräunten, glattrasierten Gesicht, das einer antiken römischen Bronzebüste glich, sowie seine schlanke, geschmeidige Gestalt mit den berühmt schönen Händen, mit denen er sehr wirkungsvoll zu kokettieren verstand, waren Gegenstand großer und reichlich kundgegebener Schwärmerei der römischen Damenwelt. Daß soviel Bewunderung einen Mann nicht ganz gleichgültig lassen kann, und wäre er der größte Philosoph der Welt, ist ganz begreiflich; immerhin aber war der sicherlich ganz hervorragende Künstler klug genug, sich den Kopf nicht verdrehen zu lassen und Skandale zu vermeiden, die an sich ja seinem wohlverdienten Ruhm in den Augen der Welt kaum geschadet, vielleicht sogar genützt hätten. Und wenn man seinen Namen auch hin und wieder mit dem einer Frau der römischen Gesellschaft zusammen nannte, so wechselte der letztere doch zu oft und zu früh, als daß es zu mehr, als zu bloßem Tuscheln gekommen wäre. ›In der Mehrzahl liegt die Sicherheit‹, sagt das Sprichwort, und Terni nutzte es klug aus.

Nachdem Windmüller an der Kasse für sich und seine Frau durch zwei Hundertlire-Banknoten der Wohltätigkeit den Tribut entrichtet, wurde ihm von Filippo Terni ein in Leder gebundenes Buch mit der Bitte vorgelegt, seinen Namen einzutragen, und nachdem der Maler einen Blick auf das Autogramm geworfen, gab er seiner Freude Ausdruck, den berühmten Mann kennenzulernen, dem er persönlich bisher noch nicht begegnet war. Das Buch seinem Assistenten zu ferneren Eintragungen übergebend, reichte er sodann Evis den Arm, um sie durch die Ausstellung zu führen, deren Clou zweifelsohne das auf einer Erhöhung stehende lebensgroße Portrait der Contessa del' Poggio-Oliveto war, das mit vollster Absicht an betonter Stelle und sofort ins Auge fallend auf einer Staffelei stand, über welche ein alter, purpurner Goldbrokatstoff drapiert war, von welchem sich das Bild in schwerem Goldrahmen wirkungsvoll abhob.

Daß die von dem Künstler selbst kolorierte Photographie der Contessa, die der Marchese Aquacalda Windmüller gezeigt, nur ein Schatten des in Öl gemalten Portraits war, wäre auch einem weniger geübten Auge, als dem des letzeren ohne weiteres klar geworden. Das Lichtbild war sicher ein gutes, künstlerisches, aber es verhielt sich im Vergleich zu dem Gemälde wie die milde Kerze zu dem Licht der Sonne, denn es war unbestreitbar ein Meisterwerk, eine Orgie in Rot, und der eigenartige Kopf dieses Frauenbildnisses machte den Eindruck, sprechend ähnlich getroffen zu sein. Der Begriff ›sprechend‹ durfte freilich insofern nicht buchstäblich genommen werden, als das schmale, alabasterweiße Gesicht der Contessa nicht eben viel Leben im Ausdruck zeigte, ein junges Gesicht, das nicht viel Seele verriet, woran wohl in der Hauptsache die dem Beschauer gradeaus entgegenblickenden Augen schuld waren.

»Mein Gott, welch' seltsame Augen!« rief Evis unwillkürlich aus, als sie vor das Bild trat. »Tote Augen!« setzte sie fast erschrocken hinzu.

»In der Tat, Signora, die seltsamsten Augen, die ich jemals gesehen!« stimmte Terni bei. »Und was das allerseltsamste ist: diese Augen, die übrigens vortrefflich sehen, verändern niemals ihren Ausdruck. Das Original – wie Sie auf dem Schild am Fuß des Rahmens sehen: die Contessa Poggio-Oliveto – ist dabei eine sehr lebendige, noch sehr junge Dame, die den Tanz leidenschaftlich liebt, aber ebensowenig, wie in der Bewegung, im schnellsten Tempo des Tanzes sich ihr Gesicht rötet, ebensowenig beleben sich ihre Augen, vergrößern sich deren Pupillen, die nur wie ein dunkler Punkt in dem farblosen Steingrau der Iris stehen. Ich habe mich oft gefragt, ob es wohl noch ein zweites Paar solcher Augen gibt oder gegeben hat; Augen, die dem Maler zur Wiedergabe reizen, ohne ihn zu erwärmen oder anzuziehen. Beide Eltern der Contessa sollen dunkle Augen haben – ein merkwürdiges Spiel der Natur.«

»Jedenfalls ist die Contessa eine sehr eigenartige Erscheinung, der Ihre Kunst, Signor, ein wunderbares Relief verliehen hat«, bemerkte Windmüller. »Das scharlachrote, filmige Kleid auf dem purpursamtnen Sessel mit dem Hintergrund des kirschroten Vorhangs zusammenzustimmen, ist ein Meisterstück, das Ihnen keiner nachmachen könnte. Und daß Sie der über den Arm des Sessels herabhängenden, langen, weißen Hand auch noch eine vollerblühte, silberrosa La France-Rose zu halten gaben, ist ein Detail, das nicht minder Ihre Kunst verrät, wenn es ja auch freilich nicht alle Bewunderer dieses Bildnisses voll zu würdigen verstehen dürften.«

»Um so mehr freut mich Ihre Anerkennung, Herr Doktor«, versicherte Terni ehrlich. Der ganze Mann mochte sein, was man drastisch mit ›Fatzke‹ bezeichnet, aber daß er ehrlich und aufrichtig war, darüber hegte Windmüller keinen Zweifel. »Gestatten Sie«, setzte der Maler hinzu, »Sie darauf aufmerksam zu machen, daß auch das Haar der Contessa bemerkenswert ist. Schwarze Haare haben meist braune bis purpurne Schatten, womit gewöhnlich eine olivenfarbne bis direkt braune Gesichtsfarbe verbunden ist. Die Haare der Contessa haben jedoch tiefblaue Schatten und stahlblaue Lichter, die allemal mit einem alabaster- bis milchweißem Teint zusammengehen, den keine Erhitzung oder Erregung merklich zu röten vermag. Ja, die Seltsamkeit der Erscheinung dieser an sich nicht einmal bemerkenswert schönen Dame war es, die mich veranlaßte, um die Erlaubnis, sie malen zu dürfen, im wahren Sinn des Wortes zu betteln.«

»Das kann ich verstehen«, sagte Evis. »Dennoch – ich weiß nicht. Für mich hat dieses totenblasse Gesicht, haben diese steinernen Augen unter den graden, zusammengewachsenen, schwarzen Brauen etwas unendlich Tragisches.«

»Sie wird in älteren Jahren ein Modell zu der Muse der Tragödie werden«, stimmte Terni bei und setzte lebhaft hinzu: »Sie, Signora, könnten mich auch zum Betteln um die Erlaubnis, Sie malen zu dürfen, veranlassen. Das soll nicht etwa ein plumpes Kompliment sein. Ich male so oft auf Bestellung Bildnisse, denen erst die Aufmachung meinen Stempel aufdrücken muß, die malen zu dürfen, ich mich nicht einen Augenblick bemühen würde. Was wollen Sie? Die Kunst geht nach Brot; das ist ihre Schattenseite. Aber wenn ich darum bitte, eine Person zu malen, dann ist der Gedanke an das Brot ausgeschaltet, und nur der Künstler spricht aus mir.«

»Signor, Sie haben ganz recht. Das ist kein Kompliment, sondern eine Geistesoffenbarung«, nahm Windmüller fein das Wort für seine Frau, die nicht wußte, was sie sagen sollte. »Mehr noch, Sie kommen damit meinem Wunsch entgegen, ›die goldnen Augen meiner Waldeskönigin‹ – der Name ist einem deutschen Gedicht entnommen – durch Ihre Kunst zu verewigen. Doch davon wird wohl erst später zu reden sein; denn ich höre, daß die Ausstellung heut abend geschlossen wird und Sie dann wohl Ihre Villegiatura beziehen werden. Auch wir befinden uns in der unsrigen, aus der wir nur zu einem kurzen Abstecher nach Rom gekommen sind.«

»Oh, ich muß hier erst meine Zelte abbrechen«, erklärte Terni. »Meine Villegiatura, ich besitze eine kleine Villa am Meer bei San Felice, muß noch warten, denn zunächst gehe ich auf ein altes Schloß im Friaul, um dort den Besitzer und seine Gemahlin zu malen. Aber ich sehe im Herbst mit Freuden dem Bildnis Ihrer Signora entgegen. Es soll eine Studie in Weiß und Gold werden.«

Da Windmüller und seine Frau während dieses Gesprächs die einzigen Besucher des Ateliers waren, so hatte es ungehindert die für beide Teile unerwartete Wendung nehmen können. Nun aber gaben andere eintretende Besucher, denen Terni sich widmen mußte, das Signal zum Aufbruch, und als sie wieder in einem Taxameter saßen, um heimzufahren, fragte Evis schüchtern:

»Sag', war es dir Ernst mit dem Malen meines Bildes?«

»Ich müßte mich sehr täuschen, wenn der Mann etwas damit zu tun haben sollte«, sagte Windmüller geistesabwesend.

»Aber Franz Xaver! Wenn Filippo Terni mein Bild malen soll, dann muß er doch notwendig etwas damit zu tun haben, und nicht nur etwas, sondern alles«, rief sie lachend.

»Ei ja, natürlich!« kam er zu sich. »Verzeih, Liebste, was sagtest du? Oh, wegen deines Portraits in spe! Freilich ist es mir Ernst damit, und es wird sicher ein sehr schönes Bild werden. Wo nur der Esel, der Pfifferling hingekommen sein mag! Als wir vor elf Uhr das Haus verließen, war er von seinem Frühstück noch nicht zurück – –«

Evis gab es mit einem Seufzer auf, ihres Gatten Aufmerksamkeit auf das *ihr* Naheliegende zu lenken, aber sie begriff, daß seine Zerstreutheit einen Grund haben mußte, dem sie, auch ohne ihn zu kennen, ihre eignen Interessen unterzuordnen hatte.

Als sie ihre Villa erreichten, sprang Pfifferling, der augenscheinlich gewartet hatte, hinzu, den Wagenschlag zu öffnen.

»Na, das war ja ein langes Frühstück«, bemerkte Windmüller.

»Befehl, Herr Doktor«, erwiderte Pfifferling, über das ganze Gesicht feixend. »Ich habe mir sogar noch an Makkaroni mit Tomaten bumsdick jefuttert, um zwei Fliegen mit einer Klappe zu schlagen.«

»So, so! Sie können mir jetzt beim Umkleiden – Touristenanzug – helfen und dabei Rapport erstatten«, befahl Windmüller, und nachdem Pfifferling demgemäß seines Amtes als Kammerdiener gewaltet, erhielt er Erlaubnis zum Reden.

»Fliege Nummer 1 war kein fettes Luderchen«, begann er. »Die Leute in der Trattoria waren zujeknöpft, trotzdem ich ihnen mehr Zucker jab, als sie mich zu meinem Caffé nero, der nebenbei dort eine ruppige Tunke ist. Ich erfuhr, daß das jroße Haus fisafis-jegenüber der Palazzo des Conte Poggio und noch was dran ist, was Herrn Doktor vermutlich schonst bekannt war, als ich den ehrenvollen Auftrag kriegte, mich danach zu erkundigen.«

»Sie haben's im Raten schon weit gebracht. Weiter!«

»Befehl! Und dann habe ich dem Wirt von mich, woher ich bin und was ich in Rom zu suchen habe, was vorjeschwafelt, um seinen jütigen Rat jebeten und so nebenbei jefragt, ob

der Signor Conte jejenüber schonst ein Mummeljreis ist, ob er Jeld hat oder man bloß soso
bejütert ist. Antwort einsilbig. Herr Doktor, der Mann war noch furchtbar verschlafen und
jähnte wie'n Abjrund. Daher wohl die Maulfaulheit; die Frau Wirtin war überhaupt nicht zu
sehn; später erschien ein ebenso verschlafener Kellner. Also, der Signor Conte ist ein noch
junger Herr, so um die Dreißig herum, nicht jrade schwer reich, hält sich keine Eklipasche,
aber doch janz wohlhabend. Verheiratet? Jawohl, mit einer Marchesentochter aus Viterbo, was
Herr Doktor natürlich auch weiß. Familie ist noch nicht vorhanden, knapp ein Jahr verheiratet.
Jewiß sehr schöne Dame, die Signora Contessa? Achselzucken: Jeschmacksache! Der Signor
Conte macht wohl ein jroßes Haus, jibt viele Jesellschaften? Ja, so ab und zu schon, sitzt aber
lieber zu Haus, Frau Jemahlin jeht dafür lieber aus. Zur Zeit verreist. Das war alles, was ich
ausquetschen konnte.«

›Aha‹, dachte Windmüller. ›Also entweder sind die Wirtsleute vorsichtig, wollen sich den
Mund nicht verbrennen, oder das Geheimnis des Verschwindens der Contessa ist von der Dienerschaft im Palazzo Pavonazetti gut gewahrt worden.‹ »Nun ja,« setzte er laut hinzu, »Sie können wieder mal in die Trattoria gehen, wenn die Wirtsleute munter geworden sind. Bei näherer
Bekanntschaft werden sie vielleicht auch mitteilsamer werden. Weiter!«

»Befehl! Fliege Nummer 2 war hinjejen ein janz wohljenährter Brummer«, fuhr Pfifferling
fort. »Ich wollte mir also nach der zweiten Tasse Kaffee drücken, als jrade ein andrer Jast erschien, den der Wirt mit Hallo als einen alten Kunden und Freund bejrüßte, indem er ihn
Carluccio nannte. Und weil der Mann jleich jefragt wurde, was ihn nach Rom jeführt, und ob
er denn immer noch Kustode der Villa Mia Gioja sei, da blieb ich noch sitzen, bestellte mir Makkaroni und einen Deci Vino nero, obschonst ich mich dachte, daß es wohl noch mehrere Villas
jeben dürfte, die Mia Gioja benamst sind. Aber man kann doch nie nicht wissen, nicht wahr,
Herr Doktor? Na, die Antwort des Carluccio, der nebenbei ein recht kräftiger, mittelalterlicher
Knabe ist und sogar schonst frisch rasiert war, jab mich recht, jeblieben zu sein. Natürlich, sagte
er, sei er noch Kustode und Järtner in einer Person, aber sein Herr habe ihm telephoniert, daß er
diesen Sommer nicht hinauskommen würde, weil er zu einem Conte – Name nicht verstanden –
im Friaul fahren und dort Bilder malen würde. Carluccio soll also die Villa jut verschlossen halten, Türen und Fensterladen verwahren, die Teppiche klopfen und zusammenrollen, denn Jäste
kämen nicht hin. Und da sei denn die Frau des Carluccio zu einer Stippvisite zu ihrer Schwester
nach Gaeta, er selbst aber nach Rom gefahren, weil er sich einen neuen Anzug kaufen wollte,
und sein erster Gang sei natürlich zu seinem caro Antonio, was der Wirt ist, und dann müsse
er zu seinem Herrn, dem Signor Terni – den Namen habe janz deutlich aufjeschnappt –, um
sein Jehalt zu holen. Da dachte ich mich denn in meinem beschränkten Untertanenverstande,
obschonst der Herr Doktor mich das Denken in Ihren Anjelegenheiten streng verboten: Wenn
die Jeschichte stimmt, das heißt, wenn die Villa Mia Gioja einem Herrn Terni jehörend, der
wo Bilder malt, dieselbige ist, zu der ich heut die befohlene Rutschpartie machen soll, dann
könnten sich Herr Doktor erjebenst die Reisekosten für mich schenken, von wegen daß ja
doch keine Katze nicht dort ist.«

»Da haben Sie ausnahmsweise einmal nicht danebengedacht«, sagte Windmüller anerkennend.

»Auch daß Sie blieben, als der Carluccio kam, war ein guter Einfall –«

»Es war Inspiritismus, Herr Doktor«, versicherte Pfifferling stolz.

»Inspiration heißt es! Können Sie sich denn nicht abgewöhnen, Fremdworte zu verhunzen?
Na also: Sie brauchen heut nicht zu fahren, können aber zum Abendessen wieder in die Trattoria
gehen. Vielleicht ist dann die Wirtin da, die eher geneigt ist, über die Bewohner des Palazzo
Pavonazetti Auskunft zu geben. Zum Beispiel wie der Herr Graf mit seiner Frau lebt und so
weiter. Aber nur die Sache nicht auffällig machen, Pfifferling, damit die Leute nicht etwa auf
den Gedanken kommen, daß Sie ein verkappter Polizeispitzel sind, verstanden?«

»Verstehe schon, Herr Doktor. Die Italiener sind allesamt neugierig wie die Nachtigallen
und wissen diese Tugend auch bei andern zu schätzen, weshalb sie eine janze Portion davon
vertragen, ohne jleich was dahinter zu schnuppern. Ich kenne mir darin schonst aus.«

»Na, nur nicht zu klug sein wollen, Freund und Kupferstecher!« fühlte Windmüller sich verpflichtet, die Sicherheit seines Faktotums in Grenzen zu halten, und für sich überlegte er: »Also,
das Aktenstück Terni kann man danach wohl zunächst ad acta legen, ohne es darum gleich in
den Papierkorb zu werfen. Das Sprichwort ›Wo Rauch ist, da ist auch Feuer‹ kann ausnahmsweise mal unzutreffend sein, b *raucht* es aber nicht. Terni hat mir nicht den Eindruck gemacht,
als ob er von dem Verschwinden der Contessa etwas wüßte beziehungsweise beteiligt wäre. Er
hätte dann ihr Bild nicht ausgestellt und die allgemeine Aufmerksamkeit damit auf sich gelenkt.
Womit freilich noch nicht gesagt werden soll, daß er nicht so kühn war, eine verwegene Karte
auszuspielen, um grade dadurch nach berühmten Mustern zu verblüffen. Aber, wie gesagt, ich
glaub's nicht, und wenn ich damit im Recht bin, dann war diese Erkenntnis den Eintrittspreis
zu der Ausstellung schon wert.«

Seine Frau hätte von ihm nicht behaupten können, daß er während der Colazione ein lebhafter
Gesellschafter war. Er gab verkehrte Antworten, und aß auch anscheinend ohne zu wissen, was
er zu sich nahm; aber sie begriff, daß seine Zerstreutheit nicht ein Mangel an Interesse an ihr
und dem, was sie sagte, war. Ihre Bemühungen, eine Unterhaltung im Fluß zu halten, darum
aufgebend, erreichte sie damit ungewollt, daß ihr Schweigen seinen Gedankengang unterbrach
und zur Gegenwart zurückführte.

»Verzeih meine Wortkargheit«, sagte er lächelnd. »Indem du mich meinem Beruf zurückgege-
ben hast, wirst du dich mit dem Gedanken abfinden müssen, in mir einen Jagdhund zu sehen,
den man auf die Spur eines Wildes gesetzt hat. Damit ist jedoch nicht nur die Jagdpassion
erweckt worden, sondern vor allem das Pflichtbewußtsein, eine anvertraute Aufgabe möglichst
restlos zu lösen. Eine solche Aufgabe gleicht einem jener Geduldsspiele, wo ein auf ein dünnes
Brettchen geklebtes Bild in eine Unmenge unregelmäßiger Teilchen zersägt ist, und diese, un-
tereinandergeworfen, mit vieler Geduld wieder zu dem ursprünglichen Bilde zusammengefügt
werden sollen. Dabei helfen einem wenigstens noch die Farben und Formen der ausgezackten
Stückchen, aber wenn einem Jagdhund nur gesagt wird: ›Such', verloren!‹, ohne ihm auch nur
die Idee einer Richtung anzugeben, und schon der erste Anlauf auf einen Holzweg führt, dann
muß solch' ein Spürhund den richtigen Weg eben mit der Nase am Boden und seine Kombinationsgabe mit Hintansetzung aller andern Interessen auf den einen Punkt konzentrieren.
Dazu muß alles und jedes Mittel grade gut genug sein, wie zum Beispiel unser heutiger Ausflug nach Velletri, zu dem wir uns nun unter Belastung mit der ruppigen Schachtel der Sora
Luigia allgemach zurechtmachen dürfen.«

In Velletri, dem alten, klassischen Velitrae, langten sie mit der Eisenbahn früh genug an, um
noch die Sehenswürdigkeiten dieser verträumten kleinen, reizend gelegenen Stadt in Augenschein zu nehmen, nachdem sie vorher im Albergo ein Zimmer für die Nacht genommen.

An den Abhängen des Monte Artemisio aufgebaut, erfreut Velletri sich auch im Hochsom-
mer eines gesunden, erfrischenden Klimas; die Umgegend ist darum auch eine von den Römern
gern aufgesuchte Villegiatura. Der saubere Ort birgt daneben aber auch genug des Interessanten für den Italienreisenden, dessen Zeit es zuläßt, von der großen Heerstraße kleine, leicht
erreichbare Abstecher von Rom zu machen. Verfallende Mauern aus dem Mittelalter umgürten
die Stadt, von der man eine schöne Aussicht auf die Volskergebirge genießt, hinweg über die
Weinberge, auf denen der treffliche Wein wächst, der sich des besten Rufes erfreut. Der Ruf
der Einwohner von Velletri, das sich im Gegensatz zu dem Zeugnis des Suetonius rühmt, der
Geburtsort des Kaisers Augustus zu sein, war früher grade kein empfehlenswerter infolge des
daselbst blühenden beziehungsweise geblüht habenden Räuberwesens, namentlich als noch der
berüchtigte Gasparone[16] in der nächsten Umgebung sein Unwesen trieb und von seiner Höhle
in den mittelalterlichen Ruinen auf Monte Lariano sich auf Fürsten, Kardinäle und wohlhaben-
de Reisende stürzte, raubend, mordend und Lösegeld erpressend – ein Schrecken für Stadt und
Umgebung. Doch das sind längst tempi passati, wenn auch das Sprichwort heut noch spottend
sagt:

Velletrini sette volte villani.[17]

Windmüller führte seine Frau zunächst auf die höchstgelegene Stelle der bergigen Stadt, darauf der ehemalige päpstliche Palast, jetzt das Municipio oder Rathaus steht, ein imposantes Gebäude, nach den Plänen Vignolas erbaut von Giacomo della Porta, und wenn auch die großartige Reihe der Säle und Zimmer darin längst nicht mehr die alte Einrichtung aufweist, so ist doch die Aussicht aus ihren Fenstern über die Campagna und die Paludi[18] bis hinab zum Meer und auf das Kap der Circe ganz wunderbar. Einige alte Möbel reden noch von vergangenen Tagen alter Pracht, auch wird einem ein unmögliches Porträt des Cesare Borgia mit schwarzem Haar und Bart und schwarzen Augen gezeigt, während dieser berüchtigte Condottiere rotes Haar und Bart und die ganz hellen, graugrünen Augen seiner Familie hatte.

Dem Municipio gegenüber steht der Erzbischöfliche Palast, und dicht daneben zwei kleine, interessante Kirchen. Tiefer unten liegt die schöne Kathedrale San Clemente mit einer Kapelle der Borgia und Monumenten dieses Geschlechts; ferner ist zur Linken des Hochaltars ein schönes Freskogemälde von Antoniazzo Romano und in der Sakristei ein prächtiges Lavomano, welches Papst Julius II. der Kathedrale schenkte, als er Erzbischof von Velletri war. In der Kathedrale knieten ein paar Frauen in der malerischen Tracht, die sich hier noch erhalten hat, Evis Windmüller daran erinnernd, daß Raffael in Velletri das Modell zu seiner Madonna della Sedia fand – eine liebliche Mutter mit ihrem Kind auf dem Schoß vor der Tür ihres Hauses sitzend, die er, frappiert von ihrer Schönheit, in Ermangelung sonstigen Materials auf den runden Deckel einer Tonne skizzierte und malte, wie sie heute noch in der Galerie des Palazzo Pitti in Florenz zu sehen ist.

Aus der Kathedrale führte Windmüller seine Frau auf den Hauptplatz der Stadt, dessen eine Seite gänzlich von dem von Longhi erbauten Palazzo Lancelotti eingenommen ist. Seine Außenseite gibt aber keinen Begriff von seiner inneren Schönheit, und da der jetzige Besitzer, Fürst Ginetti, großzügig die Besichtigung gestattet, so konnte Windmüller seiner Frau die reizende Loggia, nach der Gartenseite gelegen, zeigen, sowie die herrliche offene Marmortreppe, die, bis zum Dach emporsteigend, einen wunderbaren Ausblick gewährt, und – last not least – auf dem letzten, höchsten Absatz die antike, wohlerhaltene Statue einer Pudicitia[19] die im Garten ausgegraben wurde, der sich in seiner ganzen Schönheit bis zum Monte Lepini hinzieht.

Da es inzwischen nun doch schon zu spät geworden war, um noch bis hinan zum hochgelegenen Kapuzinerkloster mit seiner wunderbaren Aussicht zu steigen, so schlenderten die Wanderer vom Palazzo Lancelotti nur noch zu der gegenüberliegenden Kirche Santa Maria in Trivio, den schönen, aus Basalt 1348 zur Erinnerung an die Befreiung von der Pest errichteten Campanile bewundernd, und vorüber an dem trotz seiner Verwahrlosung immer noch imposanten Palazzo Filippi zurück zu ihrem Albergo, wo sie den zuvor bestellten Pranzo einnahmen, und nach Genuß dieser trefflich bereiteten Mahlzeit gingen sie hinauf in ihr in allen Farben des Regenbogens prangendes Zimmer, um dort die Nichte der Sora Luigia zur Übergabe der bewußten Schachtel zu erwarten. Es verging immerhin noch eine Stunde, bis sie kam, womit ja auch gerechnet war, da sie in ihrer Stellung bis zur Beendung des Tagesdienstes, der bis auf die Küche ›für alles‹ beansprucht wurde, nicht früher abkommen konnte, wie sie bescheiden entschuldigend erklärte.

Faustina Matti machte Windmüller einen guten Eindruck. Nicht mehr jung, aber von angenehmem Äußeren, peinlich sauber und mit den guten Manieren einer Dienerin vornehmer Häuser, war er geneigt, sie auf zuverlässig und wahrheitsliebend einzuschätzen. Ohne Ziererei, aber respektvoll nahm sie die Einladung zum Niedersitzen an, freute sich kindlich über das mitgebrachte Geschenk der zärtlich geliebten Tante Luigia, ›die ihr soviel schönes über ihre Logiergäste geschrieben‹, und dankte in höflichen Worten für die Mühe, die sich diese durch das Mitbringen der Schachtel gemacht.

»Das war nichts als eine kleine, unbedeutende Gefälligkeit für Ihre liebe Tante, die uns den Aufenthalt in der Villa Gelsomino so angenehm macht«, lehnte Windmüller den Dank freundlich ab und setzte hinzu:

»Der Wechsel von Rom nach Velletri ist Ihnen gewiß nicht ganz leicht gefallen. Ihre Tante hat uns nämlich erzählt, daß Sie bis vor kurzem Cameriera bei der Contessa del' Poggio-Oliveto waren.«

»Nun ja,« gab Faustina Matti zu, »Rom ist eben eine Weltstadt und Velletri ein kleines Nest, aber was wollen Sie? Ich mußte froh sein, durch die Güte der Frau Marchesa Aquacalda gleich wieder eine Stellung zu bekommen, in der ich freilich wohl viel, viel mehr Arbeit habe, aber gut bezahlt und behandelt werde, denn meine jetzige Herrin ist eine wirkliche Signora. Das macht eben den Unterschied aus, denn wenn man einmal, seitdem man dient, daran gewöhnt war, in hohen Häusern Anstellung zu finden, so würde es weh tun, es anders zu finden.«

»Das verstehe ich sehr gut«, sagte Windmüller beifällig. »Da Sie gewiß recht unerwartet Ihre vorige Anstellung verloren, so muß der Conte del' Poggio-Oliveto mit der Rückkehr seiner Gemahlin wohl nicht mehr gerechnet haben.«

»Nein. Der Herr Graf hat mir selbst gesagt, daß die Frau Gräfin nicht mehr zurückkehren werde, und somit bliebe nichts übrig, als mich zu entlassen«, erwiderte Faustina ohne Zögern ganz sachlich.

»Ja, wenn er das gesagt hat, so muß er aber doch Nachricht von ihr erhalten haben«, fiel Evis ein, die auf ihr Stichwort gewartet hatte. »Was doch die Leute nicht alles reden! Man behauptet nämlich, daß die Contessa fortgegangen sei, ohne zu sagen, wohin, und habe seitdem nichts mehr von sich hören lassen.«

Faustina zuckte mit den Achseln. »Oh, Signora, die Leute müssen eben reden! Man sollte doch meinen, daß die Frau Gräfin geschrieben hat, sonst könnte der Herr Graf doch nicht wissen, daß sie nicht mehr zu ihm zurückkehren würde. Wir im Palazzo Pavonazetti haben darüber nichts erfahren, gar nichts. Wir wissen auch nicht, was vorgefallen ist, ehe sie, ich kann nur sagen, davonlief. Kein Mensch im ganzen Haus hat sie fortgehen gesehen oder gehört. Ich hatte der Signora Contessa beim Ankleiden zu einer Gesellschaft geholfen, wobei sie sagte, der Herr Graf habe ihr für diesen Abend einen alten Familienschmuck, den er in seiner Verwahrung hatte, zu geben versprochen, aber es wohl vergessen. Ich fragte, ob ich den Schmuck holen sollte, aber sie wollte selbst gehen, ihn zu holen, nahm einen Schal und lief hinüber zu dem Herrn Grafen, der seine Zimmer am Ende des langen Ganges im zweiten Stockwerk hat. Über eine Stunde habe ich in ihrem Ankleidezimmer auf ihre Rückkehr gewartet, aber sie kam nicht mehr, und ich habe sie nie wieder gesehen. Nicht einmal ihren Abendmantel hat sie mitgenommen, nichts, nichts als den seidnen Schal, den sie umgenommen, weil es kalt ist in den langen Korridoren des Palastes.«

»Merkwürdig, daß auch niemand in der Straße sie gesehen haben sollte das Haus verlassen«, meinte Windmüller.

»Oh, das ist leicht möglich, Signor, denn unsre Straße ist sehr kurz und auch bei Tage wenig belebt. Abends gar sieht man kaum mehr einen Menschen durchgehen; Kaufläden gibt es keine darin, nur eine kleine Trattoria liegt gegenüber. Die Frau Gräfin kann leicht, und ohne in unsrer Straße um diese Stunde – es war ja doch schon fast zehn Uhr – einem Menschen zu begegnen, zur nächsten Ecke gelangt, in ein vorüberfahrendes leeres Auto ein gestiegen und darin davongefahren sein. So meinte wenigstens Andrea, der Majordomo des Palastes.«

»Das hat viel für sich. Ist auch ganz natürlich, daß man die Sache unter der Dienerschaft besprochen und sich Gedanken darüber gemacht hat, warum die Contessa Hals über Kopf, ohne Begleitung, ganz allein und sogar ohne Mantel das Haus verlassen hat«, sagte Windmüller.

»Nun ja, darüber waren wir alle einer Meinung, daß ein Auftritt zwischen den Herrschaften die Ursache gewesen sein muß«, bekannte Faustina ohne Zögern. »Die Frau Gräfin ist leicht erregbar, man darf wohl sagen, heftig und jähzornig; da kann es schon sein, daß sie das Kind mit dem Bade ausgeschüttet hat. Nur daß sie nicht wiedergekommen ist, hat mich gewundert, weil es ihr immer gleich wieder leid tat, wenn sie sich in der Heftigkeit irgend hinreißen ließ. Lieber Gott, sie ist doch noch so jung, war recht verwöhnt und – und unerzogen, als sie heiratete, wenn ich mir erlauben darf es auszusprechen. Doch nun muß ich heimkehren, meiner Signora ihre Tisane zum Schlafengehen zu kochen. Ich danke Ihnen noch vielmals, daß Sie sich die

Mühe gemacht, mir selbst das Geschenk von Tante Luigia zu bringen, und wünsche Ihnen eine gute Nacht.«

»Nun, viel ist es nicht, was du erfahren hast, wenn es überhaupt etwas war, was du noch nicht wußtest«, sagte Evis, nachdem Faustina Matti gegangen war.

»Nein, viel ist es in der Tat nicht, immerhin aber kann ich aus dem, was diese sicher sehr anständige Person sachlich und ohne Klatsch und Indiskretion gesagt hat, einige Punkte herausziehen, die der Beachtung wert sind«, erwiderte Windmüller, sich Notizen machend. »Zum Beispiel, daß die Contessa tatsächlich von niemand im Haus gesehen wurde, als sie es, wie sie ging und stand, verließ. Was mit Sicherheit darauf schließen läßt, daß ihre Flucht unvorbereitet war. Ferner hat auch die Meinung des Haushofmeisters, sie könnte ein vorüberfahrendes Auto angehalten und darin davongefahren sein, viel für sich. Ergo muß man dieses Vehikel zu finden versuchen.«

»Ist das möglich?«

»Ganz gewiß, und zwar um so mehr, als nach allem keins der Familie daran gedacht haben dürfte, es zu tun. Die Länge der darüber verstrichenen und verlorenen Zeit ist noch kein Hindernis für den Erfolg. Ich habe schon nach Jahr und Tag ein Fuhrwerk ermittelt, das von einer gewissen Person zu bestimmtem Zweck benutzt wurde. In diesem Fall haben wir auch noch durch die Personalbeschreibung ein Hilfsmittel, das gar nicht versagen kann, falls die Annahme des Haushofmeisters sich als richtig erweist. Irgendein Ziel muß die Contessa dem Lenker des von ihr benutzten Vehikels doch angegeben haben, und damit wäre zu ihrer Auffindung schon viel gewonnen. Daß sie die Eisenbahn in der Abendtoilette, die sie trug, ohne jede sonstige Außenhülle benutzt haben sollte, ist nicht anzunehmen; das wäre denn doch zu auffallend gewesen. Folglich hat sie sich irgendwo einen Mantel geliehen beziehungsweise gekauft, falls sie Geld bei sich hatte, das sie nebenbei auch für die Benutzung das Wagens brauchte, kann sich aber auch von der Person Sachen geliehen haben, zu der sie sich fahren ließ; oder« – er hielt ein, um den Gedanken nicht auszusprechen, der ihm ja längst gekommen war – »oder die nachts durch die Straßen Roms streifende junge Frau ist einem Verbrechen zum Opfer gefallen, dessen Spuren längst verwischt sein könnten.«

»Wäre es nicht gut gewesen, von der Faustina Matti zu erfahren, was für ein Kleid die Contessa an jenem Abend trug?« fragte Evis schüchtern. »Ich meine, die Farbe des Kleides und des Schals –«

»Damit berührst du einen Punkt, der mir natürlich nicht entgangen ist«, fiel Windmüller ein. »Es war auch meine Absicht, darauf hinzulenken, nachdem die Cameriera das Wesentlichste zur Sache gesagt, aber ihr kurzer Abschied, an dem ich sie nicht verhindern durfte, da sie sicher ihres Dienstes wegen so schon auf Nadeln saß, hat mir das Weitere abgeschnitten. Aber ich denke nicht fehlzuschließen, wenn ich auf Rot für die Farbe des Kleides der Contessa schließe, denn aus dem Geplapper des guten Jungen Enrico Valdoro, dem ich gestern scheinbar schlafend sehr aufmerksam zugehört, war es doch das rote Fest bei Filippo Terni, dem sie beiwohnen wollte, zu dem sie aber unabgesagt nicht erschien. Du siehst daraus, Liebste, aus welch kleinen, scheinbar unbedeutenden Stückchen solch' Zusammensetzspiel besteht, das zu einem ganzen, lückenlosen Bilde zusammenzufügen meine Aufgabe ist. Und nun wollen auch wir uns zur Ruhe begeben, da wir ja doch heute nicht mehr nach Rom zurückkehren können.«

»Einverstanden, Franz Xaver. Aber eins möchte ich gern noch wissen: Warum ist die Contessa nicht auf dem Fest des Filippo Terni erschienen? Angenommen, daß eben dieses Fest die Ursache der Meinungsverschiedenheit zwischen ihr und ihrem Gatten war, daß sie grade zum Trotz gegen sein vielleicht sehr schroffes und hartes Verbot auf ihrem Willen bestand und im Jähzorn, wie sie ging und stand, das Haus verlassen hat mit der Absicht, unterwegs einen Wagen zu finden, der sie hinfahren konnte – warum hat sie dann unterwegs ihre Absicht geändert?«

»Für die Beantwortung dieser Frage stehen mehrere Lesarten offen; den Möglichkeiten ist hierfür ein weiter Spielraum geboten, von denen man keine übersehen oder ausschalten darf, bevor man nicht tiefer blicken kann, als es bis zu dieser Stunde angängig ist. Und da der Conte sich entschieden weigert, mit diesbezüglichen Angaben etwas Licht in das Dunkel zu bringen, so bin ich darauf angewiesen, es ohne seine Hilfe zu tun.«

Am folgenden Morgen nach Rom zurückgekehrt, begleitete Windmüller seine Frau sogleich vom Hauptbahnhof zur Station Trastevere, von wo sie verabredetermaßen ohne Aufenthalt nach Caprarola zurückkehren sollte, während er in Rom blieb. Daß sie gern allein in die kaum begonnene Villegiatura zurückging, hätte sie ehrlich nicht behaupten können. Es war im Gegenteil ein großes Opfer, das sie damit ihrem Gatten und seinem Beruf brachte, aber sie brachte es freudigen Herzens, weil sie erkannt hatte, daß sie ihm ohne fernere Ausübung desselben eine Lebensader abgeschnitten hätte, diesem Beruf, dem sie selbst ja soviel verdankte. Nachdem Windmüller dem davonfahrenden Zug in voller Würdigung des ihm von seiner ›Waldeskönigin‹ gebrachten Opfers mit allen guten Wünschen nachgewinkt, machte er kehrt und stieß dabei unsanft mit dem jungen Maler Enrico Valdoro zusammen, der im Sturmschritt den Bahnsteig daherkam, in der offenbaren Absicht, noch in den fahrenden Zug zu springen.

»Nein, den erreichen Sie selbst bei dem Tempo dieser Schneckenpost nicht mehr«, sagte Windmüller lachend.

»Genau um eine Pferdelänge zu spät gekommen!« jammerte Valdoro. »Bleibt also nichts weiter übrig, als mein Gepäck hier zu deponieren und auf den nächsten Zug nachmittags zu warten. Natürlich nicht in diesem scheußlichen Wartesaal in Gesellschaft zahlloser Fliegen; ich muß also zurück in die Stadt, um dort die Zeit mit meiner Colazione und dann in einem Café totzuschlagen. Fahren Sie, Herr Doktor? Nein? Oh, dann gestatten Sie mir wohl, mich Ihnen anzuschließen?«

Windmüller hatte zwar den Kopf mit andern Dingen voll, aber er gestattete die Begleitung natürlich, schon weil er den netten, sehr talentvollen jungen Mann gern mochte. Nachdem dieser eine kleine Weile neben ihm hergeschritten, stieß er einen tiefen Seufzer aus.

»Lieber Himmel, das klang ja zum Steinerweichen«, sagte Windmüller teilnehmend.

»Wenn's nur auch einen Stein erweichen könnte!« rief Valdoro. »Sehen Sie, Herr Doktor, ich war eben auf dem Wege nach meiner Villegiatura in Santa Maria della Ouercia, obwohl ich ursprünglich vorhatte, die heiße Zeit irgendwo in den Bergen zuzubringen, aber nach Viterbo oder wenigstens in die unmittelbare Nähe dieser Stadt zieht mich die stille, aber wahrscheinlich unerfüllbare Hoffnung, dort irgendeine menschliche Seele zu ergattern, durch deren Vermittlung ich Eingang in ein gewisses Haus finden könnte, in welchem jemand lebt, der – das heißt die – die –«

»Jawohl *die*. Ich verstehe«, schmunzelte Windmüller. »Ist sie nicht auch durch die wohltätige und zeitgemäße Vermittlung der Post zu erreichen?«

»Ich fürchte, daß dies keinen Erfolg hätte«, erwiderte Valdoro kleinlaut. »Die Sache ist nämlich die: Ein Onkel von mir, der in Rom als Advokat tätig ist, hat eine Tochter zur Erziehung bei den Damen du Sacré-Coeur auf Trinitá de' Monti. Zu ihrem letzten Geburtstag vor etwa einem Monat hatte er sie zu einem kleinen Fest in seinem Hause ausgebeten, wozu auch ich eingeladen war, um ein bißchen Leben und Schwung in die Sache zu bringen, und meine kleine Cousine, nebenbei schon sechzehn Jahre alt, hatte Erlaubnis, von ihren Mitschülerinnen mitzubringen, wen sie am liebsten mochte. Sie kam also mit zwei ihrer Freundinnen, von denen eine – ach, Herr Doktor, wenn ich Ihnen nur sagen könnte, wie entzückend diese ›eine‹ ist!«

»Ich kann mir's schon denken, lieber Valdoro. Sie ist also aus Viterbo?«

»Nein. Sie ist eine Sizilianerin, eine Waise, die jetzt, nachdem sie die Schule auf Trinitá de' Monti absolviert, Aufnahme bei einer Tante und deren Gemahl in Viterbo gefunden hat, vielmehr gestern erst dort eintreffen sollte, wie meine Cousine mir erzählte. Ja, wenn meine Verwandten in Rom den Marchese Aquacalda oder seine Gemahlin, eben die Tante von Donna Beatrice Cefalú persönlich kennten, aber –«

»Oh, den Marchese und seine Gemahlin kenne ich«, warf Windmüller ein.

»Ah, also endlich ein Mensch, der die Herrschaften kennt!« rief Valdoro aus. »Aber was nutzt mir das?« setzte er niedergeschlagen hinzu.

»Donna Beatrice, die Tochter des Herzogs von Rocca Saracinesca, durfte wohl mit Erlaubnis der Frau Oberin im Institutskleide ein Lämmerhüpfen bei ihrer Freundin mitmachen und sich von deren Cousin Enrico Valdoro sehr diskret, aber intensiv bewundern lassen, aber ob besagter Enrico Valdoro das im Haus ihrer Verwandten fortsetzen dürfte – –? Dio mio, die Zeiten sind ja freilich andere geworden; hat doch eine Tochter unsres Königs einen für ihre hohe Abstammung schlichten Conte, Kapitän in der königlichen Armee, geheiratet! Man denke, eine Prinzessin aus dem uralten Hause Savoyen! Aber wenn auch meine Familie eine sehr gute ist, mein Vater als Inhaber des alten, hochgeachteten Bankhauses Valdoro in Mailand eine angesehene Stellung einnimmt, so gibt es doch noch sehr viele Familien im Goldnen Buche Italiens, die sich für zu gut halten würden, eine ihrer Töchter dem Sohn eines Bürgerhauses zur Frau zu geben.«

»Das kann schon zutreffen, lieber Valdoro, bedürfte jedoch noch einer Probe aufs Exempel, bevor man die Büchse ins Korn wirft«, meinte Windmüller mit leisem Lächeln. »Wenn mir recht ist, hat der letzte Herzog von Rocca Saracinesca, also der Bruder der Marchesa Aquacalda, gründlich abgewirtschaftet. Sein einziges Kind, eine Tochter – der Titel ging an einen Vetter über – dürfte also keine reiche Erbin sein, um die sich der hohe Adel Italiens reißen wird. Um den großen Namen Cefalú – ja! Aber solch' ein Name bedarf eines solid vergoldeten Hintergrundes.«

»Nun ja, aber ich kann doch dem Marchese Aquacalda nicht einfach ins Haus schneien, nur weil ich zufällig ein Vetter einer Institutsfreundin der Donna Beatrice bin, der mit ihr mal einen Nachmittag lang Gesellschaftsspiele gespielt hat und dann zu jeder Vesper nach Trinitá de' Monti gerannt ist, um sie in der Schar der Pensionärinnen im weißen Schleier zu erspähen und hinter dem schönen, aber in diesem Falle lästigen Gitter des Chors von fern anzubeten! Wenn man frech genug wäre, könnte man sich unter diesem Vorwand gewiß die allerschönste Abfuhr holen, doch leider hat man dazu vielzuviel dummen Stolz. Doch wenn man von jemand, der im Palazzo Aquacalda etwas gilt, unter irgendeiner plausiblen Form eingeführt werden könnte –« Achselzuckend hielt er ein und sah dabei so niedergeschlagen aus, daß er Windmüller leid tat.

»Ja,« meinte er bedauernd, »meine Bekanntschaft mit dem Hause Aquacalda ist leider noch zu neu, als daß ich mir eine Einführung gestatten dürfte. Indes, da kommt mir ein Gedanke. Ich habe, jetzt eben nach Hause zurückkehrend, vor, dem Marchese brieflich eine Mitteilung zu machen, die ihm, selbst wenn sie mit dem Mittagzuge abgeht, vermutlich erst morgen früh in die Hände kommt. Wenn Sie jedoch meinen Brief mitnehmen und dem Marchese eigenhändig übergeben wollen –«

»Herr Doktor, Sie sind ein Engel!«

»Nun, nicht so eilig mit einem epitheton ornans, das Sie sehr möglicherweise in der Folge zu moderieren geneigt sein dürften! Also, diese gute Meinung von Ihnen einfach dahin auffassend, daß Sie bereit sind, meinen Brief zu bestellen, muß ich die Bedingung daran knüpfen, daß Sie ihn dem Marchese persönlich einhändigen, und falls er nicht anwesend sein sollte, der Marchesa. Sollte auch diese nicht zu sprechen sein, bitte ich, das Schreiben so lange zurückzuhalten, bis eine persönliche Überreichung ermöglicht wird.«

»Herr Doktor, Sie sind nicht nur ein Engel, sondern ein Erzengel!« rief Valdoro begeistert. »Jetzt gebe noch der Himmel, daß der Marchese nicht zu Haus ist, dafür aber die Marchesa!«

»Und so weiter. Ich verstehe auch Unausgesprochenes; das gehört zu meinem Beruf«, versicherte Windmüller lachend. »Da wir nun über die Sache selbst einig sind, so schlage ich vor, Sie begleiten mich in mein Haus, teilen dort meine mich daselbst erwartende Colazione, und ich schreibe dann den bewußten Brief, mit dem in der Tasche Ihnen die Wartezeit bis zum nächsten Zug nach Viterbo vielleicht rascher vergeht. Sollten Sie aber das Pech haben, auch diesen Zug zu versäumen –«

»Dann verdiente ich Prügel, aber ich weiß, daß ich sie nicht kriegen werde«, behauptete Valdoro mit solch glückseligem Gesicht, daß es Windmüller ganz warm ums Herz wurde.

Wie vorgeschlagen, so geschah es. Valdoro nahm an Windmüllers Mittagsmahlzeit teil, dann deponierte der letztere seinen Gast mit einer Tasse Kaffee, einer Schachtel Zigaretten und einer

Mappe voll Bilder im Wohnzimmer und ging selbst in sein Arbeitszimmer, den Brief an den Marchese zu schreiben. Vorher aber ließ er sich von Pfifferling Bericht erstatten.

»Erjebnis meines jestrigen Soupers in der Trattoria, bestehend aus Risotto und Vino nero, ist schon mehr wie mager, jradezu hundsdürr«, sagte er bedauernd. »Die Wirtin war zwar vorhanden, und weil ich ihr als Fremder neugierig machte, setzte sie sich auch nur eine Weile an meine jrüne Seite; es saßen nur noch ein paar Facchini da und fraßen Frutti di mare, die mich eklig sind. Ich brachte die Rede jewandt auf den Palazzo jejenüber, aus dem sie nur wußte, daß die Frau Jräfin verreist sei, was der Majordomo, der manchmal herüberkommt, ein Glas Wein zu trinken, erzählt hat, und daß die Cameriera ihre Dame nicht begleitet hat, weil sie, das heißt die Cameriera, in einen andern Dienst jetreten ist. Warum, hat der Majordomo nicht jesagt, sondern jetan, als ob er's nicht wüßte, oder als ob's ihm Wurscht sei. Das ist leider alles. Soll ich wieder hinjehn?«

Windmüller entschied, daß dies zunächst nicht mehr nötig sei. Die Dienerschaft im Palazzo Pavonazetti war demnach gut instruiert, wenn die nächste Nachbarschaft immer noch nichts andres wußte, als daß die Contessa ›verreist‹ war; denn man konnte wohl den Hausgenossen befehlen, den Mund zu halten, nicht aber Außenseitern.

Windmüller teilte dem Marchese nun brieflich mit, daß sein Schwiegersohn, ohne darum angegangen zu sein, sich entschieden geweigert habe, behufs Wiederfindung seiner Gemahlin irgendwie behilflich zu sein, und die ersten von ihm, Windmüller, dazu unternommenen Schritte begreiflicherweise noch kein nennenswertes Resultat gezeitigt hätten. Aber er vergaß nicht, hinzuzufügen, wer der Überbringer dieses Schreibens sei, ihn mit wenigen warmen Worten als Künstler und Mensch empfehlend.

Intermezzo

Mit Windmüllers Brief in der Tasche, dampfte Enrico Valdoro pünktlich ab, und als er dann in Viterbo vor dem Palazzo Aquacalda stand und den schönen bronzenen Türklopfer mit dem heißen Wunsch herabfallen ließ, daß der Marchese ausgegangen, seine Gemahlin aber daheim sein möchte, da hatte er tatsächlich dieses ersehnte Glück, das ein junger Mensch nun einmal haben muß. Damit war freilich noch nicht ausgemacht, daß die Marchesa ihn auch empfangen würde, aber der Name des ›Dottore tedesco‹, unter dessen Flagge er sich wohlweislich melden ließ, tat die erwünschte Wirkung, denn nach einigen Minuten ›Hangens und Bangens in schwebender Pein‹ kam der Diener mit der Meldung zurück, daß die Frau Marchesa bitten lasse.

Sich von ihr allein empfangen zu sehen, war ja allerdings eine Enttäuschung, die Valdoro mit männlicher Fassung zu ertragen versuchte, nachdem er jedoch seine Botschaft stehend ausgerichtet, Windmüllers Brief übergeben und sich dann mit ein paar freundlichen Worten für die gehabte Mühe entlassen sah, kam durch die Tür, deren Klinke er eben ergreifen wollte, eine junge Dame hereingeschossen, die bei seinem Anblick einen Augenblick stutzte und dann entschieden froh überrascht ausrief:

»Signor Valdoro! Welcher gute Wind hat denn Sie hierhergeweht?«

Sie war ein kleines, braunes Ding, zart und fein gebaut wie eine junge Birke, und obwohl sie trotz eines feingebogenen Näschens und eines sehr süßen Mundes kaum mehr, als das Prädikat ›hübsch‹ verdient hätte – ihre für das schmale Gesichtchen übermäßig großen, dunkelbraunen, lachenden Augen würden ihr die Beachtung gesichert haben wie kaum einer anerkannten Schönheit. »Ja, Bice, kennst du den Herrn?« fragte die Marchesa überrascht.

»Gewiß, zia mia!«[20] lächelte das junge Mädchen, dem begeisterten Maler ein sehr kleines, braunes Händchen reichend. »Er ist ja doch der Cousin meiner liebsten Institutsfreundin Nina Valdoro, von dem ich dir erzählte, daß er uns bei ihrem Geburtstagsfest so wundervoll unterhalten, so erstaunliche Zauberkunststücke vorgemacht hat, besonders eines, als er aus einem Zylinderhut, einem leeren Zylinderhut eine Schale mit Goldfischen hervorholte. Oh, es war einfach herrlich!«

»Mein Onkel hat es weniger herrlich gefunden, weil die Goldfischschale ein gutes Teil ihres Inhalts an Wasser in seinem Zylinder entleert hatte«, bekannte Valdoro mit dem hübschen, knabenhaften Lachen, das ihm so gut kleidete. »Wasser wirkt nämlich in seidnen Zylinderhüten erweichend, was meinen Onkel zu einer Homilie veranlaßte, die mich tief erschütterte, weil er mir damit zu Gemüt führte, daß man von Dingen, die nicht zu eines Menschen Beruf gehören, besser die Finger fortläßt. Und da ich tatsächlich nicht Taschenspieler, sondern Maler bin –«

»Oh, dann habe ich von Ihnen ein sehr schönes Bild gesehen, ein Motiv aus den Pontinischen Sümpfen«, fiel die Marchesa verbindlich ein. »Ihr Name, den ich bei der Anmeldung wohl nicht richtig verstanden, erinnert mich aber auch daran, daß eine meiner früheren Mitschülerinnen im Pensionat der Dominikanerinnen in Palermo, mit der ich im Lauf der Jahre leider ganz die Beziehungen verloren habe, sich mit einem Valdoro in Mailand verheiratete. Ihr Mädchenname war Felicita Felici.«

»Sie ist meine Mutter!« rief Valdoro überrascht aus. »Mein Vater ist Inhaber des Bankhauses Valdoro in Mailand, das, wie ich mit Stolz sagen darf, schon sein zweihundertfünfzigjähriges Bestehen feiern konnte.«

»Nein, wie interessant!« versicherte die Marchesa ehrlich erfreut. »Nun dürfen Sie aber noch nicht gehen; nehmen Sie Platz und erzählen Sie mir von Ihrer lieben Mutter, wie es ihr geht, über Ihre Familie!«

Valdoro ließ sich das nicht zweimal sagen. In eitel Wonne und Seligkeit schwimmend, saß er der kleinen, braunen Donna Beatrice gegenüber, und während er der Marchesa alle ihre lebhaften Fragen nach seiner in Mailand als Schönheit gefeierten Mutter ausführlich beantwortete, berauschte er sich an dem Glanz der großen, vergnügten braunen Augen, die einen so unauslöschlichen Eindruck auf ihn gemacht. Darüber kam der Marchese von seinem Ausgang zurück, und wenn auch Windmüllers Brief, den er sogleich las, ihn für den Augenblick ernst stimmte, so war er doch viel zu sehr Grandseigneur, um darüber einen Gast seines Hauses zu vernachlässigen. Aber auch dieser war zu gut erzogen, um den richtigen Moment des Sichempfehlens zu überschreiten, und so verließ er denn sehr erhoben den Palazzo Aquacalda mit der Einladung, sich bald wiedersehen zu lassen, mit Grüßen an seine Mutter und der Verheißung, ihn bei seiner Arbeit in Santa Maria della Ouercia aufzusuchen. Und da Donna Beatrice sogleich bat, dabei mitgenommen zu werden, was natürlich gewährt wurde, so wandelte sich für Valdoro das harte, holprige Pflaster Viterbos zu eitel Sprungfedern. Ja, Glück muß ein junger Mann nun einmal haben!

Nachdem Enrico Valdoro von Windmüller nach Übergabe des Briefes an den Marchese ebenso höflich wie deutlich an die Luft gesetzt worden war, machte dieser sich unter Verzicht auf eine Siesta zum Ausgang behufs Erhebung gewisser Auskünfte zurecht, als er die Glocke seines Hauses läuten hörte. Ärgerlich darüber, daß er vergessen, Pfifferling zu sagen, er sei für etwaige Besuche nicht zu sprechen, wollte er das Versäumte eben noch nachholen, als jener auch schon mit einer Visitenkarte auf dem Präsentierteller erschien, und diese entgegennehmend, las er darauf den Namen:

»Commendatore« Attilio Pavonazetti, gia Capitano della Regia Marina. Roma, Palazzo Pavonazetti.«

»Aha,« erinnerte sich Windmüller, »der Onkel des Conte. Ja, für den bin ich natürlich zu sprechen; gut, daß ich noch nicht fortgegangen war.«

Es war ein kleiner Herr mit einem riesigen weißen Schnurrbart a la König Umberto, der Windmüller alsbald entgegentrat. Sein volles, ebenfalls schneeweißes, welliges Haar war sorgfältig gescheitelt, sein Jackettanzug von marineblauem Stoff zwar nicht mehr neu, aber tadellos gebürstet, und wenn auch einer seiner Schuhe zweifellos berüstet war, so spiegelte er wie sein Gegenstück gleich Lackleder, so glänzend war die Fußbekleidung gewichst. Kragen und Manschetten waren peinlich sauber, zeigten aber Altersspuren. Alle diese Details nahm Windmüller mit einem Blick gewohnheitsmäßig zur Notiz, während er in Gedanken summierte: ›Junggeselle, der sich selbst um seine Garderobe kümmert, und deren Abgetragensein durch Sauberkeit und Ordnung gesellschaftsfähig bleibt. Der Mann ist zuverlässig.‹

»Herr Doktor,« begann der Capitano ohne lange Einleitung, indem er seinen steifen weißen Strohhut neben den Stuhl stellte, den Windmüller ihm zuschob, »ich habe in Erfahrung gebracht, daß der Schwiegervater meines Neffen, des Conte Mario del' Poggio-Oliveto, in dessen Haus ich wohne, Sie damit beauftragt hat, den Aufenthalt seiner rätselhaft verschwundenen Tochter zu ermitteln, und weiß auch, daß mein Neffe sich entschieden geweigert hat, Sie dabei mit Rat und Tat zu unterstützen. Da ich aber der Meinung bin, daß es an meinem Neffen gewesen wäre, den ersten Schritt dazu zu tun, zu welchem Ende ich auch nicht verfehlt habe, ihn auf Sie aufmerksam zu machen, so brauche ich wohl kaum noch zu versichern, daß ich die Haltung meines Neffen in dieser ebenso peinlichen wie traurigen Angelegenheit nicht nur lebhaft bedaure, sondern auch entschieden verurteile. Aus diesem Gefühl heraus habe ich den Entschluß gefaßt, mich Ihnen, soweit es in meinen Kräften steht, wenn es auch blutwenig bedeutet, zur Verfügung zu stellen. Ich überschreite damit zwar alle und jede Befugnis, denn als Gast meines Neffen wäre ich eigentlich verpflichtet, mich seiner Haltung anzuschließen, ein untätiger Zuschauer zu bleiben nach dem Grundsatz ›wes Brot ich ess‹, des Lied ich sing‹, aber, hol's der Teufel!, das kann ich nicht. Ich bringe es einfach nicht über mich, mich gleichgültig mit dem Gedanken abzufinden, solch' armes junges Wesen, das ja doch nur in der Hitze ihres Temperaments den törichten Schritt getan hat, davonzulaufen, kaltblütig Gott weiß, welchem Schicksal zu überlassen.«

»Sie haben ganz recht: Gott weiß, welchem Schicksal«, wiederholte Windmüller ernst und mit schwerem Nachdruck. »Was ich dem Herrn Marchese verschwieg, um ihm nicht vorzeitig alle Hoffnung zu rauben, kann ich Ihnen gegenüber ganz offen aussprechen: Es ist schon soviel kostbare Zeit über dem Verschwinden der Contessa verstrichen, daß mir, wie ich sehr fürchte, nur noch übrig bleibt, den Namen des Schicksals festzustellen, dem sie anheimgefallen ist.«

»Mein Gott! Mein Gott, es ist nicht auszudenken! Arme Giacinta! Arme Farfalla!« rief der Capitano schmerzlich. »Ist sie nicht mehr am Leben, so wäre das vielleicht noch nicht das Furchtbarste. Es gibt schlimmere Dinge als den Tod. Aber es darf in der Menschlichkeit Namen doch kein Stein unumgedreht bleiben, so lange die Hoffnung nicht ganz erloschen ist, ein so junges Leben selbst aus der Hölle hinauszuretten, in der es festgehalten sein könnte!«

»Gewiß, so fasse ich meine Aufgabe auch auf, Herr Commandatore«, stimmte Windmüller zu. »Damit ist aber für mich das Rätsel, weshalb Ihr Neffe keine Hand dazu bieten will, nicht gelöst. Es ist, rein menschlich geurteilt, zu verstehen, daß der Mann und Gatte in der ersten Aufwallung seines Schmerzes und seiner gerechten Empörung, wie wir wohl zugeben müssen, gesagt haben kann: ›Laßt sie laufen! Ich werde sie nicht suchen, nicht zurückholen, und wenn sie von selbst wiederkommt, werde ich ihr meine Tür verschließen; ich mag sie nicht mehr wiedersehen.‹ Wir wollen auch zugestehen, daß es Charaktere gibt, deren ersten, verständlichen Zorn die Zeit nicht mildert beziehungsweise ihn in Verbissenheit, Hartnäckigkeit und Verbitterung umsetzt; Charaktere, die es nicht über sich bringen, zu vergeben und zu vergessen. Aber ein Mann hat doch auch Rücksicht auf seinen Namen zu nehmen, den er seiner Gattin gab, und wenn er auch zehnmal das Tischtuch zwischen sich und ihr zerschnitten hat, so muß ihm doch daran liegen, sich ihres Schicksals zu versichern. Warum weigert sich der Conte, das zu tun?«

»Ja, warum?« wiederholte der Capitano. »Nahezu mit den gleichen Worten habe ich ihn an die Pflicht gegen unsern Namen ermahnt, da schon der Appell an seine Gattenpflicht versagte. Es ist alles umsonst; mehr noch, er hat mir in den schärfsten Worten untersagt, davon zu reden. Wenn ich Ihnen, Herr Doktor, sagte, daß ich leider zur Unterstützung Ihrer Aufgabe nur blutwenig beitragen kann, soweit ich es zu beurteilen vermag, so ist dies keine Übertreibung. Ich weiß ja selbst nicht einmal, was die Ursache dieser unseligen Katastrophe war. ›Eine Meinungsverschiedenheit‹, war die einzige Erklärung, zu der mein Neffe sich herabließ. Nun ja, ich weiß, daß mein Neffe und seine Frau nicht in allem einer Meinung waren. Ohne mich selbst hineingemischt zu haben, verhehle ich nicht, daß ich in gewissen Dingen den Standpunkt meines Neffen gewürdigt und geteilt habe, ohne damit meiner Nichte zur Last zu legen, wofür sie nicht verantwortlich ist: ihre große Jugend und – ihren leeren Kopf. Mario ist einer der in unsern Kreisen durchaus nicht so seltnen Männer, welche das geistlose Treiben der Gesellschaft fliehen, lieber still für sich ihren gelehrten und künstlerischen Neigungen leben, törichten Liaisons und Intrigen aus dem Wege gehen. Darum war er auch für einen der orthodoxen Berufe unsrer Kaste, Armee oder diplomatische Laufbahn nicht geeignet. Auch der Sport hat ihn nicht gelockt, aber er ist ein guter Reiter. Seine Neigung ist das Studium des Kunstgewerbes, seine Leidenschaft altes Porzellan, von dem er eine recht bedeutende Sammlung besitzt. Bei seiner ausgesprochenen Veranlagung zum Junggesellenstand hätte es einer sehr klugen, verständnisvollen und gütigen Frau bedurft, um die Ehe für ihn nicht nur erträglich, sondern auch befriedigend und geistig fördernd zu gestalten, und wenn es ihm freigestanden hätte, die für ihn geeignete Frau, sein anderes und besseres Ich zu suchen und finden – – aber es stand ihm nicht frei, denn seine Verbindung mit Giacinta Aquacalda war eine längst abgemachte Familienangelegenheit, von der zurückzutreten eine tödliche Beleidigung bedeutet hätte. Einfach undenkbar! Und so führte er denn dieses junge Geschöpf heim, das von der Welt und dem Leben rein nichts kannte, eine gute Kinderstube hatte, aber ohne jede geistige Begabung und mit ihrem bißchen Institutsbildung so unwissend wie eine Indianersquaw ist! Wie es seine Pflicht war, führte mein Neffe seine junge Frau in der Gesellschaft ein, deren inhaltloses Treiben ihr derart zu Kopf stieg, daß sie völlig darin aufging und nur noch einen Gedanken hatte: Tanzen, tanzen, tanzen! Das war die Grundlage zu den ersten Meinungsverschiedenheiten, denn nichts ekelt meinen Neffen mehr an als der Tanz, die Wurzel alles Übels in dieser Ehe, und ich vermute, daß es damit zur Katastrophe kam. Schon zu Mittag jenes unseligen Tages kam es wegen eines am Abend stattfindenden Festes in einem Künstleratelier zu einer stürmischen Szene, weil mein Neffe sich weigerte, teil daran zu nehmen, und seine Frau hierzu entschlossen war –«

»Mit einem Wort: das rote Fest bei Filippo Terni, dem Porträtmaler«, fiel Windmüller ein.

»Ja, soviel ist mir bekannt, und die Vermutung liegt nahe, daß die Contessa am Abend in letzter Stunde nach einer erneuten, endgültigen Weigerung des Conte, das Fest zu besuchen, im Jähzorn allein davongelaufen ist. Ein Zweifel aber darüber, daß sie auf diesem Fest nicht erschienen ist, besteht wohl kaum mehr, und darum müssen wir mit der Möglichkeit rechnen, daß ihr auf dem Wege zu dem Atelier etwas zugestoßen ist, sie das Opfer eines Verbrechens wurde, um es mit dürren Worten auszusprechen. Denn gesetzt auch, daß sie sich bei ihrer Flucht zu jemand begeben, bei dem oder der sie sich verborgen hält, um ihren Gemahl ›zur Strafe‹ im Ungewissen über ihren Verbleib zu lassen, so dürfen wir nicht vergessen, daß sie liebende Eltern hat, die über ihr Verschwinden in bitterster Sorge leben. Ist es anzunehmen, daß sie es als Kind übers Herz bringen kann, ihre Lieben in dieser unerhörten Weise zu quälen? Halten Sie sie für dessen fähig?«

»Nein, das wäre denn doch eine allzu schwere Anklage«, erwiderte der Capitano. »Ich weiß aber, daß die Marchesa, ihre Mutter, eine Dame, die ich sehr schätze, meiner Nichte Vorhaltungen über ihre Vergnügungssucht, über ihre einfach unbezähmbare Tanzleidenschaft gemacht und daß die mütterliche Ermahnung ebenso tauben Ohren gepredigt wurden wie die meines Neffen. Lieber Gott, wie soll man sich aus diesem Irrgarten hinausfinden?«

»Mein Auftrag, die Verlorene zu finden, ist mir durch die Länge der schon verstrichenen Zeit, sowie durch die Weigerung des Conte, Auskunft zu erteilen, außerordentlich erschwert worden, und das so sehr, daß ich schon daran gedacht habe, ihn dem Marchese Aquacalda als unausführbar zurückzugeben«, sagte Windmüller nach einer Pause. »Indes ist mir eine Möglichkeit gekommen, die mich reizen könnte, der Sache auf den Grund zu gehen. Ihr Besuch, Herr Capitano, hat, wie Sie sagten, den Zweck, sich mir zur Verfügung zu stellen; die Offenheit, mit der Sie mir das für Sie immerhin heikle Thema der Ehe Ihres Neffen darlegten – ich brauche wohl nicht erst zu versichern, daß jedes hier gesprochene Wort geheim bleibt –, berechtigt mich zu der Annahme, in Ihnen einen Helfer zu finden, falls ich es für unumgänglich nötig halten sollte, mich gegen den Willen des Herrn Grafen in sein Haus einzuschmuggeln. Haben Sie daran vielleicht schon gedacht, als Sie sich entschlossen, mich aufzusuchen?«

»Die Idee ist mir allerdings schon gekommen«, bekannte Pavonazetti nach kurzem Zögern, »aber ich habe sie wieder fallen lassen, weil ich mir sagen mußte, daß Sie im Hause meines Neffen ja unmöglich etwas finden würden, was zum Aufschluß über den Verbleib meiner Nichte dienen könnte.«

»Ah, lassen Sie das meine Sorge sein, denn wenn ich es für nötig fände, Einlaß in Ihrem Haus zu erhalten, dann hätte ich auch mit tödlicher Sicherheit schon einen bestimmten Punkt im Auge, worüber Auskunft zu geben ich mir jedoch solange vorbehalte, als es mir richtig erscheint«, rief Windmüller aus. »Die Frage ist nur: wissen Sie eine ganz sichere beziehungsweise plausible Möglichkeit, mich in das Haus zu bringen?«

»Darüber vermag ich zur Stunde noch nichts zu sagen«, erwiderte der Capitano, in dessen hellen Seemannsaugen es zu funkeln begann. »Aber ich werde nachdenken, und da ich mir ohne Überhebung eine lebhafte Phantasie mit einer gewissen Hinneigung zum Abenteuerlichen zuschreiben darf, so ist nicht ausgeschlossen, daß mir etwas einfällt, womit Ihnen gedient ist. Darf ich Sie wieder aufsuchen, oder soll ich Ihnen schreiben?«

»Es ist besser, Sie kommen wieder zu mir. Aber telephonieren Sie vorher, damit Sie mich auch zu Hause finden.«

»Gut, ich werde anrufen«, sagte der Capitano und griff nach seinem Hut.

»Noch ein paar Fragen, Herr Commendatore! Ist Ihnen etwa zu Ohren gekommen, ob Ihr Neffe die Forderung eines Lösegelds für die Auslieferung seiner Gemahlin erhalten hat? Wir dürfen nämlich nicht außer acht lassen, daß die Contessa gekidnapt sein könnte.«

»Nein, davon ist mir nichts bekannt, ich würde aber sicherlich davon gehört haben, wenn es der Fall gewesen wäre. Ich bin auch fest davon überzeugt, daß mein Neffe nicht eine Stunde gezögert haben würde, seine Frau aus solch' einer Lage zu befreien, oder sich im Fall des Nichtvermögens mit seinem Schwiegervater zu gemeinsamer Aktion in Verbindung zu setzen.«

»Man sollte es wenigstens annehmen. Nun zu meiner zweiten Frage: Wir wissen, daß die Contessa, als sie verschwand, bereits für das Atelierfest angezogen war, also vermutlich ein rotes Kleid trug Das ist aber weniger wichtig als die Angabe des Schmuckes, den sie angelegt hatte: Ringe, Hals- und Armbänder. Ist das festgestellt worden?«

»Ja. Was sie gewöhnlich an Ringen trug, sowie an Juwelen, die sie besaß, ist vollzählig von ihr zurückgelassen worden.«

»Ich habe in Erfahrung gebracht – wie, ist ohne Belang –, daß die Contessa, bereits zu dem Fest angekleidet, einen Schal umnahm und zu dem Conte ging, um bei diesem einen Familienschmuck zu holen, den er ihr versprochen, aber vergessen haben soll zu geben –«

»Das wissen Sie? Wie – aber ich will nicht fragen, sondern nur zugeben, daß dem so war, denn die Cameriera meiner Nichte, die jedoch nicht mehr im Hause ist und von der ich auch nicht weiß, wo sie sich gegenwärtig aufhält, hat es mir selbst erzählt. Ob mein Neffe seiner Frau den Schmuck aber tatsächlich gegeben und sie ihn mitgenommen hat, kann ich nicht sagen, denn ich habe ihn darum nicht befragt.«

»Nun, das könnten Sie gewiß noch nachholen. Wie sieht dieser Schmuck aus, woraus besteht er?«

»Nur aus einem Anhänger, aber dieser ist so eigenartig, daß es selbst einen nur ähnlichen kaum geben dürfte: eine Juwelierarbeit aus dem Cinquecento, die der Familientradition zufolge der ersten Contessa del' Poggio-Oliveto, die eine venezianische Patriziertochter war, als Hochzeitsgabe von der Königin von Cypern, Caterina Cornaro, ihrer Tante, erhalten hat. Der Schmuck gilt in unserer Familie als Amulett, das der jeweilige Chef des Hauses in Verwahrung hat, und zwar in einem Gelaß, dessen Ort nur dieser kennt und seinem jemaligem Erben schriftlich in versiegeltem Umschlag hinterläßt. Solche geheimen Gelasse sind in den unsichern Tagen der vergangenen Jahrhunderte einfach eine Notwendigkeit zur Aufbewahrung von Wertsachen gewesen, und wenn es auch heutzutage wohl kaum mehr notwendig scheint, so wird das Geheimnis immer noch sorgfältig gewahrt, denn wir alten Familien hängen eben sehr an unsern Traditionen. Um nun zu dem Schmuck selbst zurückzukommen, so hat ihn mein Neffe seiner Frau gezeigt, und seitdem hat sie keine Ruhe mehr gegeben, ihn zu besitzen, was sie jedoch nicht erreichte. Tatsächlich war er die Ursache zu der ehelichen Szene zur Mittagszeit des Unglückstages, an welchem meine Nichte verschwand. Damals hat mein Neffe in meiner Gegenwart die Herausgabe des Schmuckes rundweg verweigert. Möglich, daß er später des lieben Friedens wegen nachgegeben hat, was anzunehmen ist, wenn seine Frau am Abend zu ihm ging, das Juwel zu holen, oder aber – was ich eher glaube – sie hat noch einmal versuchen wollen, es ihm abzubetteln. Ob es ihr gelungen ist, darüber weiß ich, wie gesagt, nichts.«

»Können Sie mir den Schmuck etwas näher beschreiben?«

»Mehr noch, Herr Doktor, ich kann Ihnen eine naturgroße Skizze davon zeigen, die ich zufällig bei mir habe. Ich machte sie mir als Beilage zu der Geschichte unsrer Familie, die zu verfassen beziehungsweise umzuarbeiten ich zur Zeit beschäftigt bin.«

Damit holte der Capitano aus der Brusttasche seines Rockes ein umfangreiches Portefeuille hervor, dem er nach einigem Suchen ein Pergamentblättchen entnahm, auf welchem er sauber mit Bleistift gezeichnet und mit Wasserfarben leicht koloriert den Schmuck skizziert hatte, und es Windmüller überreichend, bemerkte er erklärend dazu: »Sie sehen, der Anhänger hat die Form eines auf die Spitze gestellten Quadrates und besteht aus neun viereckigen, fast einen Zentimeter im Quadrat messenden, geschliffenen, sehr wertvollen Edelsteinen, welche dicht nebeneinander gefaßt sind. Eigentlich sind es, um die Ränder gerechnet, nur acht farbige Steine, denn der Raum des neunten in der Mitte ist durch vier Diamanten ausgefüllt, deren Reinheit gleichfalls bemerkenswert ist. Der oberste Stein ist ein tief purpurroter Rubin, neben diesem ein hellrosa Balasrubin; dann kommt in der linken Ecke ein kornblumenblauer Saphir, neben diesem ein solcher von himmelblauer Farbe. Die unterste Ecke nimmt ein orientalischer Amethyst ein, der ja eigentlich ein violetter Saphir ist; ihm schließt sich ein sogenannter Goldtopas an. Die rechte Ecke bildet ein wundervoller Smaragd, und zwischen diesem und dem Rubin oben ist ein heller, gelblich-grüner Chrysolith. Das ganze Viereck ist in einen exquisit gearbeiteten gezackten Rand von hellem Gold gefaßt, und jede dieser achtundzwanzig Zacken enthält einen kleinen fehlerfreien Diamanten. Auf der obersten Spitze liegt eine aus kleinen Diamanten und Rubinen gebildete Zackenkrone, wie sie in jener Epoche von einigen italienischen Fürsten, auch von der Königin von Zypern geführt wurde; sie ist oben mit einer Öse versehen zur Aufnahme des Kettchens, an welchem der Schmuck getragen wird. Endlich hängt von jeder der drei freien Zacken des Rechtecks ein rautenförmig geschliffener Diamant herab in der gleichen Fassung wie der Rand des Quadrats. Die kleine Skizze gibt natürlich nicht im Entferntesten die ineinander spielende Farbenpracht der dicht nebeneinander gefaßten Steine wieder; man muß den ganz eigenartigen Schmuck gesehen haben, um sich eine Vorstellung von der regenbogenartigen Wirkung dieses Meisterwerkes einer, man möchte sagen, kühnen und einzig dastehenden Goldschmiedskunst zu machen.«

Windmüller, der sich auf solche Dinge verstand, nickte zustimmend.

»Es läßt sich leicht denken, daß der Glanz dieses Juwels begehrliche Augen angelockt haben könnte. Versuchen Sie, aus direktem oder indirektem Wege zu erfahren, ob die Contessa den Schmuck tatsächlich erhalten und getragen hat, als sie das Haus verließ, und teilen Sie mir es sofort mit, denn ich halte diesen Punkt für wesentlich. Wollen Sie mir die Skizze leihweise überlassen?«

»Aber gewiß! Haben Sie sonst noch irgendeine Frage?«

Windmüller verneinte, und der Capitano verabschiedete sich mit dem erneuten Versprechen, sich möglichst bald wieder zu melden, aber schon mit der Hand auf der Türklinke kehrte er wieder um.

»Es ist mir, nicht eben erst, vielmehr schon vor einiger Zeit ein Gedanke gekommen, dem ich doch lieber noch Worte geben möchte«, sagte er sichtlich verlegen. »Sie, Herr Doktor, haben sicher doch auch in unsern Zeitungen von einer rätselhaften nächtlichen Erscheinung in einigen Straßen Roms gelesen –«

»Oh, Sie meinen die famose Gespensterjagd auf ein weibliches schwarz-rotes Phantasma«, fiel Windmüller ein. »Ein Artikel darüber in einer deutschen Zeitung wurde meiner Frau vor ein paar Tagen zugesandt.«

»Nun ja, wenn man aus diesen phantastischen Berichten das Gespenstische streicht und die damit verbundenen Übertreibungen und was dazu gefabelt wurde – wäre es dann nicht vielleicht denkbar, daß die sogenannte Erscheinung meine Nichte Giacinta del’ Poggio-Oliveto gewesen sein könnte? Die Nacht, in welcher das Phantasma zum erstenmal gesehen wurde, fällt mit ihrem Verschwinden zusammen; daß es in der Folge wiederholt gesehen und verfolgt wurde, ließe allerdings bezweifeln, daß sie im gleichen Anzug nächtlicherweile durch die Straßen Roms geirrt sein sollte –« Der Capitano hielt, Windmüller erwartungsvoll ansehend, ein, und dieser meinte kopfschüttelnd:

»Gewiß, denn das ließe voraussetzen, daß sie sich bei Tage doch irgendwo versteckt gehalten haben müßte, und wenn sie nachts Luft schöpfen wollte, dann würde sie sicherlich anders gekleidet ausgegangen sein, eben um grade nicht aufzufallen. Ich habe, offen gesagt, die ganze Geschichte für die Erfindung eines zeilenschindenden Zeitungsreporters gehalten.«

»Ich auch, Herr Doktor, bis mir durch das Zusammentreffen des Datums der erstmaligen Erscheinung mit unserm Unglücksabend der Gedanke kam, es könnte meine Nichte gewesen sein, die der als Gewährsmann angeführte, namentlich aber nicht genannte junge Mann gesehen haben will. Daß das Phantasma dann noch öfter gesehen und von einem Polizisten verfolgt wurde, hat meine Theorie stark erschüttert; immerhin wollte ich nicht verfehlen, sie Ihnen zu unterbreiten und Ihrer Prüfung zu überlassen.«

»Hm,« machte Windmüller, nachdem Pavonazetti sich endgültig empfohlen, »dieser gute Capitano hat wie gewisse, meist weibliche Briefschreiber, das Interessanteste seines Elaborats für das Postskriptum aufgehoben, denn für so unmöglich halte ich seinen Gedanken denn doch nicht – losgelöst, wie er selbst sagte, von dem wahrscheinlich dazu Gefabelten der Berichte über die ›Gespensterjagd in den Straßen Roms.‹ Wenn man den erstgenannten Zeugen, den jungen Mann wüßte, um ihn zu interviewen, und den Polizisten, der in die Wasserpfütze fiel, befragen könnte – nun, der letztere ließe sich wohl unschwer erreichen, falls der Mann nicht auch nur auf dem Papier existiert.«

Windmüller trat nun seinen Ausgang an, der durch den Besuch des Capitano aufgeschoben ward, und zwar führte sein Weg ihn zum Polizeipräsidium, wo er ja wohlbekannt war und ihm jederzeit bereitwilligst jede Auskunft nach dem Grundsatz, daß eine Hand die andre wäscht, erteilt wurde. Diesmal ließ er sich jedoch nicht bei dem Präsidenten, den er seinen persönlichen Freund nannte, melden, sondern suchte nur einen Abteilungschef auf, bei dem er bat nachschlagen zu lassen, ob und welche nicht agnoszierten weiblichen Leichen seit zirka drei Wochen gefunden und polizeilich eingetragen waren.

»Freut mich, Sie wieder mal auf dem Kriegspfad zu sehen«, meinte der Abteilungschef, als Windmüller ihm seinen Wunsch vorgetragen, aber da dieser nur eine Bewegung machte, die alles bedeuten konnte, so begriff jener, daß seine Neugier unbefriedigt bleiben sollte, und ließ bereitwilligst die Listen kommen. Das Ergebnis aus denselben war gleich Null; seit dem genannten Termin war an weiblichen Leichen nur die einer alten Frau gefunden worden, die im Tiber ertrunken war, später aber namentlich ermittelt werden konnte. Wenn Windmüller auch kaum angenommen, daß die Person der Contessa del' Poggio-Oliveto unter den leider nur zuvielen durch Unfall oder Verbrechen Umgekommenen gefunden und unerkannt geblieben sein konnte, so hatte er durch seine Nachfrage doch ein Item festgestellt, das nicht übersehen werden durfte. Polizeilich war das Verschwinden der Contessa nicht gemeldet worden – eine Unterlassungssünde, die schwer begreiflich schien, aber mit dem Unbegreiflichen zu rechnen, war Windmüller längst schon gewöhnt, infolge der fast krankhaften Scheu der Betroffenen, ihr Unglück durch die Polizei aufklären zu lassen. Und wenn dann kein Zuwarten mehr half, verlangte man von ihm, herbeizuschaffen, was eine sofortige Meldung bei der Behörde zwar nicht immer, so doch oft genug bewirkt hätte.

Also lebte die verschwundene Contessa irgendwo freiwillig oder auch gezwungen versteckt, oder sie war das Opfer eines Verbrechens geworden, und dann waren dessen Spuren auf Nimmerwiederfinden so beseitigt wie bei so vielen andern, von denen es die Sonne erst am jüngsten Tag an das Licht bringen wird. Verschwinden doch nach der Statistik in Europa jährlich mehrere tausend Personen, ohne eine Spur zu hinterlassen.

Nicht nur, weil er grade zur Stelle war, sondern mit voller Absicht brachte Windmüller das Thema von der nächtlichen Erscheinung in den Straßen Roms aufs Tapet, wobei er nicht verfehlte zu betonen, daß er die ganze Geschichte für eine glatte Erfindung halte, wovon er übrigens im Grunde des Herzens durchaus nicht mehr so fest überzeugt war, seitdem der Commendatore Pavonazetti ihm gesagt, welche Gedanken er sich darüber gemacht. Aber das brauchte man auf der Polizei natürlich nicht zu wissen.

»Nun, so ganz aus der Luft gegriffen ist die Sache denn doch nicht«, sagte der Abteilungschef »Für die Glaubwürdigkeit der Leute, welche das Phantasma gesehen haben wollen, kann ich freilich nicht bürgen, kenne sie – es waren alles Männer – nicht einmal dem Namen nach, aber ich kenne den Bericht des zuletzt erwähnten Polizisten, und dieser selbst schwört darauf, daß alles sich so zugetragen hat, wie es in den Zeitungen geschildert wurde. Gewiß, man muß der Aufregung des sonst sehr zuverlässigen Mannes wohl einiges zugute halten, aber während er mit der Hand das Kleid des sogenannten Phantasmas zu fassen glaubte und dabei in die Wasserpfütze fiel, die der kürzlich niedergegangene Regen auf den Stufen der Spanischen Treppe hinterlassen hatte, konnte das nach allem sehr flinke Wesen leicht entwischen. Im Hinfallen pflegt man gewöhnlich zunächst auf sich selbst zu achten, denn erstens schlägt man sich dabei mehr oder minder empfindlich, und dann denkt man unwillkürlich gleich daran, was man sich zerrissen haben könnte.«

»Oh, es war die Spanische Treppe, wo die Jagd auf das Phantasma endete?« fragte Windmüller.

»Ja; wie die Augenzeugen behaupten, endet die Erscheinung ihren nächtlichen Ausflug immer auf oder oberhalb der Spanischen Treppe.«

»Wird sie denn immer noch gesehen?«

»Seit der verunglückten Jagd des Polizisten habe ich nichts mehr darüber gehört. Nun, es war mal wieder eine kleine Sensation für unsre lieben Römer und der Zweck der Übung damit erreicht. Wäre der Polizist nicht so positiv in seinen Aussagen, würde ich die ganze Geschichte für Bluff halten, was sie trotzdem wahrscheinlich auch ist, wenn nicht etwa eine absichtliche Mystifikation eines als Dame verkleideten Spaßvogels dahinter steckt, was unser braver Beamter ja auch so lange fest angenommen hat, bis er in der Pfütze lag, die ihn zum Übersinnlichen der Erscheinung bekehrte.«

Windmüller dankte lachend für die Auskunft, aber als er wieder seines Weges ging, lachte er nicht mehr. Im Gegenteil wollte es ihm immer wahrscheinlicher scheinen, daß es wenigstens beim erstenmal, als das Phantasma gesehen wurde, die Contessa gewesen sein konnte, und daß die wiederholten ›Erscheinungen‹ dann zur Verulkung des lieben Publikums in Szene gesetzt wurden. Die Frage, wer der junge Mann gewesen, der das Phantasma zum erstenmal sah, ließ sich vielleicht durch eine Anfrage bei der Zeitung, welche zuerst den Bericht gebracht, beant-worten, aber Windmüller verwarf diesen Gedanken in der Erwägung, daß die Presse damit nur auf eine bestimmte Person und Richtung gelenkt wurde und es unter allen Umständen vermie-den werden mußte, die delikate Angelegenheit zweier großer Familien vor die Öffentlichkeit zu zerren. War es doch sowieso fast ein Wunder, daß anscheinend noch nichts von dem rätselhaften Verschwinden der Contessa durchgesickert war; daß sie nur ›verreist‹ war, hatte demnach trotz der Nachfrage bei Freunden und Bekannten Glauben gefunden.

Den bewußten jungen Mann zu ermitteln blieb der freilich unsichere Weg durch ein Zei-tungsinserat übrig, und nach kurzer Überlegung entschloß sich Windmüller dazu, jedoch ohne seinen Namen zu nennen. Nach Hause zurückgekehrt, verfaßte er das Inserat des Inhalts, ›daß der junge Herr, welcher in der Nacht vom dritten zum vierten Juni das vielfach in den Zeitungen genannte, sogenannte »Schwarz-rote Phantasma« gesehen, gebeten wurde, seine Adresse ferma in posta unter der Chiffre F. X. anzugeben.

Damit schickte er Pfifferling zu den Expeditionen der meist gelesenen Zeitungen mit der Weisung, das Inserat zu bezahlen und als Auftraggeber, wenn verlangt, einen beliebigen Namen zu nennen, keineswegs aber zu verraten oder auch nur durchblicken zu lassen, wer der wirkliche Inserent sei.

Dies geschehen, resümierte Windmüller das bisher Erreichte und fand es nicht eben befriedi-gend. Die negativ ausgefallene Anfrage im Polizeipräsidium war für ihn keineswegs endgültig, die Möglichkeit, daß die Contessa einem Verbrechen zum Opfer gefallen, durchaus nicht aus-geschlossen. Ein Körper, des Nachts außerhalb der Stadt in den Tiber geworfen, konnte von dem Strom in wenig Stunden zur Mündung in das Meer bei Fiumicino getragen und von den Wellen fortgeschwemmt werden, bevor in der Frühe ausziehende Fischerbarken seiner gewahr zu werden brauchten. Und weiter hinaus im Meer zeigten sich oft genug Haifische, welche für die ›Beerdigung‹ sorgten.

Für Windmüller war es so gut wie ausgemacht, daß die Contessa nicht mehr lebte, doch bevor man dessen nicht sicher war, durfte die Hoffnung auf ihr Wiederfinden nicht aufgegeben werden. Wer hatte sie gesehen, als sie an jenem Abend im bloßen Gesellschaftskleid, ohne Mantel und allein das Haus verließ? In dieser Straße möglicherweise niemand, und aus den gegenüberliegenden Häusern schwerlich jemand, der nicht grade zufällig an ein Fenster getreten war, um hinauszuschauen. Ferner: stand das Hauptportal und die kleine Seitenpforte immer, auch nach Einbruch der Dunkelheit unverschlossen? Waren beide Ausgänge leicht zu öffnen, und hatte niemand später nachgesehen, ob das Haus für die Nacht auch wohlverwahrt war? Das konnte natürlich nur der bestätigen oder verneinen, dem es oblag, dafür zu sorgen. Folglich konnte dieser hochwichtige Punkt nur von der zuständigen Person aufgeklärt werden. Dazu konnte schließlich der Capitano verwendet werden, falls er nicht selbst schon daran gedacht.

Windmüller notierte sich diese Frage für den nächsten Besuch des Genannten, jedoch nur als Notbehelf, da er solche Ermittlungen lieber selbst besorgte. Dilettanten im Detektivfach verpfuschen erfahrungsmäßig mehr, als sie erreichen, weil sie entweder mit der Tür ins Haus fallen oder weil sie im Glauben, es besonders schlau anzufangen, die Leute, die sie auszupumpen glauben, auf die Hut bringen. Es war ja möglich, daß der Capitano ein plausibles Mittel fand, Windmüller in den Palazzo Pavonazetti einzuschmuggeln, das aber mußte jedem Wenn und Aber standhalten, wenn es nicht schmählich versagen und im besten Fall den Unternehmer mit einem blauen Auge davonkommen lassen sollte. Wohl hatte Windmüller einen Augenblick daran gedacht, sich an den Marchese Aquacalda zu wenden, den Gedanken jedoch gleich wieder als aussichtslos fallen lassen, weil dieser Grandseigneur es schwerlich begriffen haben würde, daß man jemand unter einer Maske ausspionieren könnte, und daher auch so gut wie sicher dazu nicht hilfreiche Hand zu leisten geneigt oder fähig war; letzteres vermutlich vor allem, denn da der Marchese unabhängig von seinem Schwiegersohn Windmüller mit der Auffindung seiner Tochter beauftragt und jener sich entschieden geweigert mitzuwirken, so ließ sich daraus leicht das Vorhandensein eines gespannten, wahrscheinlich schon zum offenen Bruch gediehenen Verhältnisses zwischen beiden Nobili vermuten.

Nun stand ja freilich auch der Capitano mit seiner Auffassung im Gegensatz zu seinem Neffen, dessen Haltung er mißbilligte, aber hier lag die Sache doch anders, weil der Onkel als Gast im Palazzo Pavonazetti lebte. Zwischen diesen beiden mußte ein offener Bruch vermieden werden, wollte der Onkel nicht riskieren, von seinem Neffen auf die Straße gesetzt zu werden, was für Windmüllers Zwecke unerwünscht gewesen wäre. Letzterer, obschon an geduldiges Zuwarten gewöhnt, fand es in diesem Fall im Hinblick auf die verlorene kostbare Zeit nervenaufreibend und atmete darum auf, als der Capitano bereits am folgenden Morgen telephonisch anfragte, wann er wieder vorsprechen dürfe.

»Gleich, sobald als möglich!« rief Windmüller zurück, und eine halbe Stunde später saß Pavonazetti wieder auf demselben Stuhl wie tags zuvor, sichtlich ganz bei der Sache, die scharfen, aber gutmütigen Augen funkelnd vor Wichtigkeit.

»Um zunächst die Frage wegen des Schmuckes zu erledigen,« begann er, »so habe ich sie meinem Neffen nicht direkt vorgelegt, nicht gefragt, ob seine Frau ihn mitgenommen hat, denn einige nicht grade angenehme Erfahrungen haben mich dahin belehrt, daß es weiser ist, den Namen Giacintas in seiner Gegenwart nicht zu nennen. Ich bat ihn also, mir den Schmuck noch einmal behufs Anfertigung einer neuen Skizze zu leihen, da ich die schon angefertigte unter meinen Papieren nicht mehr besitze. Was keine Unwahrheit ist, da ich sie Ihnen gab. Mein Neffe erwiderte, daß ich damit warten müsse, denn das Schloß des geheimen Tresors, in welchem der Schmuck verwahrt wird, sei auf unbegreifliche Weise in Unordnung geraten und ließe sich zur Zeit nicht öffnen. Er hoffe zwar noch, das Schloß selbst reparieren zu können, werde aber, wenn dies nicht möglich sei, einen Mechaniker verschreiben, der sich auf solch alten Mechanismus versteht. Er kenne einen in Venedig und würde ihn kommen lassen, wenn es ihm selbst nicht gelingen sollte, das Hindernis zu beseitigen. Der langen Rede kurzer Sinn ist demnach der, daß meine Nichte den Schmuck nicht mitgenommen hat.

»Oder sie hat ihn im Gegenteil, und der Herr Graf will nicht eingestehen, daß er ihn ›des lieben Friedens wegen‹ auslieferte«, meinte Windmüller trocken.

Der Capitano hustete verlegen.

»Ich kann zwar mit vollster Überzeugung behaupten, eine Unwahrheit von meinem Neffen nie gehört zu haben, aber per Bacco, ich hatte offen gesagt, im Augenblick auch den Eindruck einer Ausrede«, bekannte er. »Dieses unwürdigen Verdachtes wegen habe ich mir schon Vorwürfe gemacht; daß Sie ihn ohne Umschweife aussprechen, erleichtert mein Gewissen. Immerhin –«

»Ob die Contessa den Schmuck mitgenommen hat oder nicht, ist zu wissen von der größten Bedeutung«, fiel Windmüller ein. »Weiter, Herr Commendatore!«

»Vor allem eine Frage: Kennt mein Neffe Sie persönlich?«

»Ja. Ich lernte ihn vor Jahr und Tag bei einem Diner beim Herzog Arvali kennen. Daß er sich meiner noch erinnert, bewies mir, daß er mich grüßte, als ich ihm in Gesellschaft meiner Frau vor ein paar Tagen in Caprarola begegnete. Ich hätte ihn faktisch nicht wiedererkannt, so elend sah er aus.«

»Nun ja, diese schreckliche Sache ist ihm furchtbar nahegegangen –«

»Um so weniger kann man seine ablehnende Haltung verstehen. Und der Zweck Ihrer Frage?«

»Oh, ich weiß wirklich nicht, ob es einen Zweck hat, Ihnen eine Idee, die mir gekommen ist, zur Prüfung vorzulegen, wenn mein Neffe Sie persönlich kennt. Immerhin mögen Sie selbst entscheiden. Ich muß jedoch wieder mit einer Vorfrage beginnen: Würden Sie sich zutrauen, einen alten Seebären zu mimen, so daß man Sie in Ihrer wahren Gestalt nicht wiedererkennt?«

Windmüller mußte über diese Frage laut lachen. »Ich würde nicht nur, nein, ich traue mir bestimmt zu, nicht grade Ihren König, weil dieser mindestens einen Kopf kürzer ist, als ich, aber den Emir von Afghanistan und selbst Mussolini zu kopieren, daß er mich für sein Spiegelbild halten sollte«, versicherte er mit dem Recht seiner Erfolge auf diesem Gebiet. »Also, was ist Ihre Idee?«

»Ich habe einen lieben, alten Kameraden, den mein Neffe persönlich nicht, wohl aber sein Bild kennt«, fuhr Pavonazetti fort. »Es ist dies der in Bergamo lebende Arrigo Arrizzi, der es in der Königlichen Marine bis zum Admiral gebracht hat, während ich meiner Gesundheit wegen schon als Kapitän den Abschied nahm. Sie erinnern mich in der Größe und der Figur, ja auch im Ausdruck Ihrer Augen und deren Farbe, wie in gewissen Bewegungen an meinen Freund, und da kam mir der Gedanke, ob ich Sie in seiner Gestalt im Hause meines Neffen einführen könnte, nämlich als meinen Gast zum Logierbesuch.«

»Hm – insoweit nicht übel, vorausgesetzt, daß der Herr Graf in seiner augenblicklichen Stimmung geneigt ist, einen Gast im Haus zu wissen«, meinte Windmüller zweifelnd.

»Das muß natürlich erst eine Anfrage entscheiden. Falls der Plan Ihre Zustimmung hat, würde ich die Sache heute noch bei der Colazione zur Sprache bringen, und Ihnen das Resultat sofort melden. Ich dachte mir, meinem Neffen zu erzählen, daß mein Freund mir mitgeteilt hat, er würde morgen oder übermorgen, wie es Ihnen am besten paßt, auf der Durchreise in Rom eintreffen, und daß es mir eine große Freude sein würde, könnte ich ihn zu einem Aufenthalt bei mir einladen. Damit Sie wissen, wie Arrizzi aussieht, habe ich Ihnen sein Lichtbild mitgebracht, das er mir vor etwa einem Jahr schickte.«

Damit zog er sein dickes Portefeuille aus der Tasche und überreichte Windmüller die Photographie des Admirals, eines schlanken alten Herrn mit gescheiteltem, leichtgewellten anscheinend grauem Haar, buschigen Augenbrauen und langem, spitzgeschnittenen Knebelbart – ein Charakterkopf, der, wenn man sich ihn statt des hohen Stehkragens mit einem Mühlsteinkragen dachte, als ein Bildnis des Herzogs Alba gelten konnte.

»Die Nase meines guten Arrigo ist allerdings wesentlich länger beziehungsweise größer, als die Ihrige«, bemerkte der Capitano. »Ohne Frage eine richtige Habichtsnase!«

»Nasen sind eine meiner Spezialitäten«, versicherte Windmüller. »Das Bild behalte ich für alle Fälle; es ist sehr leicht zu kopieren. Hat der Herr Admiral irgendwelche Eigentümlichkeiten? Da der Herr Graf ihn persönlich nicht kennt, käme es zwar darauf nicht so genau an, aber es ist immer gut, dergleichen zu wissen, um die Kopie möglichst echt zu machen.«

»Hm – außer daß er Brasil schnupft, wüßte ich wirklich nichts Besonderes. Er kleidet sich mit peinlicher Sorgfalt, ist ein sehr lieber, angenehmer und warmherziger Mensch mit stark entwickeltem Sinn für Humor.«

»Verheiratet?«

»Nein, Junggeselle wie ich. Ich weiß übrigens auch, daß er Antiquitäten sammelt, was bei meinem Neffen günstig für ihn sprechen würde.«

»Also alles Dinge, die mir geläufig sind, mit Ausnahme von dem Brasil. Aber den kann man ja weglassen oder ihn zu Boden werfen, statt sich die Nase damit vollzustopfen. Mit einem Worte, ich bin mit Ihrem Plan ganz einverstanden, soweit ich seine Ausführbarkeit übersehen kann. Nun noch eins, und ich bitte Sie vorweg, mir diese Frage nicht als Neugier oder Indiskretion auszulegen, sondern sie als zur Sache gehörig anzusehen: Haben Sie den Eindruck gewonnen, als ob von seiten des Herrn Grafen Eifersucht, berechtigte oder unberechtigte, das Motiv zu der letzten fatalen Szene zwischen ihm und seiner Gemahlin gewesen sein könnte?«

»Nun, Herr Doktor, wenn es mir auch nicht ganz einleuchtend ist, was diese doch sehr intime Frage mit Ihrer Aufgabe zu tun hat«, begann der Capitano etwas steif, aber Windmüller fiel ein:

»Sie hat sehr viel damit zu tun, denn um die Contessa aufzufinden, muß ich auch das Motiv ihres Verschwindens nach jeder Richtung hin in Betracht ziehen. Wenn ich dem hinzufüge cherchez l'homme, dann werden Sie verstehen, wie ich es meine.«

»Ja, ich verstehe«, nickte der Capitano. »Irgend etwas Bestimmtes kann ich Ihnen jedoch beim besten Willen nicht sagen. Ich weiß nur vom Hörensagen, daß meiner Nichte in Gesellschaft, in deren Kreisen ich niemals mit ihr zusammen war, da ich mich längst daraus zurückgezogen habe, von der Herrenwelt sehr gehuldigt worden ist, und daß unter ihren Verehrern vor allen der bekannte Maler Filippo Terni genannt wurde. Ob in diesem Zusammenhange die Grenzen der Diskretion von beiden Teilen überschritten oder auch nur gestreift wurden, hat man mir natürlich nicht hinterbracht. Ich weiß nur, daß mein Neffe in diesem Punkt sehr strenge Ansichten hat, und wäre es darum nicht ausgeschlossen, daß er seiner Frau hierüber Vorhaltungen machte. Ich spreche das wirklich nur als eine Möglichkeit aus, denn mir gegenüber hat mein Neffe niemals auch nur eine leise Andeutung nach dieser Richtung gemacht. Terni hat das Porträt meiner Nichte gemalt und mein Neffe die öffentliche Ausstellung desselben untersagt, nachdem sie das Haus verlassen. Sehr mit Recht, wie mir scheint, denn da man doch wohl nachgerade wissen dürfte, daß sie nicht mehr bei ihrem Gatten ist, so hätte die Ausstellung des Bildes einem höchst überflüssigen Gerede nur unerwünschte Nahrung gegeben. Terni hat das Verbot durch eine Privatausstellung in seinem Atelier, die enormen Zulauf gehabt haben soll, beantwortet, und mein Neffe hat daraufhin die Annahme des Bildes verweigert.«

»War das weise?«

»Darüber ließe sich streiten; aber aus dem Seelenzustande meines Neffen heraus ist es erklärlich. Übrigens glaube ich nicht, daß Terni etwas mit dem Verschwinden meiner Nichte zu tun hat. Er ist viel zu klug, um sich durch solch eine törichte Handlung in der Gesellschaft zu kompromittieren.«

»Ganz meine Ansicht!« gab Windmüller zu, und nachdem der Capitano sich empfohlen, zitierte er einen seiner Agenten zu sich, zeigte ihm die Skizze des Schmucks und beauftragte ihn mit der Nachforschung an geeigneten Stellen über das mögliche Auftauchen des Juwels. Natürlich war nicht anzunehmen, daß versucht worden war, es intakt zu verkaufen, doch aber die herausgebrochenen einzelnen Steine, welche durch ihre gleichmäßige Form und Größe wie durch ihren, einer vergangenen Zeit angehörigen Schliff einen an sich hohen Wert darstellten. Mit welchem Auftrag Windmüller auch durch die Tat bewies, daß er die Behauptung des Conte von dem in Unordnung geratenen Schloß des geheimen Tresors für eine Ausrede hielt, um damit zu verschleiern, daß seine Frau mit dem Schmuck entwichen war, der ihr leider nur zu wahrscheinlich zum Verhängnis geworden, falls sie ihn nicht selbst in Geld umgesetzt hatte, um damit das Weite zu suchen. Doch daran mochte Windmüller nur noch schwerlich glauben, aber der Gedanke, im Palazzo Pavonazetti Spuren zur Aufklärung des Geheimnisses suchen zu müssen, setzte sich immer hartnäckiger in seinem Kopfe fest.

Infolgedessen beschäftigte er sich alsbald eingehend mit den Vorbereitungen zu seiner Metamorphose in die Gestalt Sr. Exzellenz des Admirals a. D. Arrigo Arrizzi, und währenddem brachte ihm die Mittagspost wiederum ein Schreiben mit der Handschrift des Conte del' Poggio-Oliveto, dessen Inhalt ihm ein grimmiges Lächeln entlockte.

Signor! schrieb der Conte. Es ist mir berichtet worden, daß zu Ihren Methoden die der Maskerade gehört, unter deren Schutz Sie sich Eingang in die Häuser verschaffen, welche Sie mit Ihrer Beobachtung respektiv Spionage beehren zu müssen glauben. Um Ihnen unnütze Mühe zu ersparen, erlaube ich mir, Sie darauf aufmerksam zu machen, daß meine Dienerschaft strengsten Befehl hat, fremden, verdächtigen Personen den Eintritt in mein Haus zu verwehren, ich selbst auch Fremde unweigerlich nicht empfange und sonstige Unbekannte, wie Handwerker, Boten und dergleichen Leute unter keinem Vorwand Einlaß finden. Ferner erlaube ich mir noch zu versichern, daß in meinem Haus nicht das geringste zu finden ist, was Ihres und Ihres Auftraggebers Interesse wert ist. Kurz: my house is my castle, wie die Engländer sagen, dessen Integrität ich mit allen Mitteln – verstehen Sie wohl *mit allen Mitteln* verteidigen werde.

Poggio-Oliveto

»Herr Graf, das war ein falscher Schritt, ein überflüssiger und törichter dazu«, versicherte Windmüller seinen vier Wänden nach Genuß dieser Epistel. »Wenn ich überhaupt noch ein Bedenken gehabt hätte, in Ihre Burg einzudringen, so würde es dieses Schreiben zu meinen Gunsten überwunden haben. Allerdings«, setzte er einschränkend hinzu, »ist wohl kaum noch anzunehmen, daß dem guten Capitano gestattet werden sollte, sich einen ›Gast‹ einzuladen. Nun, letzten Endes gibt es ja noch andere Mittel, die Festung zu stürmen. ›Windmüller als Einbrecher‹ ist ein Kapitel für sich.«

Während er noch die Möglichkeiten dieses ›Kapitels‹ erwog, erschien Pfifferling mit der Meldung, daß ihn der Herr zu sprechen wünsche, der gestern zur Colazione dagewesen, und ihm auf dem Fuße folgte bereits Enrico Valdoro, der mit ausgebreiteten Armen auf Windmüller zulief, ihm recte um den Hals fiel und ihm auf jede Wange einen geräuschvollen Kuß gab, wie eben nur ein Italiener einen lieben Freund zu küssen imstande ist.

»Gott steh' mir bei!« machte Windmüller in der ersten Überraschung. »Was hat denn das zu bedeuten?«

»Ich bin Ihnen ja so furchtbar dankbar, daß Sie mir den Brief an den Marchese zur Bestellung übergaben!« sprudelte Valdoro heraus. »Ich habe ihn nicht nur der Frau Marchesa übergeben dürfen, nein, dabei auch Donna Beatrice Cefalú gesehen und gesprochen, und dabei stellte sich auch noch heraus, daß meine liebe Mutter eine Institutsfreundin der Frau Marchesa war! Die Folge dieser Entdeckung können Sie sich denken, vielmehr kaum vorstellen – oder ahnen Sie? Heut früh erhielt ich eine Einladung zum Pranzo[21] für heut abend in den Palazzo Aquacalda und zugleich die Bitte, Donna Beatrice Malstunden zu geben – Donna Beatrice!«

»Und um mir das zu erzählen, sind Sie extra von Viterbo hergekommen?« fragte Windmüller, sich geschickt einer zweiten Umarmung entziehend.

»Nein, ich bin gekommen, meinen Frack und Smoking zu holen. Sie verstehen, daß ich zum Pranzo nicht im Alltagsanzug erscheinen kann. Und dann soll ich auch für Donna Beatrice einen Malkasten und so weiter besorgen. Bis zur Station Trastevere bin ich gefahren, weil ich Sie, geliebtester und verehrtester Herr Doktor, um einen Rat bitten wollte. Darf ich?« fragte er mit schiefem Kopf, Windmüller ansehend.

»In Gottes Namen!« sagte dieser resigniert. »Ich fürchte nur, daß guter Rat in Ihren Herzensangelegenheiten teuer ist.«

»Nein, nein, damit hat meine Bitte nichts zu tun«, lachte Valdoro herzlich über das kleine Mißverständnis, und eine zusammengelegte Zeitung hervorziehend, fuhr er fort: »Ich fand nämlich heut früh im Morgenblatt des Messagero ein Inserat, in welchem ›der junge Mann, welcher in der Nacht vom dritten zum vierten Juni zuerst das vielfach genannte schwarz-rote Phantasma gesehen haben soll, gebeten wird, seine Adresse ferma in posta unter der Chiffre F. X. anzugeben‹. Da ich selbst nun dieser junge Mann bin, so wollte ich um Ihren Rat bitten, ob ich mich melden soll.«

»Ist nicht mehr nötig, lieber Freund«, erwiderte Windmüller überrascht. »Das Inserat ist nämlich von mir.«

»Von Ihnen?«

»Ja. Ich interessiere mich privatim für diese Sache. Wenn Sie mir also Ihr Abenteuer beschreiben wollen, wäre ich Ihnen sehr dankbar.«

»Herr Doktor, wenn Sie gelesen haben, was in der Zeitung über das Aussehen des sonderbaren Wesens stand, so war es im allgemeinen richtig geschildert: der kurze, feuerrote Rock von schwerer, knisternder Seide – ja, ich habe das Knistern gehört, – die schwarzen Strümpfe und Handschuhe, der rote, mit funkelnden Goldpailletten gestickte Schal, in den sie gewickelt war – das alles stimmt. Nur daß sie einen Hut trug, ist mir nicht bewußt; mir schien, als ob sie ihr schwarzes Haar tief in die Stirn gezogen hatte. Zu diesem ersten Bericht muß ich aber berichtigen, daß es mir nicht eingefallen ist, das ›Phantasma‹ zu verfolgen, denn ich bin kein Schürzenjäger. Die Person oder Erscheinung überholte mich, als ich durch die Via della Vite zur Piazza di Spagna ging, wo ich einen Freund besuchen wollte. Als sie an mir vorüberstreifte, hörte ich das Knistern der Seide und spürte einen starken Duft von Hyazinthen, der ihr wie ein

Kometenschweif nachfolgte. Kaum fünf Schritt vor mir bog sie dann nach rechts in die Piazza di Spagna ein, und als ich dasselbe nach links tat, war keine Spur mehr von ihr zu sehen! Gleich hinter der Ecke stieß ich auf einen Bekannten, der Berichterstatter für mehrere Zeitungen ist, mich anhielt und mich fragte, ob ich einen Geist gesehen hätte. Da habe ich ihm dummerweise erzählt, was ich erlebt, und er hat seine Geschichte daraus gemacht, allerlei dazu fabelnd, zum Beispiel daß die ›Erscheinung‹ keine Füße hatte! Das wollen ja die andern, die ihr später begegneten, auch gesehen haben; natürlich nur infolge von Suggestion! Ich für mein Teil habe dem Reporter nur erzählt, ich hätte den Eindruck gehabt, als wäre sie über den Boden geschwebt.«

»Nach dem Bericht haben Sie aber doch das Gesicht der nächtlichen Spaziergängerin gesehen. War dem so?«

»Ja. Als sie, mich überholend, an mir vorüberlief oder schwebte, drehte sie sich halb nach mir um –« Valdoro schüttelte sich, indem er wie widerwillig fortfuhr: »Beim Anblick dieses Gesichtes lief es mir eiskalt über den Rücken, denn es war das einer Toten. Weiß, ohne eine Spur von Farbe, sogar die Augen, die wie erloschen den toten Augen eines Marmorbildes glichen. So wenigstens hatte ich den Eindruck bei dem ja nur flüchtigen Anblick. Von diesem weißen, wie im Tode erstarrten Gesicht hat mir noch oft geträumt, ich glaubte es nie wieder vergessen zu können.«

»Hat das Gesicht Sie nicht an eine Ihnen bekannte Person erinnert?« fragte Windmüller. »Zum Beispiel an die Contessa del’ Poggio-Oliveto?«

»Ich habe die Contessa niemals gesehen.«

»Aber Sie sahen doch ihr von Filippo Terni gemaltes Bildnis«, schlug Windmüller vor. Der Effekt dieser Worte war direkt einschlagend; Valdoro blieb tatsächlich der Mund offenstehen.

»Dio mio!« gapste er, Windmüller anstarrend. »Das – das ist ja wahr. Es war – lassen Sie sehen – gewiß, es war der Abend des Roten Festes bei Terni, zu dem ich erst nach Mitternacht erschien. Aber die Contessa kann doch unmöglich zu Fuß und ohne Mantel dahin gegangen sein – überhaupt ist sie ja gar nicht dort gewesen! Und wo wäre sie denn geblieben, nachdem sie um die Ecke zur Piazza di Spagna gebogen? Der Platz war hell beleuchtet, der Reporter, dem ich die Begegnung erzählte, müßte sie doch eigentlich auch gesehen haben, da ich ihn gleich hinter der Ecke traf, um die sie eben noch gebogen war!«

»Daß er sie nicht gesehen hat, ist allerdings merkwürdig«, meinte Windmüller. »Ich selbst habe die Erscheinung des Phantasmas ja nicht gesehen; mir fiel nur die Assoziation der Beschreibung in der Zeitung mit dem von Terni gemalten Bildnis ein, das ich vorgestern in seinem Atelier sah. Darum meine Frage. Ich möchte Ihnen aber den Rat geben, diese Frage nicht andern gegenüber zu erwähnen. Sie wissen: schlafende Hunde weckt man besser nicht auf. Vor allem aber reden Sie nicht im Palazzo Aquacalda davon, denn die Contessa del’ Poggio-Oliveto ist die Tochter des Marchese.«

»Himmel – das habe ich nicht gewußt oder total darauf vergessen!« bekannte Valdoro erschrocken. Ich danke Ihnen sehr, es mir gesagt zu haben. Wie leicht hätte ich mich verplappern und damit in ein Wespennest stechen können; das wäre schon mehr wie fatal. Doch nun muß ich eilen, damit ich zum Nachmittagszuge nach Viterbo noch zurechtkomme – Sie verstehen!«

»Natürlich verstehe ich; die Muse und Eros sei mit Ihnen«, lächelte Windmüller und beging damit einen Leichtsinn, denn für den guten und bedeutungsvollen Wunsch erntete er abermals eine Umarmung mit zwei ›zünftigen‹ Küssen.

»Na« murmelte er, als der Maler glücklich davongestürmt war, »Wünsche sind ja zum Glück ebenso zollfrei wie Gedanken. Badt’s nix, dann schadt’s nix, wie man in der Pfalz sagt. Von der Hoffnung lebt der Mensch, auch noch, wenn sie einen schon zehnmal genasführt hat. Wenn sie nur den guten Jungen nicht zu tief ins Garn lockt, denn auch eine blutarme, sizilianische Herzogstochter dürfte letzten Endes denn doch eine Traube sein, die für ihn zu hoch hängt. Nun, lassen wir ihn in seinem Narrenparadies die Probe aufs Exempel machen! Jedenfalls habe ich von ihm erfahren, was ich wissen wollte. Das war ja ein ganz merkwürdiger Glückszustand, daß gerade *er* der gesuchte junge Mann sein mußte! Nun neige ich doch sehr der Ansicht zu, daß es wirklich die Contessa war, die ihm begegnete, als sie am Abend des Roten Festes davonlief. Daß man ihr wiederholt begegnet sein will, spricht für die Richtigkeit der Ansicht des Abteilungschefs, daß irgendein Spaßvogel in dieser Verkleidung den ›Zeugen‹ eine kleine Komödie vorgespielt.«

Kaum eine Stunde später wurde der Capitano wieder bei Windmüller gemeldet, der ihn mit der Vorwegnahme seiner Botschaft empfing:

»Ich weiß schon, was Sie mir sagen wollen: das Verbot des Conte, sich einen ›Gast‹ einzuladen. Er hat es nämlich für nötig gehalten mir zu schreiben, daß jedem Fremdling sein Haus hermetisch verschlossen ist.«

»Hat er das getan?« fragte der Capitano verwundert. »Davon hat er mir, wie gewöhnlich, nichts gesagt. Ich freue mich, Ihnen widersprechen zu können, denn als ich ihn vor einer Stunde bei der Colazione fragte, ob er etwas dagegen hätte, wenn ich mir meinen lieben alten Freund Arrizzi zum Logierbesuch für ein paar Tage einlüde, da war er ohne jedes Zögern wie selbstverständlich sofort damit einverstanden und gab gleich den Befehl, das neben meinem Logis liegende Fremdenzimmer für Seine Exzellenz den Herrn Admiral herzurichten.«

»Famos!« rief Windmüller, indem er dachte: ›Natürlich, weil doch der Conte nicht ahnt, daß er in seinem lieben Onkel eine Schlange am Busen nährt, die ihm Konterbande ins Haus schmuggelt. Was übrigens ein kühnes Bild ist.‹ Aber er hütete sich, das auszusprechen, um nicht etwa ›zwischen Lipp' und Kelchesrand‹ Gewissensbisse in dem Capitano zu erwecken, da es diesem in der Harmlosigkeit seiner ehrlichen Seele bisher nicht eingefallen war, durch seine Verbindung mit dem Detektiv etwas anderes zu erreichen, als zu der Wiederfindung der Contessa zu verhelfen, sicher aber nicht im entferntesten daran dachte, seinem Neffen eine Falle zu stellen, die ihn doch möglicherweise als den Schuldigen in diesem Ehedrama entlarven konnte. Das hielt Windmüller durch die an ihn gerichteten Episteln des Conto durchaus nicht für unwahrscheinlich, und ließ ihm doppelt wünschenswert erscheinen, Eingang in den Palazzo Pavonazetti zu erhalten.

Er entwarf nun mit dem Capitano den Kriegsplan für seine Ankunft daselbst, das heißt er hatte ihn schon fix und fertig, bevor der zweite Brief des Conte eingetroffen war. Der erstere hatte klugerweise ein Kroki des Palastes entworfen und mitgebracht, was Windmüller dankbar anerkannte, da es ihm die Mühe ersparte, selbst die Topographie des Hauses zu erforschen, eine Aufgabe, die immer mit dem Risiko des Dabei-abgefaßt-werdens verbunden war.

»Sie ersehen aus diesem nur flüchtig skizzierten Plan, daß der Palazzo, um 1490 erbaut, den Grundriß eines lateinischen L hat«, erläuterte der Capitano. »Seine nur zwölf Fenster breite Front nach der Straße läßt kaum seine tatsächliche Größe sowie den schönen, schattigen Garten neben der Längsseite des rückwärtigen Flügels vermuten. Durch das Portal tritt man zunächst in die monumentale Vorhalle zur ebenen Erde, aus der auch die schmale Seitenpforte für Dienerschaft und Lieferanten auf die Straße führt. Sie enthält auch eine Loge für den Portier, der jedoch nicht vorhanden ist; das Öffnen der Haustür besorgt der zweite Diener. Dem Portal gegenüber befindet sich die Tür zum Garten und dicht daneben die Haupttreppe. Über sie gelangt man zuerst zum Mezzanin[22], in welchem sich die Wirtschaftsräume und Wohnungen für die Dienerschaft befinden. Sie mündet im Piano nobile in einen geräumigen Vorplatz, den Vestibolo. Was sich in der zweiten Etage wiederholt. Im Piano nobile liegen nach der Straße zu ein großer Saal mit Galerie für die Musik, sodann ein Salon, ein Teezimmer und das kleine Speisezimmer; der Seitentrakt wird durch einen langen Korridor gebildet, an welchem der große Speisesaal, sowie mehrere kleinere Räume liegen, hauptsächlich zur Wohnung für etwaige anwesende Familienverwandte bestimmt. Der zweite Stock dient, wie üblich, der Familie selbst zur Wohnung; über dem großen Saal befindet sich die nur um weniges kleinere Bibliothek, daneben die Zimmer meines Neffen; im Gartenflügel wohne ich zunächst dem oberen Vestibolo, daneben befindet sich das Fremdenzimmer, das Sie, Herr Doktor, aufnehmen soll, und neben diesem liegen die jetzt abgeschlossenen Räume, die meine Nichte bewohnte.«

»Das Bild ist klar«, nickte Windmüller befriedigt, den Plan sorgfältig in sein Taschenbuch legend. »Sie haben mir damit einen größeren Dienst erwiesen, als Sie sich's denken können. Um nun unsern Kriegsplan zu rekapitulieren, damit alles so klappt, daß dem Herrn Grafen nicht für einen Augenblick der Gedanke kommen kann, es stimme etwas nicht: Sie sagen ihm heut nach Ihrer Rückkehr in den Palast, daß Sie Ihrem Freunde die Einladung telegraphiert haben und ihn morgen am Hauptbahnhof zum Mailänder Schnellzug um fünf Uhr selbst abholen würden. Findet der Herr Graf es für richtig, daß ein Diener Sie begleitet, so nehmen Sie das ohne Gegenrede an, lassen den Mann in der Vorhalle warten und nehmen sich für Ihre Person allein eine Bahnsteigkarte; er braucht unsre Begrüßung nicht zu sehen. Ich selbst werde natürlich vor dem Eintreffen des Zuges, zu dem Sie nur grade zurechtkommen dürfen, auf dem Bahnsteig sein, und zwar so, daß der Diener mich nicht etwa vorher sehen kann. Mein Gepäck, einen Handkoffer und eine Hutschachtel, nehme ich natürlich auf den Bahnsteig mit und übergebe es nach Eintreffen des Zuges einem Facchino, um es hinaustragen zu lassen. Bringen Sie keinen Diener mit, nun, dann waren diese Maßregeln überflüssig, aber darauf dürfen wir uns nicht verlassen, denn wenn er mitkommt, dann muß er unbedingt an meine Ankunft mit dem Zuge glauben. ›Dienertratsch, verlorene Schlacht‹, das ist in meinem Beruf eine alte Erfahrung.«

Der Capitano hatte gut begriffen, die Instruktionen aufs pünktlichste befolgt und mit strategischer Sicherheit in Szene gesetzt; lag ihm doch selbst daran, auch nicht in den Schatten eines Verdachtes zu geraten, als ob er gegen seinen Neffen intrigiere. Die Wahrheit zu gestehen, konnte er sich zwar nicht recht denken, was Windmüller eigentlich im Palazzo Pavonazetti zu finden hoffte, aber er traute dessen Intelligenz bedingungslos ein ihm selbst nicht erkennbares Ziel zu und tröstete sich damit. ›daß die Sache sich schon historisch entwickeln würde‹.

Wie Windmüller vorausgesehen, hatte es der Conte wirklich für nötig und der Würde seines Hauses entsprechend erachtet, seinem Onkel den zweiten Diener zum Empfang des hohen Gastes auf dem Bahnhofe mitzugeben, und der Capitano hatte es so einzurichten gewußt, daselbst einzutreffen, als der Mailänder Zug eben in die Bahnhofshalle einlief. Hastig dem Diener befehlend, sich in der Vorhalle neben der Bahnsperre aufzustellen, löste er am Automaten seine Bahnsteigkarte, und sich in das bereits entwickelnde Gedränge der aussteigenden Reisenden stürzend, fiel sein suchender Blick alsbald auf die hohe, militärisch aufgerichtete Gestalt eines Herren mit stark ergrautem, spitz geschnittenen Knebelbart, der ihm, gefolgt von einem Gepäckträger, beladen mit einem ledernen, recht umfangreichen Kupeekoffer und einer dito Hutschachtel entgegenkam. Beim Anblick dieses Herrn erstarrte dem Capitano das Blut in den Adern, und der Gedanke »Magari![23] Arrigo Arrizzi in Person! Was fange ich um alles in der Welt mit zwei Arrizzis an? Muß den echten der Teufel heut auch nach Rom führen?« ließ ihn fast an schleunige, unrühmliche Flucht denken, es dem Unechten überlassend, in den Palazzo zu gelangen, wie er mochte. Aber für die Flucht war es schon zu spät, denn der im Moment höchst unwillkommene Freund hatte ihn bereits gesehen, fiel ihm nach echt italienischer Art um den Hals und küßte ihn – daneben, indem er ausrief:

»Da bin ich, Ubaldo, carissimo amico mio! Wie habe ich mich auf dich gefreut!«

Der Capitano murmelte etwas Unverständliches, indem er einen wilden Blick in das Gedränge warf, wurde von dem Ankömmling noch einmal umarmt, wobei ihm dieser ins Ohr raunte:

»Herr Commendatore, Sie dürfen mir die Willkommenküsse nicht schuldig bleiben, da sie doch zur Erbauung des dort bei der Perronsperre stehenden Dieners gehören!«

»Herr du meines Lebens! Sind Sie es wirklich, Herr Doktor?« gapste der Capitano, nachdem er den eingeforderten Tribut pflichtschuldigst ebenfalls – in die Luft entrichtet.

»Ja doch, ich bin's wirklich«, lachte WindmüllerArrizzi hochbefriedigt über die so glänzend abgelaufene Probe aufs Exempel. Und als er dann mit seinem Gastfreunde endlich im Auto saß, da sagte der Capitano noch ganz verdutzt:

»Das habe ich nicht für möglich gehalten! Ich dachte, bei meinem Wort, nicht anders, als daß der echte Arrizzi unvermutet angekommen sei, und seine mir sonst so liebe Gegenwart mich nun in die scheußlichste Klemme bringen würde. Und Sie dazu!«

»Nun ja, scheußliche Klemme wäre noch ein milder Ausdruck dafür«, stimmte Windmüller lachend zu. »Übrigens war die Sache kein Kunststück mit der Photographie des Herrn Admirals als Muster, denn Charakterköpfe lassen sich viel leichter imitieren, als nichtssagende Physiognomien. Ist die Nase groß genug?«

Der Capitano mußte nun auch lachen, als er sich die auf Windmüllers Moltkenase angesiedelte Vergrößerung zum Habichtsschnabel bewundernd betrachtete.

»Sie ist gewachsen, seitdem ich meinen lieben Arrigo zum letztenmal gesehen. Hoffentlich sitzt das Organ auch fest.«

»Todsicher. Patentiertes Verfahren«, versicherte Windmüller, ein Monokel ins linke Auge kneifend. »Dieses Instrument hängt nämlich auf dem Bilde des Herrn Admirals an einer schwarzen Schnur auf seine Weste herab, leider ohne Angabe des Auges, das es verzieren soll. Aber das ist ein Detail, auf das es nicht ankommt, doch rate ich auf das linke Auge, weil über diesem auf dem Bilde die Braue höher steht, als die des rechten. Ja, wenn man porträtiert, muß man auf alles achten. Überdies ist ein Monokel eine ganz wirkungsvolle Augenmaske, die auf beide Augen wirkt.«

Fünf Minuten später fuhren beide Herren am Palazzo Pavonazetti vor, dessen Portal, beziehungsweise der in demselben befindliche Türeinschnitt sich sofort öffnete, aus dem Majordomo Andrea Lago heraustrat, den hohen Gast des Hauses gebührend zu empfangen. Windmüllers rasch prüfender Blick schätzte den sehr würdevoll aussehenden Diener, dessen auffallend schöner, grauer Kopf auch noch einen recht klugen Eindruck machte, sehr richtig auf eines jener im Dienst des Hauses ergrauten Inventarienstücke ein, wie sie in italienischen Patrizierhäusern nicht selten sind: Leute, welche die guten wie die schlechten Tage ihrer Herrschaft getreulich teilen, in die Familiengeheimnisse eingeweiht sind, mit denen die Familienangelegenheiten besprochen werden, die das Hab und Gut des Hauses hüten wie ihr Eigentum, die nicht schwatzen und sich nicht die Würmer aus der Nase ziehen lassen. Solche Diener zum Verrat ihrer Herrschaft zu verführen, war Windmüllers Sache nicht; aber sie waren ein Hindernis zur Erforschung der Dinge, die zu ermitteln er kam. Freilich, wohl hat jeder Mensch seine schwache Seite, seinen Preis, wie die Zyniker behaupten, doch kann bei der praktischen Anwendung dieser These derjenige, der den Preis zahlt, auch gründlich hereinfallen, wie denn auch Windmüller von seinem Diener und Gehilfen Pfifferling bombensicher annahm, daß er den gebotenen Judaslohn mit Seelenruhe einstecken und dem Versucher dann eine Nase drehen würde nach dem Grundsatz ›Nimm was du kriegen kannst und tue dann wie Tulpe. Non olet.‹

Der zweite Diener, der geschickt worden war, Seine Exzellenz den Herrn Admiral vom Bahnhof abzuholen, war auch kein Jüngling mehr und machte im Gegensatz zu seinem Vorgesetzten keinen sehr erleuchteten Eindruck; daß er in der Furcht des Herrn lebte, war leicht daraus zu ersehen, wie prompt er die Befehle des Majordomo befolgte, was Windmüller, der berufsmäßig jedes Detail bemerkte, zur Notiz nahm.

Die wirklich monumentale Vorhalle, in die er mit dem Capitano eintrat, war rasch überblickt, denn außer einem großen, schweren Tisch, ein paar hochlehnigen Stühlen und Schirmständern war sie so gut wie leer. Die in sie eingebaute Portierloge enthielt, wie Windmüller sofort bemerkte, das Telephon, und auch die Seitenpforte suchte und fand sein Auge sofort. Auf dem steinernen Boden der Halle lag eine geflochtene Binsenmatte, und von der hohen, gewölbten Decke hing ein schmiedeeiserner Kronleuchter herab, in welchem das elektrische Licht in recht anachronistischen Milchglasglocken Eingang gefunden.

Die Treppe, welche die Herren nun unter dem Vorantritt des Majordomo hinaufschritten, war von weißem, mit roten Teppichläufern belegtem Marmor, und an sich ein schönes Beispiel der Palastbaukunst des fünfzehnten Jahrhunderts, die Wert darauf gelegt, auch diesen Teil des Hauses ›signorile‹, das heißt herrschaftlich zu gestalten Sie führte im Absatz über das Mezzanin hinauf zum Vorplatz des Piano nobile, einem repräsentativen Raum mit reicher Kassettendecke, in dessen Mitte ein mit rotem Samt gepolstertes Rundsofa stand, überragt von der Marmorstatue der sich in einen Lorbeerbaum verwandelnden Daphne, eine aus der Zeit stammende Kopie oder Wiederholung der Berninischen Daphne in der Galerie der Villa Borghese, wie der Capitano erklärte. Das Vestibolo durchschreitend, gelangten sie auf der jenseits sich fortsetzenden Treppe in den zweiten Stock mit den Wohnräumen, und hier angelangt, wurde der Gast von dem Herren des Hauses zeremoniell begrüßt. Der Conte del' Poggio-Oliveto war ein ja noch junger Mann, der das dreißigste Lebensjahr noch kaum überschritten, aber er sah so elend aus, daß man ihm gern zehn Jahre mehr gegeben hätte. Auf der überschlanken, großen Gestalt schlotterten seine Kleider wie auf einem Skelett, der kleine, schwarze Bart und die kurzgeschnittenen, krausen Haare zeigten weiße Fäden, die Haut des nicht grade schönen, aber rassigen Gesichts war gelb wie altes Pergament, und die dunklen Augen lagen tief in den Höhlen. Wenn der Mann nicht an einem schweren, inneren Leiden litt, mußte es das Drama seiner kurzen Ehe gewesen sein, das aus dem blühenden Menschen, als welchen Windmüller ihn in seiner Erinnerung hatte, ihn in dieses Bild des Jammers verwandelt hatte.

Windmüllers Begrüßung durch den Conte war für den ersteren auch eine Probe aufs Exempel, aber zu seiner Befriedigung bestand er sie zweifelsohne, denn nach den ersten Worten sagte der letztere weniger steif:

»Ich hätte Sie nach dem Bilde, das mein Onkel von Ihnen besitzt, gleich erkannt, Eccellenza. Es wird für ihn eine große Freude gewesen sein, Sie wiederzusehen, wie es für mich eine Ehre ist, Sie in meinem Haus als Gast zu wissen.«

Windmüller murmelte etwas Passendes auf diese verbindlichen Worte und wurde sodann durch den dem Gartenflügel entlang laufenden Korridor in sein Zimmer geführt, und dort zunächst von dem Capitano mit dem Versprechen, ihn zum Pranzo abzuholen, allein gelassen.

Der erste Eindruck in diesem großen, wohleingerichteten Raum war der, in eine andre Welt gelangt zu sein. Mitten im Herzen von Rom, im Gewirr alter, enger Gassen, unmittelbar aus einer solchen in ein altes, graues, von außen wenig versprechendes Haus einzutreten und nun durch ein paar schmale, aber hohe Fenster in das Blättergewirr hoher, grüner Bäume, auf einen samtgrünen Rasenplatz mit blühenden Blumenrabatten hinabzusehen, war eine Überraschung besondrer Art. Nur wie aus weiter Ferne tönte der Lärm der Großstadt wie Meeresbrandung in diesen stillen Winkel, und wenn auch die Ausdehnung des Gartens keine große war, machte er doch immerhin den Eindruck einer Insel im steinernen Meer der Stadt – ein Idyll, durch das für Windmüllers feines, inneres Ohr statt eines Pastorales das Echo des Dramas nachzitterte, das vor kurzem erst sich hier abgespielt. Wenn nach des Dichters Wort niemand ungestraft unter Palmen wandelt – und eines dieser Kinder des Orients, eine uralte, riesige Phönixpalme, deren Blätter in der leichten Brise des nahen Sonnenuntergangs ihr charakteristisches, nervenaufregendes Rascheln ertönen ließen, ragte aus dem grünen Rasen des Gartens hoch empor – war dieses Familiendrama, dessen Rätsel zu lösen, Windmüller hier eingedrungen, das einzige, erste, das sich in diesen Mauern abgespielt? Die feingestimmten Saiten seines Nervensystems hatte schon der erste Schritt in dieses Haus zum leisen, vage empfundenen Klingen gebracht – hier vor dem einen, offenen Fenster stehend und in das Grün des Gartens, auf die leis raschelnde Palme herabsehend, wurde ihm das Klingen deutlicher, seine hochgradig entwickelte Intuition hörte daraus die noch unartikulierten Worte einer Ballade, die, Geheimnisvolles verkündend, in abgebrochenen Sätzen von wachsendem Grauen raunte, und mit einem jähen Aufschrei endete – – –

Er wußte genau, daß diese Stimmen niemals umsonst zu ihm redeten, wußte, daß er hier mehr zu suchen hatte, als nach dem Grund zur Flucht der Contessa, nach einer Spur, wohin sie sich gewendet haben konnte, und ob sie den Familienschmuck mitgenommen hatte. Seine Verehrer wie seine Gegner glaubten, daß er einzig und allein mit dem Verstande und einer außergewöhnlichen Kombinationsgabe seine Aufgaben löste, was ja in vielen, wenn nicht den meisten Fällen auch zutreffend war; auch der sogenannte Zufall verhalf ihm gelegentlich zu einer lang vergebens gesuchten Lösung; aber was die Leute nicht wußten, was unter Hunderten wahrscheinlich vielleicht nur zwei für möglich gehalten, überhaupt nur begriffen hätten, das war seine merkwürdige Gabe des intuitiven Hörens, Sehens und Fühlens, die ihn, wie eben hier, gleich einer ›Trance‹ überkam, ohne jedoch beim Erwachen daraus die Erinnerung auszuschalten, sondern sie im Gegenteil in seinem Gehirn fixierte.

Mit einem tiefen Atemzug fuhr er zusammen, als das Klingen in ihm mit dem nur ihm hörbaren Aufschrei abschloß. Sich vom Fenster abwendend, sah er sich in seinem Zimmer aufmerksam um. Dem aufgezeichneten Kroki des Capitanos zufolge wußte er, daß des letzteren Wohnung, vom Eintritt gerechnet, rechts daneben lag, und bemerkte nun auch eine Verbindungstür, welche durch einen ganz modernen Kleiderschrank mit Spiegeltür zugestellt war. Genau gegenüber, auf der andern Zimmerseite, befand sich ebenfalls eine Verbindungstür in die anstoßenden Räume, die mit einem schönen, alten Gobelin in Verduremuster, unter der Türkrönung mit Ringen an einer Messingstange befestigt, verhängt war; ein Divan ohne Rücklehne war davor gestellt und vor diesem ein Tisch. Das Bett unter zugezogenem Moskitonetz stand links vom Eingang des Zimmers, und auf der andern Seite desselben eine Waschtoilette, deren Gefäße nicht wie landesüblich im Miniaturformat, sondern von erfreulicher Größe waren. Zwischen den beiden Fenstern stand ferner noch ein gleichfalls moderner Schreibtisch von Rosenholz, und damit war im großen ganzen die Einrichtung des Zimmers bis auf einige bequeme Sessel komplett. Die Wände, mit einer verblichenen grünseidnen Damasttapete bespannt, auf der einige stark nachgedunkelte Ölgemälde hingen, gaben dem Zimmer die Note, den Eindruck eines gut eingerichteten Hotelzimmers verhindernd, in welchem eine solche Wandbekleidung nicht zu finden gewesen wäre.

Alles das umfaßte Windmüller mit wenigen Blicken, die aber dann mit Interesse zu dem Gobelin hinter dem Divan zurückkehrte. Daß er dem Plan zufolge die Verbindungstür zu den Zimmern der Contessa verhüllte, war leicht zu erraten; es fragte sich nur, ob es möglich sein konnte, dort hineinzugelangen, was ausgeschlossen war, falls auf der andern Seite ein schweres Möbel stand. Der Capitano hatte erwähnt, daß die verlassenen Gemächer der Contessa vom Korridor aus verschlossen worden waren; wenn Windmüller jedoch aus seinem Zimmer in jene gelangen konnte, wo vielleicht Wichtiges für seine Zwecke zu finden war – – doch das zu erforschen, mußte er auf eine günstigere Zeit, und zwar auf die Nacht warten. Indes konnte er sich's nicht versagen, den Gobelinvorhang ein wenig zu lüften, was ganz einfach war, da dieser, unten nur durch einige Bleiknöpfe beschwert, glatt herabhing, nicht aber angenagelt war, wobei er gleich feststellen konnte, daß die dahinter befindliche, schön eingelegte Flügeltür sich nach seinem Zimmer zu öffnete, natürlich aber verschlossen war, wie ein Druck auf die bronzene Klinke bewies, was Windmüller jedoch keineswegs entmutigte, denn dergleichen kleine Hindernisse zu überwinden war er gewohnt. Enthielt doch sein Koffer, der gegen die Neugier dienstbarer Geister zwei unzugängliche Yaleschlösser gesichert und nie von ihm offenstehen gelassen wurde, alle jene Instrumente, welche ihn über dergleichen Hindernisse mehr oder minder leicht, immer aber sicher hinwegbrachten.

Nachdem er seinem Koffer alles Nötige an Kleidungsstücken, Wäsche und Toilettenutensilien entnommen und ihn wieder sorgsam verschlossen hatte, wechselte er für den Pranzo den Anzug – Smoking, hatte der Capitano ihm zugeflüstert –, nahm noch eine sehr genaue Prüfung seiner Maske vor, stellte fest, daß die geradezu stupend naturgetreue Vergrößerung seiner Nase wie auch der Bart einwandfrei jeder Kritik standhalten konnten, gab dem eignen, jetzt in der Mitte gescheitelten Haar mit der Puderquaste noch etwas von der erforderlichen grauen Färbung und war dann grade fertig, als es anklopfte und der Capitano erschien, ihn zum Pranzo im kleinen Speisesaal abzuholen.

Dieser lag im Piano nobile nach der Straße zu an der Ostecke des Palastes und war ein zweifenstriger, wohlproportionierter Raum mit herrlich geschnitzten Möbeln von Ebenholz, von denen das enorme, fast die ganze Ostwand einnehmende Büffet auf seinem etagenförmigen Aufbau mit blitzendem Silbergeschirr, alten, kunstreich gearbeiteten Schaustücken bestellt war, die auf dem tiefschwarzen Grunde des Holzes besonders prächtig wirkten, während dieses wiederum durch die goldgelbe seidne Damasttapete den warm leuchtenden Hintergrund empfing, dessen es durch sein tiefes Samtschwarz bedurfte. Eine besondere Note erhielt dieser Raum dadurch, daß seine beiden inneren Ecken vom Rahmen der Flügeltür zum Vestibolo an abgeschrägt waren und ihn dadurch zum Sechseck machten. Auf diesen beiden schrägen Wandteilen hingen fast deckenhohe Bilder in schmalen Goldrahmen, lebensgroße Bildnisse eines Kavaliers und einer Dame in der Tracht des Cinquecento, deren seidenstarre, goldgestickte Gewänder und fächerförmige Spitzenkragen die ganze Prachtentfaltung jener Zeit glänzend zur Anschauung brachten. Was Windmüller sofort auffiel, war, daß auf den Busen der Dame an einer Kette von orientalischen Perlen jener eigenartige Schmuck herabhing, dessen Skizze ihm der Capitano gegeben, und wenn es ja auch nicht möglich war, mit Ölfarben den Glanz und das Feuer der Juwelen wiederzugeben, so ließ die Abbildung doch genug das regenbogenartige Farbenspiel ahnen, welches das Original so eigenartig machte.

Das unwillkürliche »Ah!«, das Windmüller bei Erkennen des gemalten Juwels halblaut ausstieß, wurde von dem Capitano, der den Blick darauf auffing, geschickt in eine allgemeine Richtung gelenkt, indem er warnend einfiel:

»Ja, nicht wahr? Diese Bildnisse sind gut gemalt, echte Repräsentationsporträts. Der Tradition zufolge wurden sie von Tizian gelegentlich der Vermählung des ersten Conte del' Poggio-Oliveto mit der Nichte der Königin Caterina Cornaro von Zypern in Venedig geschaffen, doch wollen Kunsthistoriker sie eher einem Schüler des Meisters zuschreiben, was ja bekanntlich eine liebe, alte Gewohnheit der Kunsthistoriker ist. Unbestreitbar sicher ist jedoch, daß die Schnitzereien der Ebenholzmöbel aus der Wertstatt des berühmten venetianischen Holzbildhauers Brustolone stammen.«

Der Conte, im schwarzen Abendanzug fast noch elender und kränker aussehend, als in dem grauen Anzug, in welchem er Windmüller begrüßt, bestätigte den Capitano nicht ohne den legitimen Stolz des Besitzers, indem er hinzusetzte:

»Weder ein Vorgänger noch ein Nachfolger Brustolones ist imstande gewesen, das steinharte Ebenholz so tief auszuarbeiten, wie er es getan. Darum sind auch Möbel wie diese unerreicht geblieben und nur in sehr seltenen Exemplaren außerhalb Venedigs zu finden.«

»Wir müssen meinem Freund morgen bei Tageslicht das Haus zeigen«, sagte der Capitano. »Er interessiert sich sehr für solch' alte Einrichtungen, Bilder, Büchereien und Antiquitäten, vorzüglich für altes Porzellan, ist selber Sammler.«

»Nur in sehr bescheidenem Maße«, versicherte Windmüller. »Aber was wollen Sie, Conte? Der Mensch muß irgendwelches Steckenpferd reiten, das die langen Tage eines kaltgestellten Junggesellen verkürzen hilft. Freilich, zu solch' kostbaren Prachtstücken wie die beiden großen japanischen Deckelvasen dort in den Fensterecken werde ich es niemals bringen.«

»Nun, daß Sie Japan in diesen Vasen erkannten, Eccellenza, und nicht auf China schätzten, wie die meisten Laien, beweist, daß Sie zu den Adepten gehören«, sagte der Conte lebhaft. »Übrigens sind die Vasen alte Erbstücke, gehören nicht zu meiner Privatsammlung, die sich im zweiten Stock befindet. Ich schlage vor, daß wir nach dem Pranzo unsre Zigarre dort rauchen, falls Sie nicht etwa noch einen Ausgang vorhaben.«

»Oh, ich bin nach meiner Reise sehr geneigt zu bleiben, wo wir sind«, versicherte Windmüller. »Ich hoffe, Ubaldo fühlt sich nicht verpflichtet, mich durch Herumschleifen durch Theater und Nachtlokale amüsieren zu müssen. Ich bin nämlich ein richtiger Stubenhocker geworden«, setzte er lächelnd hinzu, »darum sehr zufrieden, es bei leichter und bequemer Bewegung bei Tage bewenden zu lassen.«

»Ganz mein Fall!« stimmte der Capitano bei. Er begriff sehr gut, daß Windmüller nicht nur dem Conte, sondern vor allem ihm zu verstehen geben wollte, daß der Zweck seines ›Besuches‹ in diesem Hause, nicht außerhalb desselben lag.

Die Mahlzeit an dem runden Tisch, der gut für sechs bis acht Personen Raum gab, mit der ganzen Würde und dem Zeremoniell eines großen Hauses von dem Majordomo und dem zweiten Diener serviert, fand ihren Abschluß durch die köstlichen, erlesenen Früchte, welche die Mitte der Tafel in einem wundervollen Aufsatz von Kristall und vergoldetem Silber geschmückt, wonach der Conte das Zeichen zum Aufbruch gab und beide Herren in den zweiten Stock hinaufführte.

Hier war die Anordnung so, daß das Schlafzimmer des Hausherrn über dem kleinen Speisesaal lag; in dem nebenanliegenden Raum war in rings bis an die Decke reichenden Vitrinen die Porzellansammlung untergebracht, und auch die Mitte dieses großen Gemaches nahm ein Gestell ein, das als Piedestal für einen Glaskasten diente, der eine enorme figürliche Gruppe, die Jagd der Diana darstellend, bedeckte, ein Prachtstück aus dem seltenen Porzellan von Capo di Monte bei Neapel, von einer Feinheit der Modellierung bis auf die Grashalme am Boden und die winzigen, darin blühenden Blumen, das jedem Museum zur Zierde gereicht hätte.

Die ehrliche Begeisterung, mit welcher Windmüller die Schönheit wie den unschätzbaren reellen und ideellen Wert dieser Gruppe anerkannte und pries, machte ihn dafür so beredt, wie es nur ein Kenner, der selbst Sammler ist, werden kann, und solange er über die herrliche Modellierung der Figuren wie der Tiere – eines Hirsches und ihn verfolgenden Meute – mit künstlerischen Verständnis sprach, Details, wie die wunderschönen Hände der Diana und ihrer Gefährtinnen hervorhebend, hörte ihm der Conte mit sichtlicher Freude über die verständnisvolle Anerkennung des Kunstwerks lebhaft Beifall nickend zu.

»Dergleichen sehen und bewundern zu dürfen, ist für mich ein rein platonischer Genuß«, erklärte Windmüller schließlich. »Ich freue mich, daß mir das Laster des Neides versagt ist, ganz abgesehen davon, daß der Preis eines solchen Meisterwerkes ohnedies für mich unerschwinglich wäre.«

»Weiß der Himmel, daß ich grade dieses Stück teurer bezahlt habe, als ich je wieder gutmachen kann!« rief der Conte so schmerzlich aus, daß Windmüller hoch aufhorchte, während der Capitano gutmütig lachte.

»Nun, nun«, sagte er begütigend, »so schlimm wird es ja nicht sein. Ich verstehe nichts von Porzellan, kann mir auch nicht vorstellen, wie man für solch’ zerbrechliches Zeug Unsummen hinauswerfen kann, aber ich gönne jedem Tierchen sein Pläsierchen, und dir, lieber Mario, dein Steckenpferd von Herzen. Hätte ich genug vom nervus rerum, dann würde ich mir eine nette kleine Segeljacht zulegen; das wäre mein Steckenpferdchen, das mehr kosten würde, als dir das ganze niedliche Spielzeug dort. Nun, schließlich sind unerfüllbare Wünsche auch eine angenehme Beschäftigung.«

»Und die Fähigkeit, sie als solche zu empfinden, ist eine Gottesgabe, die nur wenigen zuteil wird«, sagte Windmüller herzlich.

Die nach flüchtigerer Besichtigung der übrigen Sammlung angebotene Zigarre lehnte Windmüller, dem sein falscher Bart diesen Genuß verbot, dankend als Nichtraucher ab, und da er sowohl wie der Capitano merkten, daß der Conte sich nur noch zu einer Unterhaltung zwang, zogen beide Herren sich bald zurück.

Pavonazetti begleitete den ›Gast‹ noch in dessen Zimmer unter dem Vorwand, nachzusehen, ob alles daselbst zur Bequemlichkeit für die Nacht gerichtet sei, eigentlich aber um zu fragen, welchen Eindruck ihm sein Neffe gemacht.

»Den eines physisch und geistig kranken Menschen«, antwortete Windmüller ehrlich. »Es ist mir sehr lieb, daß der Herr Graf sich meines usurpierten Ranges wegen für verpflichtet hält, mir seine Gegenwart zu widmen und damit gewissermaßen aus sich herauszutreten genötigt ist. Das ist mehr, als ich gehofft und erwartet hatte. Darum war auch die von Ihnen vorgeschlagene Personifizierung Ihres Freundes eine besonders glückliche Idee, die wohl ihre Früchte tragen wird. Mehr kann und will ich Ihnen nicht sagen; ich lehne auch jede Begründung dafür ab, und zwar Ihrer selbst wegen. Sie haben, indem Sie mich in dieses Haus brachten, mehr getan, als Sie vermutlich wissen und beurteilen können; an meiner Arbeit hier aber müssen Sie ganz unbeteiligt bleiben, um an dem, was ich hier zu erreichen hoffe, keinen Anteil zu haben. Das bin ich Ihnen schuldig. Mag es positiv oder negativ ausfallen – alle Verantwortung trifft mich, und ich will sie allein tragen.«

Der Capitano neigte den Kopf und reichte Windmüller spontan die Hand.

»Sie sind ein Ehrenmann, Dottore«, sagte er herzlich. »Ich verstehe sehr gut, was Sie sagen wollen. Das Unausgesprochene aber läßt mich den Schritt, den ich getan, nun doch in einem andern Licht erkennen, als ich ihn bisher zu sehen gemeint. Indes, ein Zurück gibt es nun nicht mehr, und ich werde versuchen, die Konsequenzen daraus zu ziehen. Natürlich brennt mir nun aber noch eine Frage auf der Seele. Darf ich sie aussprechen?«

»Besser nicht, Herr Commendatore«, erwiderte Windmüller. »Solange ich bei der Arbeit bin, beantworte ich Fragen meiner Klienten niemals. Ist meine Aufgabe so oder so gelöst, dann steht Ihnen Ihre Frage frei. Vorher nicht!«

»Gut, ich füge mich. Sie sind hier der Kommandant, ich kenne das Gebot der Disziplin für Untergebene. Gute Nacht, Herr Doktor!«

Allein geblieben, war es Windmüllers erstes, die Tür seines Zimmers zu verriegeln; dann legte er ab, was nicht echt an ihm war und ging an den ersten Teil seiner Arbeit, das heißt er rückte den Tisch vor dem Divan und diesen selbst soweit zur Seite, daß er bequem dahinter gelangen konnte – eine leichte Sache und geräuschlos ausgeführt. Sodann steckte er den Gobelinvorhang mit einer Nadel zurück und entnahm seinem Koffer ein Etui mit interessanten Instrumenten, die in der Hand von Einbrechern kurzweg ›Diebswerkzeug‹ genannt werden, wählte daraus einen Universaldietrich, und schloß damit mühelos die Tür auf, welche der Vorhang verhüllte. Ein schwerer, mit Flanell gefütterter Vorhang von seegrüner Seide mit silberbroschierten Buketts hing auf der andern Seite herab, und davor stand, wie Windmüller vorsichtig feststellte, eine Etagere mit allerlei Nippes beladen. Das hatte er nur wissen gewollt, um zu beurteilen, welches Hindernis sich ihm auf der andern Seite entgegenstellen würde. Eine an sich nicht schwere Etagere, auch wenn sie allerlei Tücken in Gestalt zerbrechlicher Kleinigkeiten in Bereitschaft hatte, die beim Herabfallen Lärm machen, war, wenigstens bei größter Vorsicht, nicht unüberwindlich, wie es beispielsweise ein großer Schrank oder eine schwere Kommode gewesen wäre.

Nun er wußte, was er hinter der Verbindungstür finden würde, klinkte Windmüller diese wieder zu, die Inspektion der verlassenen Gemächer der Contessa bis zum Frühlicht aufschiebend, weil nachts ihre künstliche Beleuchtung von außen leicht bemerkt werden konnte. Für jetzt blieb nichts andres übrig, als zur Ruhe zu gehen und den früh einbrechenden Tag abzuwarten. Doch obwohl er die Gabe hatte, nach Wunsch und Bedürfnis schlafen zu können, wollte ihm der Schlaf in dieser Nacht lange nicht kommen, weil er sich den Kopf zerbrach, was er außer den Punkten, wegen deren er in dieses Haus gekommen, darin noch suchen sollte, suchen mußte! Schließlich fand er sich mit dem guten Glauben an sein Glück ab, das ihm so oft schon den rechten Weg gewiesen, ihm durch eine überraschende Wendung vor eine unerwartete Lösung gestellt, und jetzt wußte er ganz genau, daß ihn eine solche erwartete.

Endlich fand der Schlaf sich doch ein, erquickend aber war er nicht, denn während der nur kurzen Ruhe träumte ihm allerlei krauses Zeug, von dem er, beim ersten Morgengrauen wieder erwachend, nur noch die Erinnerung hatte, daß es sich um den Familienschmuck auf dem Porträt im kleinen Speisesaal gedreht.

Sobald das erste, opalartige Dämmern des neuen Tages dem positiveren Licht vor dem Sonnenaufgang gewichen war, was zu dieser Jahreszeit schon zu einer sehr frühen Stunde eintrat, stand Windmüller auf und begab sich unverweilt an die Erforschung der Zimmer der Contessa. Noch rührte sich nichts im Hause, nur sonore, regelmäßige Schnarchtöne klangen, wohltätig gedämpft, aus den Gemächern des Capitano nebenan. Er hatte die ganze Nacht mit schöner Ausdauer gesägt, würde vermutlich bis zur gewohnten Stunde des Erwachens so weiter sägen, es stand also kaum zu befürchten, daß ihn ein Geräusch von nebenan an der gewohnten Beschäftigung stören würde. Windmüller hatte überdies durchaus nicht im Sinn, Geräusche, welche auf eine anormale Tätigkeit schließen lassen konnten, hervorzurufen. Die Füße nur mit Strümpfen bekleidet, ging er unverweilt ans Werk, indem er die Verbindungstür, die zum Glück weder knarrte, noch in den Angeln quietschte, öffnete, und durch vorsichtiges Fühlen feststellend, daß er durch Aufriegeln und Öffnen des zweiten Flügels hinter dem Vorhang durchschlüpfen konnte, ohne die davorstehende Etagere zu berühren, vollbrachte er dieses Kunststück, ohne daß nur einer der darauf stehenden Gegenstände ins Zittern geraten wäre, und stand nun in dem Zimmer, das genügendes Licht durch die zugezogenen Spitzenvorhänge der Fenster empfing, um es genau übersehen zu können.

Es war ein sehr schöner, eleganter Salon, dessen weiße, silberbedruckte Tapete einen feinen Hintergrund für die eingelegten Möbel von Rosenholz abgab. Sofas und Sessel überzog der gleiche, seegrüne, silberbroschierte Seidenstoff des Vorhangs, der die Tür hinter der Etagere verhüllte, ein kostbarer, alter, orientalischer Teppich, dessen matte Farben gut zu dem herrschenden mattgrünen Ton der Möbel stimmten, bedeckte den Fußboden, und über dem ganzen Raum schwebte ein fast betäubender Duft von Hyazinthen. Der Stil der Möbel war der des prachtvollen römischen Barock, dessen unerreichte Eleganz hier zur vollen Wirkung kam, aber was sich hier in weit ausgebauchten Kommoden und in Zierschränken vorfand und ohne weiteres der Besichtigung zugänglich war, da die Schlüssel in den Schlössern steckten, lohnte sich der Mühe des Anschauens nicht, was Windmüller nur pflichtgemäß tat, um festzustellen, daß der sehr ›genial‹, das heißt unordentlich durcheinandergeworfene Inhalt nur aus Toilettengegenständen bestand.

Aus diesem Salon, der augenscheinlich keinem anderen Gebrauch gedient, als eben nur ein Salon zum Empfang von Gästen zu sein und den durcheinandergeworfenen Krimskrams in den Kastenmöbeln aufzunehmen, trat Windmüller in das anstoßende Gemach, das sich durch das Vorhandensein eines zierlichen, wie jedes andre Möbel mit Nippes bedeckten Damenschreibtisches als Boudoir kennzeichnete. Hier befand sich auch ein Bücherschrank mit innen durch seidne Vorhänge verhüllten Glasscheiben, und als Windmüller ihn öffnete, fand er darin zwar keine Bücher, wohl aber eine stattliche Sammlung von Hüten. Auf dem Schreibtisch, welcher keine Spuren von Gebrauch zeigte, stand eine kostbare Schreibzeuggarnitur von Lapislazuli und Goldbronze; eine Goldfeder im Halter von Elfenbein lag auf einer der Schalen mit einem goldnen Crayon zusammen, und auf der mit goldgepreßtem Maroquin überzogenen Platte lag zugeklappt eine Löschmappe in goldgestickter, blauer Samthülle. Diese Löschmappe unterzog Windmüller einer genauen Untersuchung, denn erfahrungsmäßig enthielten grade diese Utensilien auf Schreibtischen oft die interessanten Fingerzeige. Doch diese hier gab nichts her, es lagen keine Papiere zwischen den Löschblättern, und auf diesen waren nur wenige feine Schriftzüge abgelöscht, die vor den neben dem Schreibtisch hängenden Spiegel gehalten kein zusammenhängendes Wort, keinen Namen erkennen ließen. Also auch hier wieder eine Niete, da auch in den wenigen Schubladen, in denen die Schlüssel steckten, nichts anderes zu finden war, als Schreibmaterialien. Eine dieser Schubladen war angefüllt mit vollgekritzelten, eleganten Tanzkarten von der letzten Wintersaison, eine andre mit Kotillondekorationen, aber nirgends ein aufgehobener Brief, woraus Windmüller schloß, daß der Conte wahrscheinlich etwa vorhanden gewesene Briefschaften bereits entfernt und vermutlich vernichtet hatte.

Aus dem Boudoir, das gleichfalls ein schwerer Duft von Hyazinthen erfüllte, betrat Windmüller nun das nebenan liegende Schlafzimmer mit dem breiten, von einem rosaseidnen Baldachin überragten Bett, das augenscheinlich an jenem Abend für die Rückkehr der Herrin schon aufgeschlagen und hergerichtet worden war. Über den Sessel neben dem Bett war zum Gebrauch bereit ein weißseidner, spitzenbesetzter Peignoir ausgebreitet, und auf dem Betteppich standen zwei kinderkleine Pantöffelchen von pelzgefüttertem Goldstoff bereit zum Hineinschlüpfen. Im Waschkrug befand sich noch ein Restchen nichtverdunsteten Wassers, auf dem eleganten Toilettentisch lagen Bürsten und Kämme bereit zum Gebrauch, standen Kristallflaschen mit allerhand Haarwassern und eine halbvolle Flasche mit Hyazinthenparfüm, und auf dem Stachel des Ringständers hingen die noch nicht wieder angelegten Ringe, darunter auch der Ehering.

Die Wände des Schlafzimmers bestanden aus einer Reihenfolge eingebauter Wandschränke, außen weiß lackiert und mit Verzierungen in Gold und Rosa dekoriert. Alle waren sie angefüllt mit Wäsche und Kleidungsstücken für jede Art des Gebrauchs im Haus wie für die Straße und Gesellschaft, und, was den Angaben der Cameriera das Wahrheitszeugnis ausstellte, über einen Sessel ausgebreitet lag ein Abendmantel von schwarzem Samt, gefüttert und verbrämt mit Blaufuchs, der immer noch einen starken Duft von Hyazinthen aushauchte – der Mantel, ohne den sie bei ihrer Flucht davongeeilt, dessen Vorhandensein an dieser Stelle bewies, daß sie vorgehabt, hierher zurückzukehren und ihn anzulegen, nachdem sie bei dem Conte den ihr versprochenen Schmuck abgeholt. O ja, auch solche stumme Zeugen können reden! Wahrscheinlich hatte der Conte die Wohnung seiner Frau abgeschlossen, wie sie stand und lag, nachdem sie am Morgen nicht zurückgekehrt war.

Mit diesem dürftigen Ergebnis seiner Razzia mußte Windmüller sich fürs erste zufrieden geben Es war nur ein kleines Eckchen in dem Zusammensetzspiel seiner Aufgabe und bewies nur, was schon so gut wie bewiesen war, daß die Contessa das Haus verlassen, wie sie ging und stand. Der Grund aber, weshalb sie diesen Leichtsinn begangen, war so unaufgeklärt wie bisher. Hier, in diesen drei abgeschlossenen Räumen war ersichtlich nichts zu finden, was als eine Spur, wohin sie sich gewendet haben konnte, angesehen werden durfte, und wenn irgendein

Schriftstück in ihrem Schreibtisch einen Hinweis darüber enthalten hatte, so war es entfernt worden, denn es war kaum anzunehmen, daß die Contessa keinen Brief, nicht einmal einen solchen aus dem Elternhaus aufbewahrt haben sollte.

Nachdem Windmüller den Rückweg in sein Zimmer angetreten und alles wieder so in Ordnung gebracht hatte, daß sein Eindringen in die Nebenräume unmöglich nachweisbar gewesen wäre, verwandelte er sich selbst wieder mit der größten Sorgfalt in die Gestalt Seiner Exzellenz des Admirals Arrigo Arrizzi, und mit dem Resultat seiner Bemühungen zufriedengestellt, trat er ans offne Fenster, die noch frische Morgenluft einzuatmen und mit soviel Geduld als nur möglich der Dinge zu warten, die der Tag bringen würde. Auf einem nahen Kampanile schlug eine Turmuhr sechsmal, begannen Glocken von da und andern Türmen zum Frühgottesdienst zu läuten; damit trat der Tag des Römers, der Geschäfts- und Handwerkerwelt in seine erste Phase, soweit die letztere nicht schon bei der Arbeit war, denn es gibt trotz des Vorurteils der Fremden keine fleißigeren Menschen als die italienischen Handwerker, abgesehen von der Armee der Straßenkehrer, welche um diese Stunde schon mit ihren Müllkarren zum Entleeren abgezogen sind. Um sechs Uhr in der Frühe sind auch schon die Zeitungsverkäufer unterwegs, die frischgedruckten Morgenblätter aus den Druckereien abzuholen, die zweirädrigen Gemüsekarren, gezogen von Eseln oder Maultieren in glänzend geputzten Geschirren, rumpeln auf die Marktplätze, um dort ihre frische Ware schön aufzubauen, die Blumenhändler bringen die duftenden Kinder Floras zur verlockenden Aufstellung auf Plätzen, Treppen und Straßenecken, die Lebensmittelgeschäfte öffnen ihre Kaufläden, und wenn der Fremde dann seine Gaststätte nach dem Frühstück gegen oder nach neun Uhr zu verlassen geruht, dann wundert er sich höchstens, aber nicht zu sehr, daß ›diese faulen Italiener schon ihre Kunden erwarten‹. Daß die Handwerker bereits von Tagesgrauen an bei der Arbeit sind, davon sehen die meisten Fremden nichts. Besuchen sie dann gegen Mittag eine Kirche, um ihre Kunstschätze in Augenschein zu nehmen, es bedauernd, daß man diese bequemer nicht in einem Museum besichtigen kann, dann stellen sie achselzuckend fest, daß die Kirchen leer sind, die Leute eben nicht mehr hineingehen und so weiter. Würden sie sich einmal nur die Mühe nehmen, frühzeitig zu kommen, dann würde die sehr große Zahl der Andächtigen sie eines andern belehren und ihnen ein Vorurteil rauben, dessen Verlust natürlich sehr unangenehm wäre.

Windmüller, am Fenster stehend, fragte sich, ob er wohl zu dieser Stunde den Palast zu einem Spaziergang, nach welchem er große Sehnsucht verspürte, verlassen könnte, ohne sich darum warm zu laufen, was für die ihm anhaftenden ›Falschheiten‹, Bart und Nase, von Nachteil gewesen wäre, obwohl beides auf eine erhöhte Temperatur geprüft war. Da hörte er unter sich eine Tür öffnen und sah durch die aus der Halle führende Glastür den Majordomo heraustreten, bereits in seinen schwarzseidnen Kniehosen, weißem Kragen und dito Halsbinde, jedoch noch in Hemdsärmeln und angetan mit einer blauen Arbeitsschürze, in der Hand eine große Gartenschere.

›Ha, der kommt wie gerufen!‹ dachte Windmüller, und schleunigst sein Zimmer verlassend, eilte er lautlos an der Wohnung des Capitano, der noch hörbar schnarchte, vorüber, die Treppe hinab und trat dann hinaus in den Garten, wo er den Haushofmeister an der Ostseite stehen und die ausgewachsenen Triebe der Kletterrosen, welche die an der Mauer hinziehende Pergola[24] umrankten, eifrig beschneiden und mit Bast zurückbinden sah.

»Guten Morgen!« wünschte Windmüller freundlich, als er den Mann erreicht hatte.

»Ah, Eccellenza sind schon so früh auf?« rief dieser aus, sich überrascht umdrehend. Um ein gutes Teil seiner Würde durch das Fehlen des schwarzen Fracks beraubt, machte er in seiner Arbeitsschürze einen entschieden zugänglicheren Eindruck. Sein glattrasiertes, schöngeschnittenes Gesicht unter dem schon recht dünn gewordenen weißen Haar hatte einen gutmütigen Ausdruck, seine grauen Augen den ruhigen Blick eines zuverlässigen Menschen.

»Ich war immer ein Frühaufsteher«, versicherte Windmüller. »Der Morgen ist die schönste Zeit des Tages, was ja auch Ihre Ansicht zu sein scheint.«

»Zu Befehl, Eccellenza! Es ist ja auch meine Pflicht, der erste wach im Haus zu sein, der letzte im Bett.«

»Gehört die Besorgung des Gartens auch zu Ihren Obliegenheiten?«

»Eigentlich nicht, Eccellenza; es kommt an bestimmten Tagen ein Gärtner, hier nachzusehen, die Blumen zu erneuern und so weiter. Für mich aber ist die Gärtnerei ein Genuß, dem ich gern ein Stündchen meiner Ruhe opfere. Oft schon habe ich bedauert, nicht Gärtner geworden zu sein«, erwiderte Lago respektvoll, doch sichtlich erfreut, von dem hohen Gast des Hauses angesprochen worden zu sein. »Es hat eben jeder sein Steckenpferd, Eccellenza zu dienen.«

»Gewiß, und damit hat auch mancher eine kleine Privatfreude, die ihn glücklich macht«, gab Windmüller freundlich zu. »Das ist nun einmal nicht anders, der Mensch muß etwas haben, das ihm den Alltag verschönt. Sie sind wohl schon lange hier im Haus?«

»Seit vierzig Jahren. Gebürtig aus Poggio-Oliveto im Sabinergebirge, wo das Stammschloß des Hauses Pavonazetti steht – ein altes, graues Kastell, das die Herrschaft nur noch selten bewohnt –, bin ich mit sechzehn Jahren in ihren Dienst getreten und werde ihr, so Gott will, dienen, solange meine Kräfte reichen, gute und böse Tage mit ihr teilen«, schloß er mit einem Seufzer, der Windmüller den Anknüpfungspunkt für das gab, wegen dessen er in den Garten gekommen war.

»Nun, diese Treue wird Ihr schönster Lohn sein, Ihnen den Lebensabend verklären«, sagte er mit soviel echter Teilnahme, daß der Haushofmeister ihn dankbar gerührt ansah. »Gewiß ist es kein Verdienst, gute Tage zu teilen – die bösen sind es, die der Prüfstein für die echte Treue sind. Sie haben, wie ich zu meinem großen Bedauern von meinem Freunde, dem Herrn Commendatore hörte, in der Tat in der letzten Zeit Schweres und Schmerzliches hier erleben müssen durch das rätselhafte Verschwinden der Signora Contessa. Daß bisher noch keine Spur von ihr gefunden werden konnte, läßt leider vermuten, daß die Tage des Kummers und der Sorge noch nicht vorüber sind.«

Lago fuhr sich mit der Hand über die feucht gewordenen Augen; er kämpfte sichtlich mit sich und – erlag der Versuchung, das Entgegenkommen eines so warme Teilnahme an den Tag legenden Mannes, den er als Gast des Hauses, als Freund des Capitano respektierte, nicht kurz abzulehnen.

»Eccellenza haben, Gott sei's geklagt, leider nur zu recht«. sagte er gepreßt. »So sehr man es beklagen muß, daß die Signora Contessa es übers Herz bringen konnte, *das* dem erlauchten Hause anzutun – was sie durch ihre Flucht an meinem lieben Herrn Grafen gesündigt, das mag ihr der Himmel verzeihen. Eccellenza hätten meinen Herren vorher sehen sollen; lieber Himmel, ein Athlet war er nie, aber ein gesunder Mann, zwar nie so heiter und allzeit vergnügt wie sein jüngerer Herr Bruder, der Leutnant in der Königlichen Marine, aber immer freundlich, teilnehmend und gütig für seine Untergebenen. Und jetzt dieses Bild des Jammers, dieser Verfall, der das Schlimmste befürchten läßt! Nein, das kann die Signora Contessa nicht verantworten, das nicht!«

»Der Herr Graf hat mir allerdings den Eindruck eines Schwerleidenden gemacht«, sagte Windmüller teilnehmend. »Nach allem aber, was ich darüber erfahren habe, ist es mir ganz unbegreiflich, wie die Signora Contessa unbemerkt das Haus verlassen konnte. Ist es denn immer unverschlossen?«

»Nie!« versicherte Lago eifrig. »Solch' einen Palast wie diesen und in dieser Stadtgegend unverschlossen zu lassen, hieße ja die Spitzbuben gradezu zum Besuch einladen!«

»Das sollte man meinen. Sie muß sich also die Tür im Portal oder die Seitenpforte selbst aufgeschlossen haben, was für eine zarte Damenhand nicht mühelos sein kann. Nun, in der Aufregung werden oft unvermutete Kräfte entwickelt, und so mag es der Signora Contessa gelungen sein, ohne Hilfe hinauszukommen. Sie fanden dann einen der Ausgänge unverschlossen, nicht?«

Der Majordomo griff sich mit beiden Händen an den Kopf.

»Eccellenza bringen damit eine Sache zur Sprache, über die ich mir den Kopf bis zum Zerspringen zerbrochen habe«, rief er erregt. »Ich wußte, daß die Herrschaft für jenen Abend ausgebeten war, und wartete auf den Befehl, durch den zweiten Diener ein Auto holen zu lassen. Nach langem Warten, denn es mochte schon reichlich eine Stunde über der üblichen Zeit verstrichen sein, also nach elf Uhr, kam die Cameriera in das Dienerzimmer und erzählte, daß ihre Herrin schon für die Gesellschaft angekleidet zum Herrn Grafen hinübergegangen sei, um etwas bei ihm zu holen. Aber sie sei nicht mehr zurückgekehrt, und die Cameriera wußte nun nicht, was sie tun sollte. Ich überlegte mir die Sache und ging dann zum Herrn Grafen hinauf, um ihn zu fragen, ob ich das Auto jetzt oder erst später durch den Paolo holen lassen sollte, worauf der Herr Graf befahl, die Frau Gräfin zu fragen, da sie allein, ohne ihn die Gesellschaft besuchen wollte. Gut also, ich ging zu der Frau Gräfin hinüber, bekam auf mein Anklopfen keine Antwort und ging dann noch nachsehen, ob sie vielleicht bei dem Herrn Commendatore sei, der sie jedoch nicht gesehen hatte und eben im Begriff war, schlafen zu gehen. Ich läutete darauf der Cameriera, die, als sie auf ihr Anklopfen bei der Frau Gräfin auch keine Antwort erhielt, hinein zu ihr ging und zurückkommend berichtete, ihre Herrin sei nicht in ihren Zimmern, ihr Abendmantel liege noch da, wo er zur Ausfahrt bereitgelegt worden sei. Ich ging darauf noch durch das ganze Haus suchen, aber Signora Contessa waren einfach nicht zu finden, und nicht mehr wissend, was ich tun sollte, ging ich zu dem Herrn Grafen, ihm das Unbegreifliche zu melden, worauf er erklärte – und ich sah, was es ihm gekostet hat, es auszusprechen –, daß seine Frau Gemahlin infolge einer Auseinandersetzung gedroht habe, das Haus sofort zu Fuß zu verlassen. Zu Fuß, am späten Abend, ohne Mantel, ganz allein! Ich dachte, mich rührt der Schlag! Nun ja, Signora Contessa konnte, wenn etwas ihr quer ging, recht heftig werden; es war schon denkbar, daß sie in der Hitze, im Aufbrausen etwas tun konnte, womit sie gedroht, jung wie sie ja noch ist und unüberlegt. Es war auch nicht alles in der Ehe der Herrschaft, wie es hätte sein sollen – va bene, das – das darf mich nichts angehen. Verzeihen Eccellenza, daß ich es ausgesprochen! Lieber Gott, es geht einen doch nahe, wenn man seinen Herrn gekannt hat, seit er noch ein Bambino auf den Armen seiner Nana[25] war!«

»Das kann ich sehr gut verstehen«, versicherte Windmüller, innerlich zitternd, daß der Mann, nun er ihn soweit hatte, wohin er ihn haben wollte, wie eine Schnecke in ihr Haus zurückkriechen könnte.

»Nun, und dann fanden Sie die Haustür unverschlossen?«

»Das ist es ja eben, Eccellenza, was mir soviel Kopfzerbrechen gemacht«, blieb Lago jedoch bei der Sache. »Als ich nach diesem Bescheid des Herrn hinunterging, um wie gewöhnlich selbst noch einmal nachzusehen, ob alles wohlverwahrt und verschlossen sei, fand ich keine der Türen unverschlossen, die Riegel vorgeschoben, die Sicherheitsketten vorgehängt, wie ich es selbst jeden Abend bei eintretender Dunkelheit besorge. Hatte der Paolo der Signora Contessa die Tür aufgemacht und dann wieder zugesperrt? Nein, der Paolo wußte nichts davon, ebensowenig der Koch oder eines der Mädchen. Es wäre doch möglich gewesen, daß eine oder die andre dieser Personen zufällig in der Halle war, als die Signora Contessa hinausging. Es hatte sie aber niemand gesehen, und durch das Schlüsselloch konnte sie nicht gefahren sein. Ich verstehe und begreife es heut noch nicht.«

»Aber Sie haben sich gewiß doch eine Erklärung zurechtgelegt, nicht?«

»Gedacht habe ich mir natürlich alles nur mögliche, Eccellenza«, sagte Lago, unbehaglich von einem Fuß auf den andern tretend. »Das einzige, was mir plausibel scheinen will, ist, daß der Herr Graf der Signora Contessa nachgefolgt ist, um sie davon zurückzuhalten, allein bei Nacht und Nebel ohne Mantel hinauszugehen, daß er aber zu spät kam und ihm nichts übrig blieb, als das Tor zuzumachen und zu verschließen.«

»Ja, so wird es gewesen sein«, stimmte Windmüller zu, wobei sein Mund jedoch sprach, was er nicht dachte. Aber das brauchte der Majordomo nicht zu wissen, der dann ungefragt hinzusetzte:

»Vielleicht denken Eccellenza, daß ich den Herrn Grafen ja nur zu fragen gebraucht hätte, ich mir als ein so alter Diener des Hauses solch' eine Freiheit hätte herausnehmen dürfen. Das habe ich nicht über mich gebracht, denn an dem Abend selbst war der Herr Graf begreiflicherweise sehr erregt, wenn er es auch eigentlich nicht gezeigt hat, und später, als Signora Contessa nicht mehr zurückkehrten, hatte es keinen Zweck mehr, hätte es den armen Herrn nur noch einmal in Aufregung versetzt.«

»Sehr wahrscheinlich!« murmelte Windmüller. »Und was denken Sie, daß aus der Signora Contessa geworden ist?«

»Ach, was soll man denken, wenn doch weder hier noch bei ihren Eltern in Viterbo eine Nachricht von ihr eingetroffen ist?« erwiderte Lago traurig. »Es ist nicht gut für eine schöne junge Dame, nachts allein in den Straßen Roms zu sein. In der Gesellschaft, die sie besuchen wollte, ist sie nicht eingetroffen, auch in keinem der Häuser, in welchen die Herrschaft verkehrt, ward sie gesehen; auswärts bei Verwandten und Freunden wußte niemand etwas von ihr – da bleibt wohl nichts übrig, als – – verdorben und gestorben.«

»Das wäre freilich sehr traurig – eines wie das andre«, gab Windmüller zu. »Aber ich habe Sie von Ihrer Arbeit abgehalten«, schloß er zur Beendung des Gesprächs.

»Eccellenza, es war mir eine Ehre und eine große Erleichterung, mit einem hohen Gast und Freund des Hauses über diese traurige Angelegenheit mich aussprechen zu dürfen«, sagte Lago mit unnachahmlicher Würde. »Mit der übrigen Dienerschaft mag ich über die intimen Ange-legenheiten der Herrschaft nicht sprechen, das schickt sich nicht für mich und meine Stellung im Haus. Kraft dieser habe ich auch den Leuten strengstens verboten, außerhalb des Hauses mit irgend jemand über diese Sache zu sprechen, und bei Übertretung des Verbotes mit sofortiger Entlassung gedroht. Sie wissen, was sie hier haben und werden sich hüten, sich den Mund zu verbrennen. Die Cameriera der Frau Gräfin mußte ich auf Befehl des Herrn Grafen entlassen, weil sie hier nicht mehr gebraucht wurde, aber sie ist eine anständige Person, die gewiß nichts herumreden wird, schon aus Anhänglichkeit an die Eltern der Frau Gräfin, durch die sie hier in den Dienst kam. Ich danke Eccellenza ganz ergebenst für die Geduld, mit der Eccellenza mich angehört haben.«

Windmüller gab dem Mann die Hand, die dieser küssen wollte, was jener aber mit Freund-lichkeit verhinderte. Er schlenderte hierauf im Garten noch einige Male hin und her und kehrte dann in sein Zimmer zurück. Den negativen Erfolg in der Wohnung der Contessa als eine der unvermeidlichen Nieten buchend, wie fast jede Arbeit in seinem Beruf sie mit sich brachte, hat-te er, ohne bei dem braven Majordomo den Verdacht des Ausgefragtwerdens erregt zu haben, Aufschluß über den einen für ihn wichtigen Punkt erhalten, daß niemand von der Dienerschaft gesehen hat, wie die Contessa das Haus verließ, der Majordomo die Ausgänge aber verschlossen fand, als er ging sie nachsehen. Die Meinung Lagos, daß der Conte seiner Gattin gefolgt war, um sie an der Flucht zu verhindern, zu spät dazu kam und das Haus dann selbst verschlossen, teilte er nicht.

›Nun ja, es kann so gewesen sein, aber ich glaub's nicht‹ meditierte er. »Nach meinem Dafür-halten hat der Conte, durch irgend etwas, das wohl sein Geheimnis bleiben wird, zur Raserei gebracht, seine Frau beim Kragen genommen, sie einfach zum Haus hinausgeworfen und hinter ihr zugeschlossen. So nur kann ich mir den Vorgang erklären. Zu verwundern ist nur, warum er, nachdem sein Zorn einigermaßen verraucht war, weder seinem Onkel noch auch später dem Marchese nicht wenigstens gesagt hat, daß seine Frau drohte, davonzulaufen, er aber zu spät kam, sie daran zu verhindern. Daß er gleich nach der Katastrophe den Majordomo zu ihr schickte, um zu fragen, ob und wann sie den Wagen zu holen befehle, ihn im ganzen Haus nach ihr herumsuchen ließ, will ich ihm weiter nicht anrechnen, denn dem Mann zitterten natürlich noch alle Nerven von dem stattgefundenen Auftritt. Da war jede Ausrede grade recht, nur um nicht weiter belästigt zu werden, und schließlich mochte es ihm auch peinlich gewesen sein, selbst diesem alten, vertrauten Diener die halbe Wahrheit einzugestehen. Wenn dessen Erklä-rung des Vorfalls aber die richtige war, warum hätte er es seinen Schwiegereltern nicht sagen sollen? Nein, nein, ich bin fest davon überzeugt, daß meine Version den Nagel auf den Kopf trifft, und da er ja sonst ein anständig denkender Mensch sein soll, so hat ihn die zu späte Reue über seine Tat, das junge, vielleicht doch insoweit unschuldige, wenn auch kopflose Geschöpf in Nacht und Nebel, ins Verderben und wahrscheinlich sogar in den Tod hinaus gestoßen zu haben, so heftig ergriffen, daß aus ihm der geistig wie körperlich gebrochene Mensch geworden ist. Was den Anstoß zu diesem ehelichen Drama gegeben, das zu erfahren kommt für mich nicht mehr in Betracht. Nur über den einen, zu der Auffindung der Contessa wichtigen Punkt muß ich noch Gewißheit haben: ob sie den Familienschmuck mitgenommen hat oder nicht. Damit wäre meine Aufgabe in diesem Hause abgeschlossen – – Aber ich weiß nicht: mir juckt, wie den Hexen in Macbeth der Daumen. Eine innere Stimme sagt mir, daß ich in diesen Mauern noch etwas andres zu suchen und – zu finden habe. Was das sein könnte, davon habe ich zur Stunde noch keine blasse Ahnung, aber ich darf mich schon darauf verlassen, daß mich ein geheimnisvolles Etwas nicht umsonst Unerwartetes hier vermuten läßt. Im übrigen würde ich für eine Tasse Kaffee jetzt nicht unempfänglich sein.‹

Mit dem Kaffee hatte es freilich noch gute Weile, denn es wurde fast acht Uhr, bevor es bei ihm anklopfte und der Capitano geschniegelt und gebügelt bei ihm erschien.

»Guten Morgen, Dottore! Schon fertig? Das ist gut, denn ich komme, Sie zum Frühstück abzuholen«, sprach er das willkommene Wort. »Gut geschlafen?«

»Mäßig, aber zum Schlafen bin ich ja auch nicht hergekommen, brauche nicht viel von diesem Artikel, wenn ich mich auf dem Kriegspfade befinde«, erwiderte Windmüller. »Aus Ihrer Seemannszeit werden Sie ja wissen, daß der Kommandant auf der Brücke seines Schiffes nicht an Schlaf denken darf, solange er dort notwendig ist.«

»Gewiß, das Beispiel hinkt aber insofern, als Sie für die vergangene Nacht unter der ausdrücklichen Voraussetzung zu schlafen Quartier in diesem Zimmer bezogen haben«, entgegnete der Capitano lachend, aber mit forschendem Blick.

»Voraussetzungen trügen oft«, versetzte Windmüller ebenso. »Nur die Voraussetzung, daß ich hier unter der Maske Ihres Freundes einen bestimmten Zweck verfolge, dürfte zweifelsohne sein.«

»Hm, ja, – ich habe genug Detektivgeschichten gelesen und daraus einiges von deren Methoden erfahren, aber es geht denn doch über meinen Horizont, was Sie, ein total Fremder, in diesem Hause während der vergangenen Nacht auf – sagen wir: auf der Brücke Ihres Schiffes zu tun gehabt haben sollten. Sie werden es mir natürlich nicht sagen, und darum reserviere ich mir die Bitte um Belehrung über diesen Punkt für die Zeit, in welcher es mir vergönnt sein wird, mich als Schüler zu Füßen des Meisters zu setzen. Und damit der Kaffee nicht kalt wird – avanti!«

»Avanti!« wiederholte Windmüller. »Und zwar mit großem Vergnügen, denn die Sehnsucht nach einem Caffé nero ist nachgerade in mir zum heißen Verlangen geworden.«

Der Capitano führte ihn nun hinab in den kleinen Speisesaal, wo der Frühstückstisch für zwei Personen appetitreizend gedeckt war. Für die Italiener ist das erste Frühstück eine sehr frugale Mahlzeit; es genügt ihnen bis zur Colazione zur Mittagszeit gewöhnlich eine Tasse schwarzen Kaffees mit einem Bissen frischen Gebäcks dazu. Wohl nur dem Gast zu Ehren war hier Butter, ein in Italien rarer Artikel, weiche Eier und eine Schale frischer Früchte hinzugefügt, und der Majordomo erklärte das Fehlen eines dritten Gedecks damit, daß der Herr Graf den Kaffee früh in seinem Zimmer zu nehmen pflege, worauf er sich zurückzog.

»Dieser Raum ist bei Tageslicht fast noch schöner als bei künstlicher Beleuchtung«, bemerkte Windmüller, sich umsehend. »Die Farbenharmonie, die goldgelbe Seidentapete als Hintergrund für das tiefe Schwarz der Ebenholzmöbel und der Silberreichtum der Schaugefäße auf dem Büfett ist außer ordentlich reizvoll. Außerdem kann man jetzt die beiden Bildnisse auf den abgeschrägten Ecken neben der Tür viel besser sehen. Es sind wirklich sehr gut gemalte Bilder, wobei mir einfällt, daß jenes der Dame mir gestern um ein Haar laut den Ausruf entlockt hätte: Sie trägt ja den eigenartigen Schmuck, dessen Skizze Sie mir gütigst geliehen.«

»Ich habe Ihnen dieses freudige Wiedererkennen sofort angemerkt und bin Ihnen darum in die Parade gefahren«, schmunzelte der Capitano. »Ich hätte Sie darauf vorbereiten sollen, hatte auf das Bild aber total vergessen. Jedenfalls werden Sie durch jene minutiöse Malerei die Wirkung des originellen Juwels besser beurteilen können, als durch meine stümperhafte Skizze.«

»Nun, soweit eine exakte Zeichnung, mit einem Hauch von Wasserfarben getönt, einem so strahlenden Zusammenwirken farbiger Edelsteine gerecht werden kann, hat Ihre Skizze vollkommen ihren Zweck erreicht. Warum aber wird der Schmuck so ängstlich gehütet, nicht dem beliebigen Gebrauch der jeweiligen Contessa del' Poggio-Oliveto überlassen?«

»Es ist ein altes, ungeschriebenes Gesetz der Familie, das Juwel sowohl seines Ursprungs als auch seines reellen Wertes wegen nur zu feierlichen Gelegenheiten dem geheimen Tresor zu entnehmen. Wir alten Familien haben alle unsre Eigenheiten, der Tradition darf keine Gewalt angetan werden. Meine Nichte trug den Schmuck an ihrem Hochzeitstage, dann noch bei ihrer Vorstellung im Vatikan und im Quirinal. Daher erklärt sich auch die Weigerung meines Neffen, ihn bei einem Künstlerfest gewissermaßen zu profanieren.«

»Ich verstehe. Was nun diese beiden Bildnisse betrifft, so gehe ich wohl nicht fehl zu vermuten, daß die abgeschrägten Ecken, welche sie schmücken, Wandschränke sind?«

»Davon weiß ich nichts«, rief der Capitano überrascht. »Es ist mir noch nicht eingefallen, Wandschränke hinter den Bildern zu vermuten. Aber nun Sie mich darauf bringen, möchte ich Ihnen recht geben. Wozu hätte man sonst dem Zimmer soviel Platz weggenommen?«

Diese Frage zu beantworten, wurde der Majordomo als Autorität angerufen, denn er erschien grade, um nach etwaigen Wünschen der Herren zu fragen. Nein, erklärte er, der Raum hinter den Bildern bestehe aus ganz solidem Mauerwerk, daran die Rahmen durch Schrauben befestigt seien. Windmüller, der allen Dingen gern auf den Grund ging, überzeugte sich von der Richtigkeit dieser Angabe, aber sie befriedigte ihn nicht. »Denn«, meinte er, »es ist doch ganz unerfindlich, warum man dem Raum ohne Grund solch' beträchtlichen Platz entzogen haben sollte. Nur um ihm die sechseckige Form zu geben, ist das doch sicherlich nicht geschehen. »Da aber von außen im Vestibolo die Wände vollkommen eben waren, so fiel die Annahme fort, daß der abgeschrägte Raum etwa von da aus einer Benutzung dienen könne.

»Vielleicht hat man es getan, um den beiden Bildern einen möglichst günstigen Platz zu schaffen«, schlug der Capitano vor, der, behaglich seine Frühstückszigarre rauchend, nur ein mäßiges Interesse für Windmüllers architektonische Bemühungen zeigte.

»Unmöglich wäre diese Auslegung nicht, wenn man bedenkt, daß in jenen Zeiten der Raum keine so große Rolle spielte wie heutzutage, wo jeder Quadratzentimeter schon als ›Platz‹ gewertet wird«, meinte letzterer. »Aber, zum Kuckuck, um die Bilder günstig aufzuhängen, wäre es doch nicht nötig gewesen, die Ecken massiv auszufüllen, eine Bretterwand hätte es auch getan.«

»Darüber können Sie sich leider mit dem, der die Ecken abschrägte, nicht mehr streiten, denn auf dem Plan des Hauses von A. D. 1490 der noch droben in der Bibliothek aufbewahrt liegt, sind sie bereits eingezeichnet«, sagte der Capitano, über Windmüllers Eifer belustigt. »Wenn es Ihnen Spaß macht, will ich Ihnen den Riß nachher gern zeigen, falls Sie nichts andres vorhaben.«

»N–nein«, erwiderte Windmüller zögernd. »Zur Stunde wenigstens hätte ich nichts Besonderes vor, aber das könnte sich freilich jeden Augenblick finden. Das hängt von meinen Eingebungen ab, auf die ich mich verlassen darf. Ja, zeigen Sie mir bitte den Plan! Dafür habe ich allzeit großes Interesse, und wer weiß – – Übrigens wollten Sie mich ja auch durch Ihre Prachtgemächer führen?«

Der Capitano war sofort bereit, und wenn er sich auch denken mochte: ›Warum in aller Welt will er sehen, was er in andern römischen Palästen schon x-mal nach demselben Schema gesehen hat?‹, so hütete er sich wohl, es auszusprechen, weil er sich noch rechtzeitig erinnerte, daß Leute, die Windmüller kannten, gut kannten, ihn davor gewarnt, diesen von einem ausgesprochenen Wunsch durch Argumente abzubringen, denn er tue niemals etwas ohne Absicht, und wer ihm dabei den Weg kreuzen wolle, zöge rettungslos den kürzeren. Im übrigen hatte der Capitano, unbeschadet seines legitimen Stolzes als Sproß eines alten Patriziergeschlechtes auf das Haus seiner Väter recht damit, daß es vielen andern Palästen nach demselben Schema glich. Die Prachtgemächer des Palazzo Pavonazetti, einzig und allein der Repräsentation bestimmt, wären in vielen anderen Palästen mit nur geringen Abweichungen zu finden gewesen, mit Ausnahme des kleinen Speisesaals, der eine eigenartige Ausnahme von der Regel machte durch seine wundervollen Ebenholzmöbel von Meisterhand gefertigt. In den anschließenden Räumen fand sich oft Geschautes und Bewundertes wieder: die seidenen Tapeten, die vereinzelten mit kostbaren Hölzern, Steinen und Perlen eingelegten Möbel, die Spiegel in schweren, geschnitzten und vergoldeten Rahmen, die Deckengemälde mit Apotheose längst dahingegangener Pavonazetti, die Familienporträts, stellenweise von berühmten Malern gemalt, vereinzelte antike Büsten römischer Kaiser und Kaiserinnen, einige alte, unschätzbare Perserteppiche und last not least in einem dieser Räume der mit Purpursammet bezogenen Sessel, den Rücken gegen das Zimmer gekehrt und durch einen seidnen Kordon von diesem abgegrenzt – ein Zeichen, daß das Haus früher von den Päpsten besucht wurde oder es sich rühmen durfte, daß ein Pontifex Maximus aus ihm hervorgegangen war.

»Sic transit gloria mundi«, seufzte der Capitano. »Alles verblichen, zerschlissen, von Staub und Alter zerfressen.«

»Es ist die Patina, die ein Neureicher für all sein Geld nicht kaufen kann und doch gern möchte. Das Siegel unter der Urkunde einer großen Vergangenheit«, erwiderte Windmüller, und was er vom Herzen seines Gastfreundes bisher noch nicht besessen, das gaben ihm die paar ehrlichen Worte feinen Verständnisses.

»Dottore,« rief der Capitano mit leuchtenden Augen, »selbst unter meinen Standesgenossen habe ich nicht immer Leute gefunden, die auch unter verblichenen Stoffen und erblindeten Vergoldungen den noch lebendigen Pulsschlag eines Hauses zu spüren vermochten, das einst zu den Großen Roms gehörte.«

»Das kann man auch nur, wenn man nie aufgehört hat, im Buch der Vergangenheit zu lesen«, erwiderte Windmüller. »Dieses Buch ist's, das uns Weisheit lehrt. Neue Häuser, Möbel und Stoffe, welche frisch aus der Werkstatt kommen, gleichen neugeborenen Menschen, die noch nichts sagen können. Alte Sachen, überzogen mit der ehrwürdigen Patina der Zeit, sie reden, raunen, warnen – –« ›Wenn sie mir nur sagen wollten‹, setzte er in Gedanken hinzu, ›wie ich erfahren kann, was ich in diesem Hause noch wissen möchte!‹

Der große Saal, nach der Straßenfront gelegen, an sich sehr reizvoll in Weiß, Grün und Gold gehalten, der Brecciafußboden spiegelblank poliert, hatte als besondere Note nur die Galerie mit der prächtig geschnitzten und vergoldeten Balustrade, zu der von beiden Seiten schmale, elegant konstruierte Treppen hinaufführten. In der einen Ecke des Saales stand ein moderner Konzertflügel, auf den der Capitano deutete.

»Zu diesem Instrument hat meine Nichte mich oft hingeschmeichelt, um ihr zu den Tänzen aufzuspielen, die sie solo zu tanzen liebte. Es war ihre einzige Unterhaltung und Beschäftigung, wenn sie sonst keine Vergnügungen vorhatte. Wie eine Feder flog sie auf dem spiegelglatten Boden von einem Ende des Saales zum andern, umwogt von einer Wolke von Hyazinthenduft, mit welchem sie liebte ihren Namen Giacinta zu illustrieren. Ich habe seitdem gelernt, diesen sonst so lieblichen Duft zu hassen! Wenn ich, müde des öden Jazz- und andern Geklimpers, die Hände von den Tasten nahm, konnte sie so lange betteln und schmeicheln, bis ich von neuem loslegte. Was wollte ich machen? Besser, ich spielte ihr auf, als daß sie sich einen von der Profession dazu kommen ließ, wie es ihre Absicht war, und der dann diese doch immerhin sonderbare Passion in der ganzen Stadt herumposaunt hätte. Daß mein Neffe sein Veto dagegen einlegte, hätte gar nichts genutzt. Schließlich hätte sie ja auch auf weniger harmlose Beschäftigungen verfallen können, und – wer es nicht im Kopfe hat, hat's eben in den Füßen. Ja, wenn diese Tanzwut noch einer jugendlichen Fröhlichkeit entsprungen wäre! Aber meine Nichte war nicht eigentlich fröhlich. Sie war überhaupt nicht jung, war ein seelisches Vakuum, eben nur ein herumgaukelnder Schmetterling.«

Der Capitano wartete nicht auf eine Bemerkung Windmüllers zu diesen Worten – was hätte dieser auch sagen sollen? –, sondern lief im voraus in den jenseits des Vestibolo liegenden großen Speise- oder Bankettsaal, und nachdem auch dieser schöne Raum mit seinen freilich stellenweise schadhaften, immer aber noch bemerkenswerten, goldgepreßten Ledertapeten und ein paar feinziselierten und goldtauschierten Rüstungen in den Ecken besichtigt war, stiegen beide Herren hinauf in den zweiten Stock und traten in die über dem Ballsaal liegende, etwas kleinere Bibliothek, die es nicht nur dem Namen nach war. Die Wände bedeckten von unten bis hinauf zu der holzgeschnitzten Kassettendecke Bücherregale, unterbrochen von Schränken zur Aufnahme von Dokumenten. In der Mitte stand ein Lesetisch, umgeben von Sesseln, in der einen Ecke ein riesiger Globus, an dreihundert Jahre alt, und ein Kamin mit schön skulptiertem Mantel von schwarzem, afrikanischen Marmor versprach für den Winter behagliche Wärme.

»Nehmen Sie Platz an dem Tisch, Dottore! Ich bringe Ihnen nun den Grundriß des Hauses mit dem Plan der einzelnen Stockwerke«, sagte der Capitano, einen Sessel zurechtschiebend, auf den Windmüller sich niederließ, ein seltsames Gefühl der Erwartung auf irgend etwas, das nicht grade der Plan zu sein brauchte, in sich verspürend. Und während jener zu einem der Schränke trat und daraus eine umfangreiche Pergamentrolle herauszuziehen bemüht war, ging die Tür zum Vorplatz auf, und eine junge Dame trat – nein, flog herein, fiel lachend dem Capitano um den Hals, und indes sich aus dem Schrank eine Lawine von Papierrollen über ihn ergoß, ließ sie einen wahren Hagel von Küssen auf sein gutes, altes Gesicht regnen – Küsse, die er mit wahrer Begeisterung erwiderte.

Windmüller war bei dem sich aus dem Schrank ergießenden Dokumentenregen hinzuge-sprungen, teilweise, um ihn zu stoppen, teilweise um ihn vom Boden aufzulesen, und bereitete dadurch der Kußszene ein vielleicht verfrühtes, immerhin aber vorläufiges Ende.

»Aber lieber Dottore – ich meine, lieber Freund, bemühe dich doch nicht!« rief der Capitano mit hastiger Selbstkorrektur, die zum Glück von der jungen Dame unbeachtet blieb, und noch hastiger fuhr er fort: »Liebe Teresa, – dies ist mein teurer alter Freund und Kamerad, der Admiral Arrizzi; dies meine Nichte, meines Neffen Poggio-Oliveto Schwester, die Fürstin von Campoverde. Ja, Teresa, wie kommst du denn so plötzlich, unvermutet und unangemeldet hierher?«

»Ich freue mich, Ihre Bekanntschaft zu machen, Herr Admiral«, sagte die Fürstin hübsch der Reihe nach, indem sie Windmüller die Hand reichte. Kein Mensch hätte behaupten können, daß sie eine Schönheit war, ja es gab sogar welche, die sie garstig nannten, aber sie gehörte zu denen, die weder hübsch noch häßlich sind, und entschädigte, was Windmüller sofort empfand, für dieses Zwitterding durch jenes Etwas, wofür das Wort charme noch nichts ihm Gleichwer-tiges in andern Sprachen gefunden hat. Vermöge dieser undefinierbaren Eigenschaft wirkte sie einfach unwiderstehlich, unterstützt durch ihre Jugend, ihr heitres Temperament und nicht zuletzt durch ihre schönen, strahlenden grauen Augen, deren freier, lachender und dabei doch sehr gütiger Blick ihr Freunde machte, bevor sie noch ihren sicher zu großen Mund mit dem prächtigen Gebiß zum ersten Wort öffnete.

»Wie ich hergekommen bin? Natürlich in meinem Auto, direkt aus unsrer Sommerresidenz am Meer, wohin wir eben von Campoverde übergesiedelt sind«, fuhr sie fort. »Und damit du, geliebtester Onkel, gleich weißt, warum ich kam: Erstens um dich und Mario dahin zu entfüh-ren, und wenn der Herr Admiral mitkommen mag, dann um so besser! Platz genug ist für uns alle in meinem Mercedes, den mir Pietro – das ist nämlich mein Mann, Herr Admiral – zum Geburtstag schenkte. Zweitens will ich nach Viterbo; du weißt, die Aquacaldas haben doch die Nichte der Marchesa, die kleine, eben flügge gewordene Bice Cefalú zu sich genommen, und dem armen Ding möchte ich gern bei uns eine vergnügte Zeit machen, denn in Viterbo – lieber Himmel, da muß sie doch einfach vor Langerweile sterben oder zum Petrefakt werden. Drittens endlich –«

Mit einem Ruck hielt sie im Strom ihrer Worte ein.

»Nun, und drittens?« fragte der Capitano.

»Ach, das sind Familienangelegenheiten, mit denen ich den Herrn Admiral nicht belästigen will« wich sie aus, doch der Capitano verstand sofort, was sie meinte.

»Du kannst ruhig darüber reden«, versicherte er »Arrizzi ist ganz im Bild, er sympathisiert mit uns will uns mit Rat und Tat beistehen. Aber wollen wir uns zum Kriegsrat nicht lieber setzen?« Und als dies geschehen war, fuhr er fort: »Hast du Mario schon gesehen?«

»Nein«, erwiderte sie. »Natürlich wollte ich zuerst zu ihm, aber Andrea behauptete, Mario schlafe noch und drängelte mich nolens volens hier herein. Wie kann Mario noch schlafen, wenn doch Besuch im Hause ist?«

»Oh, Arrizzi gilt hier als *mein* Gast«, erklärte der Capitano »Er kam ja auch ausdrücklich mich zu besuchen erst gestern abend an. Mario hat einen sehr schlechten Schlaf, holt ihn meist erst des Morgens nach und – ach, Teresa, du wirst deinen Bruder sehr verändert finden. Ihn mitzunehmen dürfte dir kaum gelingen; ich selbst möchte ihn nicht gern allein lassen, denn sein physisches wie geistiges Befinden macht mir schwere Sorgen.«

Die Fürstin war blaß geworden und das freundliche Licht in ihren Augen erloschen; sie fand zunächst keine Worte. Dann fragte sie stockend: »Hat er noch immer nicht – ich meine, hat er –«

»Nein, er hält hartnäckig an dem Entschluß fest, seine Frau nicht zu suchen«, half der Capitano ein.

»Und sie? Hat sie immer noch nichts von sich hören lassen?«

»Nichts. Weder hier noch in Viterbo!«

»Ja, aber das geht doch so nicht weiter!« rief die Fürstin energisch. »Ich habe, ehrlich gesprochen, viel Liebe für meine Schwägerin nicht übrig, weil sie ein so merkwürdig leeres Geschöpf ist, ohne jedes Interesse für ein geistiges Leben, für Dinge, die einen über den Alltag erheben, und weil mein Bruder mir leid tut, keine Aussprache bei ihr zu finden. Immerhin wäre es bei ihrer Jugend doch noch nicht ausgeschlossen, diese schlummernde Seele zum Erwachen zu bringen. Aber sie einfach laufen zu lassen, ohne auch nur einen Finger zu rühren, sie vor Abgründen zu retten, die ihrer, mutterseelenallein, in der Welt draußen warten – nein, das geht nicht an; schon unsres Namens wegen nicht!«

»Wie Pavonazetto mir sagte, hat der Marchese Aquacalda Schritte getan, seine Tochter zu suchen«, warf Windmüller ein.

»Selbstverständlich!« rief die Fürstin. »Es wäre ja einfach unerhört, unnatürlich wäre es, wenn auch er sich leidend verhalten hätte! Aber das schließt doch nicht aus, daß auch wir uns rühren. Oh, ich weiß: wenn Mario seinen Starrkopf aufsetzt, dann ist ihm schwer beizukommen, aber um so mehr ist es *unsre* Pflicht, im Namen unsrer Familie zu handeln. Du und ich, wir müssen nun endlich eingreifen, Onkel Attilio, denn mein jüngster Bruder schwimmt auf hoher See, ist uns jetzt nicht erreichbar. Onkel, du hast doch sicher schon von dem deutschen Privatdetektiv mit dem unaussprechlichen Namen gehört, von dessen Findigkeit man Wunderdinge erzählt. Er lebt ja hier in Rom; wäre es nicht möglich, ihn zu gewinnen, um Giacinta zu suchen?«

Der Capitano war für einen Augenblick sprachlos. Er warf einen flehenden Blick auf Windmüller, der ihn ganz ruhig fragte:

»Du hast mir ja doch gesagt, daß es eben dieser Mann ist, den der Marchese mit der Wiederfindung der Contessa beauftragt hat, nicht?«

»Ich – ich glaube – ja, gewiß, so ist es!« stotterte der Capitano, der eben im Begriff gewesen, mit Windmüllers Pseudonym herauszuplatzen. Und hastig fügte er hinzu: »Mario war sehr aufgebracht darüber und hat sich für sein Teil energisch jede Einmischung des Dr. Windmüller verbeten.«

»Questo a –« rief die Fürstin empört, das schöne epitheton asino[26] für ihren Bruder grade noch verschluckend. Dann aufspringend, setzte sie hinzu: »Gut, ich werde mich jetzt in die Höhle des Löwen begeben und Mario meine Meinung sagen.«

»Meine liebe Teresa, ich fürchte, du wirst damit kein Glück haben und damit nur erreichen, Mario aufzuregen; schließlich auch noch riskieren –«

»Daß er mich hinauswirft? Das tut nichts – ich gehe doch nicht, denn dies ist mein Vaterhaus, in welchem ich das Recht habe zu bleiben«, versicherte die Fürstin. »Ihn aufzuregen? Ja, das ist meine volle Absicht. In der Aufregung ist Mario noch einigermaßen zugänglich. Viel schlimmer ist's, wenn er kalt und höflich bleibt. Überdies fürchte ich mich gar nicht vor ihm, und das weiß er auch. Nun also, auf Wiedersehen, meine Herren, bei der Colazione! Armer Herr Admiral, Sie sind zu einer üblen Zeit hergekommen, aber es freut mich, daß Sie da sind, denn mein armer Onkel scheint mir hier auch nicht grade auf Rosen gebettet zu sein; da wird Ihre Gegenwart für ihn ein wahrer Segen sein!«

Damit wirbelte sie auch schon hinaus, und die Zurückgebliebenen sahen sich an.

»Eine ganz reizende junge Dame, Ihre Nichte, Herr Commendatore«, sagte Windmüller. »Mehr noch, sie scheint ein ganz prächtiger Mensch zu sein, ein Charakter. Ich freue mich aufrichtig, die Bekanntschaft der Fürstin gemacht zu haben, und würde um so glücklicher darüber sein, hätte ich ihr in meiner wahren Gestalt vorgestellt werden dürfen. Aber es ist für mich beziehungsweise für meine Zwecke besser, wenn mein Inkognito gewahrt bleibt. Sie waren nahe daran, es zu lüften.«

»Per Bacco, ja! Es hing an einem Haar«, gab der Capitano zu. »Schließlich, warum wollen Sie inkognito bleiben? Meine Nichte steht doch mit solcher Entschiedenheit auf meinem Standpunkt.«

»Gewiß. Dennoch muß ich darum bitten, mich hier ruhig den Admiral weiter mimen zu lassen«, entgegnete Windmüller. »Die Gründe für meine Bitte will ich zur Zeit noch unerörtert lassen. Vielleicht werden Sie das später noch zu würdigen verstehen. Übrigens kann ich zur Stunde noch nicht sagen, wie lange Sie mich hier beherbergen müssen, hoffe jedoch, daß Seine Exzellenz der Herr Admiral in Bälde eine Depesche erhalten dürfte, die seine Abreise beschleunigt. Wie spät ist es jetzt? Oh, noch genügend Zeit für mich zu einem Ausgang vor der Colazione. Ob Sie mich begleiten wollen, stelle ich Ihnen anheim, aber ich denke, Sie werden lieber daheim bei Ihrer Nichte bleiben wollen.«

»Wenn Sie meiner nicht bedürfen –« begann der Capitano etwas verlegen, doch Windmüller fiel mit der Versicherung ein, daß er lieber allein gehen wolle; denn er konnte sich schon denken, daß dem guten Onkel Ubaldo nichts daran lag, seinen Bekannten in Gesellschaft des Pseudoadmirals zu begegnen. Wie leicht war es möglich, daß einer ihn persönlich kannte oder genau wußte, daß jener ruhig in seiner Klause in Bergamo saß! Er brauchte den Capitano auch wirklich nicht, denn sein Ziel war nur das Hauptpostamt, wohin er sich postlagernd einen Brief seiner Frau bestellt. Ganz abgesehen davon, daß Windmüller noch hoffte, im Palazzo Pavonazetti zu erfahren, ob die Contessa den Familienschmuck mitgenommen, dabei es seinem Glück anheimgebend, das Mittel zu diesem Ziel durch eine unvorhergesehene Chance zu erreichen, denn schließlich war es ja nur der Conte allein, der Aufschluß darüber geben konnte – so war es das unerwartete Erscheinen der Fürstin Campoverde, das ihn erkennen ließ, worauf er hier im Unterbewußtsein gewartet. Von ihrer Existenz hatte er bis zur Stunde noch keine Ahnung gehabt. Er wußte wohl, daß es ein Haus dieses Namens gab, nicht aber, daß die Gemahlin des derzeitigen Fürsten eine Schwester des Conte war. Zwar konnte er sich noch nicht vorstellen, was die Gegenwart der so gar nicht schönen und doch so reizenden Frau mit seiner Aufgabe in diesem Hause zu tun haben könnte, es müßte denn sein, daß der Conte ihr Rede und Antwort über den Verbleib des Schmuckes zu stehen geneigt sein würde; aber das schien unwahrscheinlich, nachdem er seinen Onkel mit dem verdorbenen Schloß zu dem Tresor abgefertigt und dabei auch sicher bleiben wollte.

Durch das Labyrinth kleiner, enger Gassen gelangte Windmüller unter Vermeidung der Hauptverkehrsadern zu dem Riesenkomplex der Hauptpost, einem vormaligen, von den Colonna gegründeten Frauenkloster, in welchem Vittoria Colonna nach dem Tode ihres Gemahls, des Marchese Pescara, Zuflucht gesucht. Daneben liegt die schöne, uralte Kirche San Silvestro in Capite an dem verkehrsreichen Platz, auf dem es, wenn man Pech haben sollte, beinahe unvermeidlich schien, jemand zu begegnen, der den Admiral Arrizzi persönlich kannte und ihn anreden würde. Nun, das mußte eben riskiert werden, und es gelang auch mit Windmüllers gewöhnlichem Glück, auf das er sich schon verlassen konnte, unbehelligt in die Post zu gelangen, wo er den erwarteten Brief unter der Chiffre F. X. 99 richtig vorfand. Da er noch reichlich Zeit hatte, so setzte er sich in die Anlagen des Platzes mit dem Rücken gegen die Hauptpost auf eine Bank, um zu lesen, was seine Frau ihm in dem voluminösen Schreiben zu sagen hatte. Der Inhalt war für ihn ein angenehmes Intermezzo und lautete nach Weglassung der dem Herzen des Empfängers sehr wohltuenden Einleitungsworte wie folgt:

Gestern blühte mir eine sehr nette Unterbrechung meines Einsiedlerdaseins, deren Beschreibung Dich vielleicht amüsieren wird, vorausgesetzt, daß Deine Zeit es erlaubt, sie zu lesen, und wenn nicht, dann hat es mir Vergnügen gemacht, die Sache zum Zeitvertreib niederzuschreiben. Der Tag fing furchtbar heiß an mit verdächtigem violetten Dunst über der Maremma und drohenden Kumuluswolken, die sich hinter dem Monte Venere hervorwälzten, aber um die Mittagszeit schien das von Sora Luigia prophezeite Gewitter sich wieder verzogen zu haben. Ich hatte mich dieser Wetterzeichen wegen während des Morgens nicht hinausgewagt. Nach einer ausgiebigen Siesta hielt ich es dann aber in der drückenden Schwüle weder auf der Veranda noch im Zimmer mehr aus und stieg hinauf in den Park von Caprarola. »Natürlich!« höre ich Dich sagen. Ja, natürlich, und es war auch wunderschön dort, ich hatte den Park für mich allein und saß, zu faul zum Höhersteigen, auf einer Steinbank nieder, ohne in dem Buch zu lesen, das ich mitgenommen. Wohl hörte ich einmal Stimmen; es mochten doch Ausflügler gekommen sein, das Schloß zu sehen, und da hatte es noch gute Weile, bis sie soweit waren, auch dem Park einen Blick zu widmen. Schließlich stand ich auf, noch etwas umherzuschlendern, und als ich dabei um die hohe Lorbeerhecke bog, hatte ich eine Überraschung eigner Art, denn dort stand ein Paar, ein junger Mann und eine elfenhaft zarte, weißgekleidete Mädchengestalt, fest verschlungen und – küßte sich! Nun ja, warum auch nicht? Denn erstens küssen sich Italiener immer und Nichtitaliener gelegentlich auch, wenn sie sich allein glauben. Ich tat natürlich, als ob ich nichts gesehen hätte, und ging, die Nase in der Luft, ruhig weiter, aber bei meinem jähen Erscheinen waren die Zwei nicht schlecht auseinandergefahren, und mir war, als ob ich in dem jungen Mann den Maler – hieß er nicht Valdoro? – wiedererkannt hätte, mit dem wir von Ronciglione nach Rom fuhren. (»Oh, oh«, murmelte Windmüller in Parenthese kopfschüttelnd, »Zeit scheint der gute Junge ja nicht verlieren zu wollen. Immerhin – Hm, hm!«) Nun, was ging's mich an? Ich schlug also eine Schleife, und da mir war, als ob ich fernes Donnergrollen gehört hätte, so hielt ich es für weiser, mich dem Ausgang zuzuschlängeln. Dort traf ich vor dem Schloß auf einer Bank sitzend den Marchese und die Marchesa Aquacalda, die mich sehr herzlich begrüßten. Auf ihre Einladung setzte ich mich zu ihnen und wir kamen ins Gespräch über das Schloß und seine Geschichte, bis ein deutlicherer Donner uns aufschreckte. Und da kam es auch schon kohlschwarz über den Monte Venere gezogen.

»Dio mio «, rief die Marchesa erschrocken, »was machen wir da? Ich möchte nicht gern hier einregnen, noch weniger aber während eines Gewitters unterwegs sein. Unser Wagen hat drunten im Albergo ausgespannt. Und wo bleiben nur Bice und unser Pittore?«

Wo Bice, wer immer das sein mochte, und der Maler geblieben waren, hätte ich ja sagen können, hielt aber lieber den Mund, öffnete ihn jedoch, um den Herrschaften den Vorschlag zu machen, das allerdings sehr drohende Wetter bei mir in der Villa Gelsomino abzuwarten, was sie bereitwilligst annahmen, worauf der Marchese mit voller Lungenkraft »Bice! Bice!« in den Park hineinrief. Ein Stimmchen wie Vogelzwitschern antwortete, dann kam das weiße Figürchen aus der Lorbeerhecke angeflattert, gefolgt von dem Maler, beide sehr erhitzt, und nun wurde mir das süßeste kleine, braune Elfchen mit den größten Augen, die ich noch je gesehen, in aller Form als die Nichte der Marchesa, die Herzogin Beatrice von Rocca Saracinesca vorgestellt, wobei sie wie eine Damaskusrose erglühte, weil sie mich vielleicht droben bei der Lorbeerhecke doch gesehen und wiedererkannte. Der Maler tat es jedenfalls, aber er verbarg seine Verlegenheit rasch und weltmännisch hinter der Versicherung, daß er bereits die Ehre gehabt, der Signora Windmüller vorgestellt zu sein. Nun machten wir fünf uns auf den Weg zur Villa Gelsomino unter dem sich rasch verfinsternden Himmel, durch den bereits rote Blitze zu zucken begannen – ich entschieden etwas beunruhigt durch diese kleine, reizende Herzogin, die wie ein Pensionsmädchen aussah, doch aber schon einen Herzog haben mußte und sich trotzdem von dem Signor Valdoro hinter der Lorbeerhecke des Parks des Palazzo Farnese küssen ließ! Ich hatte ihr aber Unrecht getan, denn unterwegs erklärte mir die Marchesa, daß Bice ihre Nichte und das einzige Kind ihres verstorbenen Bruders sei, die sie frisch vom Institut eben zu sich genommen, und daß das junge Mädchen seit gestern erst den Titel einer Herzogin von Rocca Saracinesca trage, indem der gesetzliche Erbe ihres Vaters plötzlich kinderlos verschieden war, wodurch mangels männlicher Deszendenz Titel und Besitz an die weibliche Linie, vertreten durch Donna Beatrice Cefalú, überging. Ich durfte also diese neugebackene kleine Herzogin im eignen Recht davon freisprechen, hinter dem Rücken ihres Herzogs mit dem Maler ein Techtelmechtel angebandelt zu haben. Ob sie trotzdem nicht auch hinter dem Rücken ihrer Tante mit dem Maler, oder dieser mit ihr angebandelt, darüber machte ich mir weiter keine Kopfschmerzen; das ging mich ebensowenig an, wie es schließlich die andre Lesart auch getan hätte.

Nun, während wir der Villa Gelsomino in beschleunigtem Tempo zustrebten, fielen bereits die ersten schweren Regentropfen, und kaum hatten wir unser schützendes Dach erreicht, da brach das Gewitter los. Ach, Liebster, ich glaube, solche Gewitter, wie dieses, gibt es bei uns im Norden gar nicht! Die Blitze jagten sich, der Donner krachte betäubend, und der Regen strömte herab wie aus Mulden. Aber auf unsrer Veranda saßen wir geschützt wie in Abrahams Schoß, und wie über dem Unwetter der Abend heranrückte, erlaubte ich mir, die Herrschaften zu einem Imbiß bei mir einzuladen, was nach dem orthodoxen Zögern recht gern angenommen wurde, und ich ging, um mit Sora Luigia, die von der Ehre des ihrem Hause zuteil gewordenen hohen Besuches wie eine Pfingstrose glühte und wie eine elektrische Birne leuchtete, Rücksprache wegen der Bewirtung zu nehmen. Nun, sie versprach, ihr möglichstes zu tun, und hat es wirklich recht nett gemacht. Das Menü war für meine deutschen Begriffe und als Pranzo betrachtet etwas kunterbunt, aber als eine improvisierte Mahlzeit war es annehmbar und appetitlich. Jedenfalls wurde ihr alle Ehre angetan, und darüber hörte der Regen auch auf, ein herrlicher Regenbogen erschien über dem Monte Venere, und ein prachtvoller Sonnenuntergang verhieß einen schönen Tagesabschluß. – Ich habe nicht vergessen, nur aufgeschoben zu erwähnen, daß der Marchese mich fragte, ob ich Nachricht von Dir erhalten habe. Die Angst und Sorge zitterte dabei durch diese Frage, aber ich konnte doch nichts anderes sagen, als daß Du geschrieben, daß Du einige Tage abwesend sein würdest. Näheres wüßte ich darüber nicht, würde es auch schwerlich erfahren, weil Du im Verfolg einer Aufgabe nie darüber Aufschluß gibst, und überdies sei ich überzeugt, daß der Marchese und seine Gemahlin die ersten sein würden, vor Dir benachrichtigt zu werden, falls Du etwas Positives zu melden hättest. War es so recht? Ich hoffe es. Für die besorgten Eltern war das natürlich herzlich wenig.

Die Frage des Marchese erfolgte übrigens erst, als nach beendeter Mahlzeit die kleine, junge Herzogin, natürlich begleitet von dem Maler, in den Garten hinablief, um zum ›Andenken an den schönen Nachmittag‹ ein Zweiglein der Kletterrosen von der Pergola unter unsern Fenstern mitzunehmen. Der Marchese und seine Gemahlin, der die hellen Tränen unaufhaltsam aus den Augen stürzten, nahm meinen Bescheid mit Fassung entgegen; eine kleine Pause entstand, dann sah der Marchese auf die Uhr und erklärte, daß es nun hohe Zeit zum Aufbruch sei. Ich war natürlich sofort bereit, die Ragazza[27] nach dem Albergo zu schicken, um das Anspannen des Mietwagens, mit dem die Herrschaften von Viterbo gekommen waren, zu bestellen, aber statt dazu aus der Veranda direkt ins Haus zu gehen, nahm ich den Weg durch den Garten und die Pergola, weil ich mir dachte, es möchte gut sein, die beiden rosenpflückenden jungen Leutchen von dem baldigen Aufbruch zu benachrichtigen, und – fand sie genau so beschäftigt wie hinter der Lorbeerhecke droben im Park! So zu tun, als ob ich nichts gesehen hätte, war hier nicht gut möglich, und das Resultat davon war, daß mich, bevor ich noch Friedrich Wilhelm Schulze sagen konnte, zwei Paar Arme umhalsten, zwei Münder *mich* – bitte, *mich*! – regelrecht küßten! *Sie* zwitscherte mir ins rechte Ohr: ›Carissima Signora, sono tanto felice!‹[28] – Er tuschelte mir ins linke Ohr, er sei ›su la cima della felicità terrestre!‹[29] – kurz, es war eine schöne, rührende Familienszene, und ich das Opfer. Den Zweck der Übung begriff ich ja ohne weiteres: ich sollte den Mund halten. Ihn mir zu verbrennen spürte ich auch nicht das geringste Bedürfnis; ich machte mich also sanft aber entschieden aus den mich umschlingenden Armen frei, versicherte, ›che non ho veduto niente«,[30] und rannte um das Haus herum, um mit Erlaubnis der Padrona die Ragazza nach dem Wagen zu schicken.

Und so endete dieser ereignisreiche Tag, an dem ich zum erstenmal Gäste an meinem eignen Tisch bewirtete, und dafür von ihnen sehr liebe und freundliche Dankesworte erntete.

›Dieser Valdoro ist ein Teufelskerl und ein dreifach patentierter Esel dazu!‹ dachte Windmüller, den Brief zusammenfaltend und einsteckend. ›Zum Kuckuck, er mußte doch wissen, daß eine Donna Beatrice Cefalú für ihn eine saure Traube war, eine Herzogin im eignen Recht aber eine, die für ihn so hoch hängt, wie er nicht springen kann. Rocca Saracinesca! Erinnere mich: Auf ödem, starrem Fels ein von den Sarazenen erbautes, von den Normannen erweitertes Kastell, groß genug, um eine Garnison Soldaten aufzunehmen, zu Füßen Olivenwälder – aber ein Titel ohne Mittel. Nun, ich sage mit Evis: Geht mich nichts an. Immerhin, dieser Brief mit seinem Idyll hat mich erfrischt. Haben diese beiden törichten Kinder doch das Recht der Jugend, töricht zu sein; das Lehrgeld dafür wird ihnen nicht erspart bleiben. Übrigens habe ich jetzt an ganz andre Dinge zu denken, zum Beispiel warum habe ich auf diese reizende, famose Fürstin Campoverde warten gemußt? Wenn ich mir's klar mache, komme ich zu dem Resultat, daß ich von ihr für mein Ziel nichts zu erwarten habe. Ich wüßte wenigstens nicht, was; denn sie war an dem Tage beziehungsweise dem Abend, als die Contessa ihr Haus verließ – das heißt meiner Überzeugung nach *hinausgeworfen* wurde –, überhaupt nicht in Rom, weiß also sicher darüber nicht mehr, als was der Capitano weiß und ihr geschrieben haben mag. Was also sollte die Fürstin mir nutzen? – – Indes, abwarten, Franz Xaver, alter Junge! – Dein Instinkt hat dich bisher nur selten auf einen Holzweg geführt, daß du nun nachgerade wissen solltest, daß das Unwahrscheinlichste oft das Wahrscheinliche ist.‹

Nach einem Blick auf die Uhr ließ er sich nun mit einem Auto zurück zum Palazzo Pavonazetti fahren, und als er dort vor dem Portal ausstieg, sah er vor der Tür der gegenüberliegenden Trattoria seinen Gehilfen Pfifferling an einem der dort stehenden Tischchen sitzen und mit der glücklich errungenen Gewandtheit eines Eingeborenen einen hoch aufgehäuften Teller Makkaroni mit Tomaten verschlingen.

»So, nun weiß der Kerl auch, wohin ich gekommen bin«, brummte Windmüller. »Na, das schadet weiter nichts. Daß er mich nicht erkannt haben sollte, ist nicht anzunehmen, da er mir ja gestern bei meiner Maskierung geholfen, – richtig! Mit der Rechten eine Gabel Makkaroni wickelnd, legt er die Linke auf die Brust: das verabredete Zeichen, daß er mich gesehen und erkannt hat. Und daß er auch ohne Befehl den Palazzo beobachtet, ist schon recht. Gut gemacht, Pfifferling!«

Im Palazzo sein Zimmer aufsuchend, trat Windmüller im Vorübergehen an der Tür des Capitano die Fürstin entgegen und bat ihn, mit ihr dort einzutreten.

»Da ich Sie hier treffe, Herr Admiral, möchte ich Ihnen gleich sagen, daß ich bei meinem Bruder tauben Ohren gepredigt habe«, berichtete sie deprimiert. »Es ist nichts mit ihm anzufangen. Er war gar nicht heftig, im Gegenteil eiskalt, und seine einzige Antwort auf alle meine Argumente war: ›Sollte es dir einfallen, deinem Mann wegzulaufen, dann würde ich es ihm sehr verdenken, wenn er dir nachlaufen und dich suchen wollte. Meine Frau ist für mich ein vollkommen abgeschlossenes Kapitel; meine Schwelle wird sie nicht mehr überschreiten‹ Ecco! Auch mein Appell an die Würde und Ehre unsres Hauses verhallte, als hätte ich in die Luft gesprochen. Er hatte kein Wort der Erwiderung darauf. Was soll man denn nun noch machen?«

Windmüller zuckte mit den Achseln.

»Abwarten, was die Ermittlungen, die der Marchese Aquacalda angeordnet hat, ergeben werden«, sagte er mit einem warnenden Blick auf den Capitano, der auch nichts andres wußte, als mit den Achseln zu zucken.

»Aber es ist doch eine Schande, wenn wir einfach nur Zuschauer bleiben!« rief die Fürstin empört. »Was müssen denn die Leute von uns denken? Wofür uns halten? Herr Admiral, ich hab's versucht. Onkel Ubaldo zu überreden, mit mir zusammen gegen den Willen meines Bruders energisch vorzugehen und wenn nicht anders, dann die Polizei auf die Fährte meiner Schwägerin zu setzen. Ich verstehe ja, daß mein Onkel sich durch die ihm von meinem Bruder gewährte Gastfreundschaft gebunden fühlt – aber, Onkel, Geliebtester, in unserm Hause findest du jederzeit eine neue, von Herzen gebotene Heimat! Reden Sie ihm doch zu, Herr Admiral!«

»Darf ich das mit gutem Gewissen?« entgegnete Windmüller. »Altezza müssen bedenken, daß jeder gewaltsam herbeigeführte Bruch keine Kleinigkeit ist, weder für die eine noch für die andre Seite. Und bei dem leidenden Zustand, in welchem sich der Conte doch ersichtlich befindet, könnte solch' eine zweite häusliche Umwälzung von den schlimmsten Folgen sein. Lassen Sie meinem Freunde Bedenkzeit zu einem unbeeinflußten Entschluß; vierundzwanzig Stunden schon können vieles in der Lage der Dinge ändern.«

»Wer weiß, ob vierundzwanzig Stunden nicht schon zuviel bei der ohnedem schon verlorenen Zeit bedeuten!« sagte die Fürstin mit vollem Recht. »Aber sei es darum, Onkel! Ich will bis morgen abend auf deine Entscheidung warten. Morgen früh habe ich vor, nach Viterbo zu fahren, es drängt mich den guten Aquacaldas meine Teilnahme auszudrücken.«

Der Klang des Tamtams, der zur Colazione rief, überhob den Capitano, der sicher wie auf Nadeln saß, einer Antwort; Windmüller aber ging rasch in sein Zimmer, abzulegen und sich durch einen Blick in den Spiegel zu versichern, ob seine ›Aufmachung‹ noch immer jeder Kritik gewachsen war, und reichte dann der Fürstin den Arm, um sie in den kleinen Speisesaal hinabzuführen, wo der Conte bereits seine Gäste erwartete.

Windmüller erschrak, als er ihn sah, denn er fand den Mann seit dem vorigen Abend auffallend verändert, gradezu verfallen aussehend.

›Aus Reue?‹ fragte er sich und beantwortete seine Frage selbst gleich mit nein. ›Denn wenn es Reue über seine Härte wäre, die so verheerend an ihm nagt, dann müßte er zur Beruhigung seines Gewissens Himmel und Erde in Bewegung setzen, seine Frau zu finden. Da er sich aber mit aller Hartnäckigkeit dessen weigert, was ist's dann, das ihn so beunruhigt?‹

Der Conte war indes sichtlich bemüht, sich seinen Gästen als liebenswürdiger, verbindlicher Wirt zu zeigen, aber es war doch nur eine geisterhafte Groteske, die er damit erreichte. Der Capitano kramte zur Belebung der Unterhaltung alle möglichen Zeitungsneuigkeiten aus, darunter auch die von der Sukzession der Donna Beatrice Cefalú zur Herzogin von Rocca Saracinesca im eignen Recht.

»Armes Ding, da hat sie auch etwas Rechtes!« bemerkte die Fürstin achselzuckend. »Sie hat das große Schloß zur Erhaltung auf dem Hals und kann darin doch nicht allein hausen, und dazu einen Titel, für den ihr niemand hundert Lire geben würde.«

»Nun, vielleicht hat sie Glück und findet in dem alten Schloß einen noch aus der Sarazenenzeit vergrabenen Schatz«, meinte der Capitano.

»Wer noch an solche Märchen von vergrabenen Schätzen glaubt, muß sehr naiv sein«, warf der Conte ein.

»Durchaus nicht!« entgegnete der Capitano.

»Meine Idee bezog sich auf eine Notiz in der heutigen Zeitung, laut welcher der Besitzer eines Hauses in der Altstadt, unweit von uns hier, gelegentlich einer baulichen Veränderung hinter einer einfachen Lage von Backsteinen eine tiefe Nische entdeckte, und in dieser eine Menge Silbergerät aus dem Quattrocento und früher. Unerklärlich sind solche Funde nicht. Man denke an die vielen Invasionen und Kämpfe in Rom, durch welche die Einwohner gezwungen wurden, ihre Wertsachen durch Einmauern zu verstecken. Man nimmt an, daß dieses eben erst gefundene Silbergerät beim Sacco di Roma 1527 durch den Connetable von Bourbon eingemauert, das Haus dann geplündert und die Bewohner ermordet wurden, falls sie nicht geflüchtet und vielleicht dabei noch umgekommen sind, so daß ihr hinterlassener Schatz ungehoben bis auf den heutigen Tag zurückblieb. Ich glaube, daß aus jener Schreckenszeit noch viel in alten Häusern und Palästen verborgen liegt, das erst bauliche Veränderungen gelegentlich ans Licht bringen werden.«

»Das glaube ich auch«, pflichtete Windmüller bei. »Soweit den Leuten noch Zeit blieb, nicht nur das nackte Leben zu retten, mögen sie sicher sehr gut versteckt haben, woran ihnen am meisten lag. Wir brauchen nicht nur bis zum Sacco di Roma zurückzugreifen. Der Wunsch, zu sichern, was an Besitz von Gold, Silber und Juwelen dem Feind in die Hände fallen konnte – und das war viel, sehr viel –, reicht sicher bis in die Zeit der Antike zurück. Die Erde und altes Gemäuer mögen noch viel davon unentdeckt hüten, wie auch den Nibelungenhort gewiß noch der Grund des Rheines birgt. Zeit – was ist Zeit? Doch nur ein menschlicher Begriff, der mit Jahrtausenden rechnet, die über einem geschichtlichen Ereignis dahingegangen sind. Die Ausgrabungen in Ägypten, der Schatz des Tut-anch-Amon hat wieder einmal bewiesen, daß solche Dinge zeitlos sind. Mir fällt dabei eine Episode ein von einem in Rom gefundenen, nicht aber gehobenen Schatz, die auch ein Beweis dafür ist, daß in den alten Mauern und im Boden Roms noch vieles verborgen ist, wovon selbst die alteingesessenen Besitzer feudaler Gebäude keine blasse Ahnung haben.«

»O bitte, erzählen Sie, Herr Admiral!« bat die Fürstin. »Ich höre solche Geschichten für mein Leben gern.«

»Ich fürchte nur, Ihre Geduld damit auf eine zu harte Probe zu stellen«, erwiderte Windmüller. »Denn was ich eine Episode nannte, ist tatsächlich ein kleiner Roman, der sich in wenige Worte nicht fassen läßt, weil zu seinem Verständnis ein Ausflug in die Geschichte erforderlich ist.«

»Um so besser! Wir alle sind ja hier begeisterte Geschichtsfreunde«, versicherte die Fürstin. »Ich schlage vor, da wir ja sonst weiter nichts vorhaben, daß wir hier sitzen bleiben, und nachdem Andrea abgeräumt, den Kaffee aufgetragen, Zigarren und Zigaretten gebracht hat, sind wir hier ganz ungestört, können den Nachmittag gar nicht besser beginnen als mit der Erzählung des Herrn Admirals. Es ist euch doch recht so?« wandte sie sich an ihren Onkel und Bruder, die aus Höflichkeit für den ›illustren Gast‹ oder aus wirklichem Interesse anscheinend gern zustimmten.

»Ich bin nämlich überzeugt«, setzte die Fürstin liebenswürdig hinzu, »daß der Herr Admiral überhaupt nur Interessantes zu erzählen weiß.«

»Es kommt auf Ihr Haupt, Altezza. wenn es trotz Ihrer guten Meinung anders kommt, als Sie denken«, erwiderte Windmüller und hatte dabei das eigentümliche Empfinden, daß etwas für ihn noch Ungreifbares in der Luft lag, bestimmt, auf einen Punkt hinzuleiten, der jenseits seiner Einwilligung zum Erzählen lag.

Darum machte er auch weiter keine Ausreden, und nachdem der Tisch abgeräumt, der starke, schwarze Mokka und der Likör eingeschenkt waren, die Herren ihre Zigarre, die Fürstin ihre Zigarette in Brand gesteckt hatten, begann er:

»Es gibt namen- beziehungsweise titellose Geschichten; ich will der meinigen aber die Spitzmarke vorausschicken:

»Die Sage vom Aar, der Viper und dem Bussard.«

In einer romantischen Waldgegend Deutschlands liegt eine sehr alte Burg von jener Art, wie der deutsche Dichter Viktor von Scheffel vom Zavelstein gesungen:

> Kleine Burg für wenig Mannen,
> Städtchen rußig, eng und schmal,
> Rings des Schwarzwalds Edeltannen
> Unten tief das Teinachtal.

Auf dieser kleinen Burg hauste nachweislich schon vor der Zeit der sächsischen Kaiser ein Rittergeschlecht, das erst später als ›freie Herren‹ – im Ausland ›Barone‹ genannt – urkundlich den Namen Derer von Bussard führte. Bislang wurden sie in den Turnierbüchern die ›Ritter vom Tannenhorst‹ genannt, führten aber damals schon einen Bussard mit ausgebreitetem Flug als Helmzier und im Wappenschild. Was die Chronik über dieses Geschlecht meldet, ist recht wechselreich. In allerneuester Zeit stand es nurmehr noch auf zwei Augen, und was die Freiherren von Bussard ehedem an Geld und Gut besaßen, ist nur noch ein Lied aus alter Zeit. Dieser letzte Bussard kam aus dem Weltkrieg zweimal verwundet, zweimal geheilt und reich dekoriert zurück, ein noch junger Mann, für den das dankbare Vaterland nach der Revolution natürlich keine Verwendung mehr hatte, und als er nach der herrlichen Zeit der Inflation seine Bilanz machte, fand er, daß ihm vom Besitz seiner Väter nichts weiter geblieben war, als eben jene kleine Burg im Tannenhorst. Weil aber ein eignes, wenn auch schadhaftes Dach über dem Kopf immer noch besser schien als das einer Mietkaserne, in der von den paar elenden Löchern, die man sich einbildete sein zu nennen, der Löwenanteil an sogenannte Zwangsmieter abgeknapst wurde, so zog der letzte Bussard kurz entschlossen in das alte Eulennest, wo er auf dem eignen Herd wenigstens kochen durfte, ohne dem Zwangsmieter im Wege zu sein, und er einen Anteil an der Jagd pachten konnte, die sein Vater als Grundherr besessen. Da jeder Mensch, falls er kein Misanthrop ist, hie und da eine Aussprache braucht, so nahm Heinz Bussard eine alte Tante, die Schwester seines Vaters, zu sich, die durch die Inflation ihre kleine Leibrente verloren hatte und noch schlechter daran war als er selbst. Für diese Tante hegte er von Kindesbeinen an die zärtlichsten Gefühle, sie hatte ihm die früh gestorbene Mutter ersetzt und war dem Manne dann die beste Freundin geworden. Nun ja, es gibt Tanten und Tanten. Die eine Sorte, von der der Dichter singt:

Unerwartet, wie zumeist,
Kommt die Tante angereist –

gehört in die Abteilung ›Schreckhörner‹. Diese Spezies steckt ihre Nase in alle Angelegenheiten der Familie, hofmeistert Kinder wie Erwachsene, dehnt ihre Besuche annähernd über das ganze Jahr aus, kocht *ihre* Früchte mit den Früchten und dem Zucker ihrer lieben Verwandten in deren Einmachegläser ein, ißt das Doppelte dessen, was ihr vorgesetzt wird, tadelt alles, nimmt alles übel, und macht sich sonst noch beliebt. Aber zu dieser Sorte gehörte die Tante Marianne des Burgherrn von Tannenhorst nicht. Mensch bleibt nun einmal Mensch, der sich Sympathien und Antipathien weder geben noch nehmen kann. Heinz Bussard hätte eine Tante der ersteren Sorte nicht ausgehalten; diese Tante jedoch war ein sehr liebes, gütiges Wesen, ein vornehmer und starker Charakter. Sie hatte viel und mit Nutzen gelernt und – war mit soliden, historischen Kenntnissen ausgerüstet, die lebendige Chronik des Hauses Bussard. Es wurde also ein glückliches, harmonisches Zusammenleben von Tante und Neffe auf der kleinen Burg im Tannenhorst, und wenn Heinz Bussard nicht auf seinen kleinen Jagdgründen pirschte, dann vertrieb er sich die Zeit damit, in der Rumpelkammer des dicken Wachtturmes umherzustöbern und nach interessanten Dingen zu suchen, wie Rumpelkammern in alten Häusern sie oft noch als wahre Fundgruben aus vergangenen Tagen bergen, verbannt und mißachtet von Generationen, denen das Verständnis für ihren ideellen wie oft auch reellen Wert gefehlt. Einige alte, gar nicht übel gemalte Bildnisse längst vermoderter Bussards hatte er durch solch' eine Razzia schon zutage gefördert und ihnen den früheren Ehrenplatz wiedergegeben; und so stieß er denn eines Tages auch auf eine uralte eichene Truhe mit eisernen Beschlägen, die bis zum Rand vollgestopft war mit Schriftstücken, Urkunden und Bilderrollen.

»Ha, das ist etwas für meines Vaters einzigen Sohn!« sagte der erfreute Finder und machte sich daran, den Inhalt der Truhe auszukramen, zu sichten und zu studieren. Zunächst war die Ausbeute nicht grade begeisternd, sie war nicht einmal irgendwie interessant: alte Kauf- und Eheverträge, Testamente, Briefbündel von nur mäßigem, kulturhistorischem Wert, aber schließlich ganz unten eine runde Blechbüchse, gefüllt mit vorerst unleserlichen Handschriften auf vor Alter braunem Pergament. Heinz hatte sich jedoch früher schon geübt, alte handschriftliche Chronika und Palimpseste zu entziffern, außerdem reizte es ihn ganz besonders, Schwierigkeiten zu überwinden. Zu tun hatte er ja sonst auch nichts, da die vierundzwanzig Stunden des Tages ihm gehörten. Er setzte sich also über die gefundenen Handschriften mit dem zähen Eifer seiner Natur, und was er dann mit vieler Mühe schon aus den ersten der zusammengehefteten Pergamentblätter entzifferte, versetzte ihn in nicht geringes Erstaunen. Dann schrieb er im Deutsch unsrer Tage das im Deutsch des zwölften Jahrhunderts verfaßte Dokument fein säuberlich ab, und trug es zu seiner Tante, die er zunächst fragte, ob ihr die große Eichentruhe in der Rumpelkammer und deren Inhalt bekannt sei.

»Ja«, erwiderte sie. »Zur Zeit meines Vaters stand sie noch im Rittersaal, gefüllt mit Urkunden, die er zur Herausgabe einer Familienchronik zusammengetragen hatte. Die Chronik ist ungeschrieben geblieben; weshalb jedoch die Truhe in die Rumpelkammer verbannt wurde, weiß ich nicht.«

»Nun, ich habe sie dort gefunden und in ihr ein sehr merkwürdiges Dokument, das ich mir nicht enträtseln kann. Vielleicht aber weißt du etwas darüber, weil du dich eingehend mit dem Studium der Geschichte unsres Hauses beschäftigt hast. Dieses Dokument ist unterzeichnet ›Friedreich Ritter vom Tannenhorst, genannt der Bussard A.D: 1002‹ und überschrieben ›Ritual, von jedem Bussard bei seiner Großjährigkeit auswendig zu lernen.‹«

»Ist's möglich?« rief die Tante überrascht. »In unsrer Familie ging von Generation zu Generation die Sage von der Existenz eines solchen Rituals aus alten, alten Tagen. Es sollte den Hinweis auf einen Schatz enthalten, wie und wo er zu heben sei. Und dieses Ritual glaubst du gefunden zu haben?«

»Ja, und ich habe es zum Zeitvertreib in das Deutsch unsrer Tage übertragen, ohne etwas wegzulassen oder etwas hinzuzufügen. Hier hast du die Niederschrift, lies selbst und sage, was du davon denkst, denn ich kann weder Kopf noch Schwanz daraus machen.«

Tante Marianne rückte ihre Brille zurecht und las wie folgt:

Ritual, von jedem Bussard bei seiner Großjährigkeit auswendig zu lernen.

1. Wo gehst du hin? Gen Süden.

2. Gehst du über das Meer? Nein, über die Alpen in das Land, welches das Meer von drei Seiten umspült.

3. Wo machst du halt? In der Stadt, wo die Wölfin die Menschenzwillinge säugt.

4. Was ist dort von A.D. 998 bis A.D. 1002 geschehen? Da ist der junge Aar gekommen, hat den wachsenden Mond gestürzt, nachdem er seinen Blutsverwandten, den Franken, als Pontifex Maximus auf den Thron Petri gehoben und sich von ihm hat krönen lassen. Und die schöne Viper hat den jungen Aar mit falscher Liebe umstrickt und ihn getötet. Der Bussard aber, so mit dem Aar über die Alpen flog, hat der Viper den Kopf abgebissen und also den Aar gerächt. Der Bussard mußte dann ohne den Schatz, so ihm zugefallen, den toten Aar in die Kaisergruft geleiten helfen und konnte den weiten Weg nicht mehr zurückfliegen.

5. Wo ist der Schatz zu finden?

Wenn du die Stadt der Wölfin erreichst, so frage dort nach der Kirche, so einem heiligen Märtyrer geweiht ist, der im Leben ein Feldherr und Jägersmann gewesen. Dahinter steht das Haus des wachsenden Mondes, so auch die Höhle der schönen Viper war, die daselbst den Lohn ihrer Tat durch den Bussard gebührend empfing. Das Haus hat der Bussard mittels seines Dolches neben dem Tor mit einem Andreaskreuz gezeichnet zu Wiederfindung. In dem Haus aber ist ein Gemach, kenntlich durch einen ob dem Feuerherd eingemauerten steinernen Frauenkopf mit Schlangenhaaren. Und vor der Feuerstelle des Herdes ist wie zum Schutz eine eiserne Stange, auf zwei Trägern ruhend, angebracht, und wenn du sie mit beiden Händen packst und mit Gewalt auf dich zu vorziehst, so wird sich die Platte von Marmelstein, so vor dem Herd liegt, heben, und was du darunter findest, ist dein Erbgut.

Gez. Friedreich Ritter vom Tannenhorst, genannt der Bussard A. D. 1002.

»Ja mein lieber Heinz,« sagte Tante Marianne, nachdem sie gelesen, »ich fürchte, einen andern Wert als den eines historischen und einer Kuriosität hat dieses Dokument nicht. Mir fällt jetzt ein, daß mein Vater erzählte, sein eigner Vater habe in seiner Jugend auf Grund dieses Rituals die damals noch sehr beschwerliche Reise nach Rom gemacht, sei natürlich aber unverrichteter Sache wieder heimgekehrt. Was ist dir eigentlich so rätselhaft an dem Dokument? Daß mit den Fragen 1 bis 3 nur Italien beziehungsweise Rom gemeint ist, kann doch jedes Kind erraten, das eine sogenannte höhere Schulbank gedrückt hat.«

»Soweit schon«, fiel Heinz ein. »Das Rätsel fängt für mich erst mit der vierten Frage an. Wer und was ist mit dem Aar, dem wachsenden Mond und der schönen Viper gemeint?«

»Siehst du, das kommt davon, wenn man seine historischen Kenntnisse vernachlässigt, das heißt, wenn man die magern Geschichtsstunden längst verschwitzt hat, weil einem die trocknen Daten, mühsam in der Schule gelernt, zum Halse hinaushingen«, sagte Tante Marianne lachend. »Es gibt aber doch Leute, welche sotane trockne Daten so reizen, daß sie nicht eher ruhen, bis sie wissen, wieso, weshalb und warum. Zu dieser Sorte gehöre ich, habe mit Bienenfleiß zusammengetragen, was zu den Daten gehört, um den Gestalten, deren Namen wir auf der Schulbank mit Ach und Weh auswendig lernen müssen, Blut und Leben zu verleihen. Also: der junge Aar, in dessen Gefolge Friedreich, der Bussard, über die Alpen zog, war Kaiser Otto III., zubenannt mirabilium mundi, das Weltwunder, was vielleicht auf seine leibliche Schönheit und die für seine jungen Jahre erstaunliche Gelehrsamkeit, die ihn auszeichnete, bezogen worden ist, denn als Herrscher hat er eigentlich nur eine Reihe von Böcken geschossen. Mit fünfzehn Jahren der doppelten Vormundschaft seiner Mutter Theophano von Byzanz und seiner Großmutter Adelheid von Burgund, Witwe des Königs Lothar von Italien, entwachsen, zog er erst sechzehnjährig und zum zweiten Male als Achtzehnjähriger A. D. 998 nach Rom und kam dort auf einen sehr heißen Boden, den der ›Wachsende Mond‹, das heißt das Patriziergeschlecht der Crescenti beherrschte, das mit der 914 zuerst genannten Theodora, Senatorin und Herrscherin über Rom, aus dem Dunkel der Geschichte auftaucht. Der Ursprung dieser merkwürdigen Frau ist ebenso ungewiß geblieben wie der Name des Vaters ihrer beiden Töchter, von denen die ältere jene schreckliche Marozia war, die nach ihrer Mutter Rom mit Blutströmen und Entsetzen regierte. Aus ihren drei Ehen mit dem Grafen von Tusculum, dem Markgrafen Guido von Toscana und dem König Hugo von Italien hinterließ sie keine Nachfolger, und das Erbe trat ihre Schwester, die zweite Theodora an, die, mit dem Vater des Konsuls Johannes Crescentius vermählt, auch die Ahnfrau des Hauses Colonna geworden ist. Ihr Sohn Johannes Crescentius, nach seiner Mutter Konsul und Diktator Roms, muß ein sehr merkwürdiger Mensch gewesen sein.

Grausam, gewissenlos, ein Gewaltmensch in des Wortes verwegenster Bedeutung, riß er durch die Macht seiner Persönlichkeit eine Gewalt an sich, wie sie auch die furchtbare Marozia besessen und mißbraucht hatte. Er spielte mit Personen wie mit den Figuren eines Schachbrettes. Wer nur den Schein hatte, gegen ihn zu sein, war ein verlorener Mann. Nachdem er Papst Johann XIII. vertrieben, nahm er dessen Nachfolger, Papst Benedikt VI., der ihm nicht zu Willen war, gefangen und erdrosselte ihn eigenhändig in seiner Feste, dem Grabmal Kaiser Hadrians, der jetzigen Engelsburg. Sein Sohn gleichen Namens, wie sein Vater Diktator und ›Patricius‹ von Rom, mußte Anfang April 998 den achtzehnjährigen Kaiser Otto III. in Rom einziehen lassen. Er selbst verschanzte sich mit zwölf seiner getreuen Nobili nach einer Version in der Engelsburg; einer andern zufolge hat der Kaiser dem Diktator Leben und Freiheit gegen das Öffnen der Tore zugesichert. Wie dem auch gewesen – kaum in Roms Mauern, nahm er Crescentius sofort gefangen und ließ ihm wie den zwölf Edlen auf dem Dach der Engelsburg vor den Augen des Volks die Köpfe abschlagen. – Dieser kleine Ausflug ins Geschichtliche gehört zum Verständnis der Historie Friedreichs des Bussards. Von dem, was sich nach dem Tode des Crescentius begab, sei nur erwähnt, daß der Kaiser seinen ehemaligen Erzieher, den Erzbischof Gerbert von Reims 999 als Papst Sylvester II. zum Statthalter Christi machte, einen würdigen Mann, dessen hohe Gelehrsamkeit damals noch verkannt und ihm als Zauberei vorgeworfen wurde. Seine Grabschrift in der Kirche des Laterans in Rom ist sehr merkwürdig und heut noch deutlich lesbar.

Johannes Crescentius aber hinterließ nach seinem schmachvollen, aber wohlverdienten Tode durch das Beil eine junge Witwe, namens Stefania, aller Wahrscheinlichkeit nach aus dem Geschlechte der Grafen von Tusculum, die sehr schön war. Vielleicht angestachelt von der Familie, vielleicht auch aus der Tiefe ihres eignen Schmerzes heraus, beschloß sie den Tod ihres Gatten an dem Kaiser zu rächen, und das Mittel dazu war sie selbst, war ihre wunderbare Schönheit. Sie wußte sich eine Audienz bei Otto III. zu verschaffen, die der ritterliche, schöne Jüngling mit dem wallenden Goldhaar und den herrlichen blauen Sachsenaugen der Witwe seines gerichteten Feindes nicht versagen zu dürfen glaubte. Sie warf sich ihm zu Füßen, sie weinte und stellte sich unter seinen Schutz, sie schwor ihm Treue und Ergebenheit mit glatten, doppelzüngigen Worten, und der Kaiser, hingerissen von der schönsten Frau Roms, fühlte sein junges, noch unberührtes Herz für sie erwachen. Mit schwerer Sorge und Mißtrauen sah es Ottos getreuer Ritter Friedreich, genannt der Bussard, weil er als Helmzier einen solchen, den er selbst erlegt, trug und darauf auch stolz sein durfte, denn einen Bussard mit Pfeil und Bogen zu erlegen, war ein ganz respektables Jägerstückchen. Friedreich, wesentlich älter als sein kaiserlicher Herr und darum auch erfahrener in den Künsten der Frauen, erkannte und fürchtete das schmeichelnde Werben der schönen Viper Stefania und beobachtete sie mit wachsendem Mißtrauen; denn der ersten Audienz bei dem Kaiser folgten noch weitere, die ihn immer tiefer in ihre Netze verstrickten, und schließlich hätte es ihr an Gelegenheit nicht mehr gefehlt, ihre Rachepläne zur Ausführung zu bringen, trotz aller Wachsamkeit Friedreichs, dessen deutlicher werdende Warnungen damals bei dem Kaiser noch nicht wirkungslos verhallten. Warum Stefania nicht damals schon den tödlichen Streich führte? Weil in ihren Gefühlen eine Wandlung eingetreten war, nicht etwa, daß ihr Herz begonnen hätte, für ihr Opfer zu schlagen, das ihre Hingabe willig genug entgegenzunehmen bereit schien, sondern weil der Wunsch in ihr lebendig wurde, ihr schönes, stolzes Haupt mit der Krone der rechtmäßigen Gemahlin des Römischen Kaisers

Deutscher Nation zu schmücken. War sie dazu nicht durch ihre fürstliche Geburt berechtigt? Zwar hatte des Kaisers Großmutter Adelheid, in erster Ehe Witwe König Lothars von Italien, in zweiter Kaiser Ottos I., bereits für eine Braut ihres Enkels gesorgt, ihm die Hand der Infantin Maria von Aragonien, Tochter König Sanchos I. zugesichert, aber die Kaiserin-Königin Adelheid starb im Herbst des Jahres 999, und damit fiel für Stefania ein großes Hindernis für das hohe Ziel ihres Ehrgeizes fort, das ihre Rachepläne sehr in den Hintergrund schob. Aber ein anderes schob sich hinein, als der Kaiser Rom zu einem Zuge nach Norden verließ. Wir wissen, daß er im Jahre 1000 in Person das Erzbistum Gnesen gründete; ob und was er der schönen Stefania für seine Wiederkehr versprochen haben mochte, wußte sie wohl nur allein, aber da sie ihre Rache bisher noch nicht vollzogen, wofür sie sicher Gelegenheit genug gehabt hätte, so läßt sich annehmen, daß es ihr genügte zu warten. Und als der Kaiser nach Rom zurückkehrte, da fand sie sich, gerufen oder nicht, wieder bei ihm ein, und ›sie lebte mit ihm in Sünde‹, wie die Chronik berichtet. Und es war ein öffentliches Geheimnis, daß für Crescentius' Witwe eine Krone gearbeitet worden war von Gold und edlen Steinen nach dem Muster der Kronen, mit denen die byzantinischen Kaiserinnen gekrönt wurden. Die Geschichte meldet, daß Ende des Jahres 1001 dem Kaiser der Boden in Rom sehr heiß wurde. Daß die Crescenti und ihre Anhänger das Feuer emsig schürten, ist wohl so gut wie erwiesen, denn der Tod des ›großen‹ Konsuls war in ihren Sippen unvergessen und unvergeben geblieben, und als der Kaiser sich fluchtähnlich nach Ravenna zurückziehen mußte, von wo er aber sehr bald nach der festen Burg Paterno am Nordabhang des Monte Cimino bei Viterbo übersiedelte, begleitete Stefania ihn. Vielleicht war ihr von ihrer Sippe ein Ultimatum gestellt worden, das sie wiederum ihm stellte. Der Tag der Entscheidung war für ihn gekommen, und da bewies er, daß er nicht gewillt war, die Frau zur Kaiserin zu erheben, die bisher seine Buhle war.

Anscheinend demütig nahm Stefania ihre Niederlage entgegen, doch in den Trank, den sie ihm wie gewohnt für die Nacht kredenzte, mischte sie ihre so lang aufgesparte Rache: Die Viper biß, der Aar starb daran, und bei Nacht und Nebel entwich die Kaisermörderin nach Rom. So geschehen am 23. Januar A. D. 1002.

Der Schmerz um seinen geliebten jungen Herrn machte seinen getreuen Friedreich Bussard rasend vor Zorn auf das giftige Reptil. Seine wiederholten Warnungen hatten nichts gefruchtet, denn Stefania war sehr schön, sie verstand, so überzeugend Liebe zu heucheln, und der Kaiser war noch so jung und hatte ihr nur zu gern geglaubt. Den Bussard aber jammerte es unbeschreiblich um dies junge, zerstörte Leben; die Schmach, die seinem Kaiser und Herrn widerfahren, fraß ihm an Herz und Seele, und er schwur sich einen heiligen Eid, der Viper den Kopf zu zertreten, bevor er den Staub von Italiens Erde von den Sohlen geschüttelt.

In der Nacht, da des jungen Kaisers Leiche vor ihrer Überführung nach dem Dom zu Aachen bei Fackelschein zur ersten Rast in die Basilika von St. Peter zu Rom getragen ward, drang der Bussard in den Palast der Crescenti ein. Es war ein Wagnis, denn die Rache der Getreuen des ermordeten Kaisers fürchtend, war wohl zu erwarten, daß sie ihre Burg gut verwahrt und bewacht hielten. Vermutlich aber, getrieben von der Neugier, den Trauerzug zu sehen, waren die Wächter davongeschlichen, im Vertrauen darauf, daß um diese Stunde noch nichts von des Kaisers Mannen zu fürchten war. Nicht einmal das schwere Tor des Palastes fand er verschlossen, als der Rächer auf gut Glück eindrang. Ungehindert stieg er eine Treppe empor, öffnete die erste beste Tür und – stand in der Höhle der Viper. Beleuchtet vom Schein einer Lampe, die auf dem Sims des Kamins stand, darin der verglimmende Rest eines Feuers flackerte, kniete die schöne Stefania vor einer länglichen Vertiefung im Fußboden des Gemaches, deren Verschluß, eine Marmorplatte, aufgeklappt stand, wie der Deckel einer Kiste. Und sie feierte ihres Opfers Totenamt um Mitternacht, indem sie die vergebens für sich angefertigte Krone aus ihrem Versteck genommen und sich aufs Haupt gesetzt. Ob ihr das Blut wohl in den Adern erstarrte, als plötzlich, unerwartet der deutsche Ritter vor ihr stand, den dräuenden Bussard auf dem Helm? Und ehe noch ein um Hilfe rufender Laut über ihre Lippen kommen konnte, hatte er auch schon das schöne Haupt der Kaisermörderin an den herabwallenden schwarzen Haaren gepackt, und es daran hinab ziehend, schlug er mit einem einzigen Streich seines scharfen Schwertes den mit funkelnder Krone geschmückten Kopf ab, daß das Blut in das Verließ am Boden strömte, das Verließ, in dem es von Gold und funkelndem Gestein strahlte und blitzte.

In der Erregung dieser wenigen Sekunden ward es dem Bussard noch nicht klar, daß er hier vor einer geheimen, verborgenen Schatzkammer stand. Das blutende Haupt der Viper noch in der Linken, war's ihm, als hörte er im Haus ein Geräusch wie von nahenden Schritten. Da warf er den von der Krone fest umspannten Kopf hinein in die Versenkung, stieß mit dem Fuß den noch zuckenden Körper nach, und den Deckel zuwerfend, vernahm er wie das Einschnappen einer Feder hinter sich, und sich rasch umwendend, sah er die eiserne Schutzstange vor der Feuerstelle des Kamins grade noch mit ihren Trägern in ihre ursprüngliche Stellung zurückschnappen.

Der Bussard verließ den Palast der Crescenti ebenso unbehelligt wie er ihn betreten. Auf der Gasse draußen war kein Mensch zu sehen, so daß ihm noch Zeit blieb, neben dem Portal das Merkzeichen, ein Andreaskreuz, mit seinem scharfen Dolch einzuritzen. Und ehe noch die Sonne des Wintermorgens blutigrot im Osten emporstieg, hatte Friedreich Bussard schon das Weichbild der Stadt der säugenden Wölfin hinter sich, im Gefolge des Trauerzuges, der die Leiche Kaiser Ottos III. über die Alpen nach Aachen geleitete.«

»Damit«, schloß Tante Marianne ihren Bericht, »ist für dich, lieber Heinz, das Rätsel der vierten Frage im Ritual unsres Ahnherrn erklärt. Die fünfte Frage ›Wo ist der Schatz zu finden?‹ wird sich besser wohl dahin fassen lassen: ›Wo *war* er zu finden‹. Die Kirche, die dem Friedreich zum Wegweiser diente, steht vielleicht noch am alten Platz; ob aber das Haus des ›Wachsenden Mondes‹ noch existieren sollte, ist schon mehr als nur fraglich. Der Vater des Johannes Crescentius, der nebenbei in der Kirche Santa Sabina auf dem Aventin begraben wurde, besaß einen großen, burgähnlichen Palast im Herzen Roms; der zweite Sohn des letzteren baute sich ein anderes Haus unweit des ehemaligen Herkulestempels, der heut noch, in die Kirche Santa Maria Egyziaca umgewandelt, am Ufer des Tiber steht. Dieses Haus des Niccolo Crescentius, kenntlich an den in die Straßenfront eingemauerten Skulpturfragmenten, wurde noch bis in die neueste Zeit, und sogar von den Reisebüchern, fälschlicherweise als das Haus des Rienzi bezeichnet. Der letzte Tribun Cola Rienzi hat es aber nie besessen, nie bewohnt; die Verquickung beider Vornamen miteinander hat zu dem Irrtum geführt. Von Römern wurde dieses Haus oft als ›Palast des Pilatus‹ bezeichnet, und haben römische Archäologen auch bestätigt, daß Niccolo Crescentius seinen Palast auf der Stelle erbaute, wo der des römischen Landpflegers in Judäa unter der Regierung des Kaisers Tiberius, Pontius Pilatus, gestanden, der unsern Heiland ans Kreuz schlagen ließ. Das Geschlecht der Crescenti ist im Mannesstamm erloschen, nachdem es als das wohlbekannte Haus der Cenci bis ins neunzehnte Jahrhundert geblüht. Es lebt aber in den Namen der Grafen Cenci-Bolognetti, Fürsten von Vicovaro und der Marchesi Serlupi-Crescenci weiter, ein Denkmal römischer Vergangenheit.«

»Soviel zur Vorgeschichte!« fuhr Windmüller fort. »Der Fund des Rituals Friedreichs vom Tannenhorst, genannt der Bussard, hatte dann ein Nachspiel in unsern Tagen. Den Finder ließ nämlich der Hinweis auf den Schatz im Hause des ›Wachsenden Mondes‹ nicht schlafen. Nun ja, er hätte ihn sehr gut brauchen können, das verrottete Dach über seiner Burg zu flicken. Was Tante Marianne erzählt, hätte er ohne den Fund des Rituals einfach für eine Familiensage gehalten, ausgeschmückt im Laufe der Jahrhunderte, denn wer hatte gesehen, konnte es bezeugen, daß alles sich so zugetragen? Aber der schriftlich und eigenhändig abgefaßte, von ihm selbst unterschriebene Hinweis auf den Schatz von der Hand des Mannes, des Zeugen der Kaisertragödie, hatte den Wert einer Urkunde und durfte unbedingt geglaubt werden. Gewiß konnte das Haus des ›Wachsenden Mondes‹ längst niedergerissen sein, einem andern Platz gemacht haben, und wer dann den Schatz erobert, mochte der Himmel wissen. Andrerseits jedoch, argumentierte Heinz Bussard, konnte das Haus ebensogut noch stehen, wie weit ältere Gebäude in Rom, die allen darüber hingebrausten Stürmen getrotzt. Ergo: warum sollte man nicht einmal nach Rom reisen und selbst sehen, ob – – –

Jawohl, ›ob‹ und ›vielleicht‹ sind zwei kleine Wörtlein, die so manchen schon als Irrlichter gelockt, ihn entweder in einen Sumpf geführt oder in dürres Heideland bis vor die Warnungstafel: Hier ist's zu Ende! Sieh zu, wie du dich auf sicherem Wege wieder zurückfindest und mit deiner Enttäuschung fertig wirst!

Wenn sich in das Gehirn eines von Charakter zähen Menschen der Bazillus einer Idee eingekapselt hat, dann sind schon mehr als Vernunftgründe, sind Tatsachen notwendig, ihn davon zu heilen. Heinz Bussard reiste also mit ›ob‹ und ›vielleicht‹ nach Rom, wo er eines schönen Abends ankam. Dort stieg er in einem ihm empfohlenen Hotel nahe dem Pantheon ab, schlief daselbst vortrefflich und träumte, daß er im Hause des ›Wachsenden Mondes‹ nächtige – ahnungslos, daß ihn kaum ein paar hundert Schritte davon trennten. Am nächsten Morgen schon ging er auf die Suche, nachdem er beim Frühstück schon das Glück gehabt, neben einer deutschen Dame zu sitzen, die, wie sie versicherte, Rom in- und auswendig kannte. Da hatte er sie gefragt, ob ihr eine Kirche bekannt sei, geweiht einem Heiligen, der nicht nur ein Märtyrer, sondern auch ein Feldherr und Jägersmann gewesen, und nach kurzem Nachdenken nannte sie ihm den Namen der Kirche, die er auf dem Plan der Stadt Rom auch sofort fand. Die Straße aber, die er dahinter suchte, wie es das Ritual gebot, trug sogar den Namen des ›Wachsenden Mondes‹; und bald stand er in der engen Gasse, eingefaßt von einer doppelten Reihe alter, ziemlich verwahrlost aussehender Häuser, von denen das eine mit seinen schwervergitterten Fenstern des Erdgeschosses und des Mezzanin fast einem Gefängnis glich. Neben dem weitoffnen Portal, durch das man jenseits einer hohen, öden und schmutzigen Halle in einen engen Hof mit Zisterne sehen konnte, stand Heinz Bussard klopfenden Herzens still, denn in einem der Steine des Rustikaunterbaues war roh ein Andreaskreuz eingeritzt. Das konnten unnütze Bubenhände mal getan haben, unlängst vielleicht erst oder auch vor Jahren – immerhin – – Und ein wenig höher darüber hing an einem Nagel eine Papptafel, darauf zu lesen stand, daß im ersten Stock möblierte Zimmer zu vermieten seien.

Heinz Bussard dachte sich, daß es schon ein sonderbarer Heiliger sein müßte, der Lust haben sollte, in dieser engen Gasse zu wohnen; nun, aber schließlich könnte man sich die Zimmer mal unverbindlich ansehen, und mit dieser Einschränkung überschritt er auch schon die Schwelle des Hauses, stieg eine endlos hohe Treppe hinan zum ersten Stock, bis er vor einer Tür stand, an welcher abermals eine Tafel hing mit der Anzeige, daß hier möblierte Zimmer zu vermieten seien, und darunter der Name R. Larena. Einen Moment zögerte er vor dieser Tür, die augenscheinlich in einen, dem saalähnlichen, großen Vorplatz eingebauten hölzernen Verschlag führte, bevor er die daneben hängende Bimmelglocke zog, deren schriller Ton eine ungekämmte, dicke Frau in einer Nachtjacke herbeirief, welche bestätigte, daß sie die Sora Larena und Vermieterin der Zimmer sei. Sie habe deren zwei zu vergeben, ein sehr schönes, großes und ein kleines, und würde dem Herrn gern zuerst das große zeigen, weil es ganz signorile sei. In dem als Vestibolo gedachten Verschlage roch es stark nach den Ingredienzien einer Minestra[31], der Geruch des Kohls vorherrschend, und in der Tat brodelte dieses Gericht auf einem Gasofen in einer Ecke des Verschlages, der also zugleich auch als Küche diente. Nachdem die dicke Frau in Strohpantoffeln, die große Löcher in den Strümpfen sehen ließen, zu dem Gasofen gelatscht und dessen Flamme abgedreht, winkte sie dem entgeistert zuschauenden Heinz Bussard und führte ihn in ein allerdings saalartig großes Zimmer, das sein Licht durch eine ganze Reihe durch Säulen getrennter Spitzbogenfenster empfing. Die mehr angedeutete Einrichtung dieses Raumes entbehrte zwar der Übereinstimmung des Stils, aber der Allgemeineindruck war doch der der Sauberkeit. Das erste, worauf Bussards Blick fiel, war ein riesiger Kamin, in dessen konisch bis zur Decke aufragendem Mantel ein antiker Medusenkopf mit Schlangenhaaren eingemauert war, und vor dem Kamin lag eine in den Fußboden eingelassene Marmorplatte. Mehr noch: Vor der Feuerstelle war zum Schutz gegen herabfallendes, brennendes Holz eine eiserne Stange gelegt, die auf beiden Seiten auf eisernen Trägern ruhte.

Heinz Bussard glaubte zu träumen, als er diesen in dem Ritual so genau beschriebenen Kamin erblickte. Er sah in dem Zimmer weder die eiserne Bettstelle, noch den wackligen Waschtisch mit dem spucknapfgroßen Waschbecken und dem Wasserkrug von der Größe eines Milchtopfes, sah nicht den zersprungenen Spiegel, nicht das harte, mit schreiend buntem Kattun bezogene Sofa und davor den rohen Tisch, über den eine Decke mit aufgedruckter Ansicht der Engelsburg lag, sah nicht die gestrichene Kommode, auf welcher zwischen zwei Wachsblumensträußen unter Glasstürzen eine elende Petroleumlampe mit zerbrochenem Zylinder stand – er bemerkte nicht einmal den schön eingelegten, riesigen Kleiderschrank, der in dieser Gesellschaft der berühmten Säule glich, die ›von verschwundener Pracht zeugte‹. Etwas atemlos versicherte er der unter ihrem imposanten schwarzen Schnurrbart lieblich lächelnden Padrona, daß dieses Zimmer ihm sehr gefalle, daß er gleich sein Gepäck holen wolle, um sofort seinen Einzug zu halten. Er zahlte den geforderten Preis glatt für eine Woche in voraus und stolperte wie trunken die endlose Steintreppe hinab, indem er sich selbst versicherte, ›daß ein junger Mensch nun einmal Glück haben müsse!‹ Um es kurz zu machen: Er brachte die nächsten Tage und Nächte damit zu, den Schmutz aus den Ritzen um die Marmorplatte vor dem Kamin mit einem sehr dünnen Messer möglichst unauffällig herauszukratzen und mit größter Geduld und Zähigkeit die Träger der Eisenstange vor der Feuerstelle vom Rost zu säubern und zu ölen; denn daß diese Träger tatsächlich Scharniere waren, die mit der Stange bewegt werden mußten, um damit den Mechanismus in Gang zu setzen, der die Marmorplatte zu heben hatte, war für ihn ganz ausgemacht. Ausdauer führt ja meist zum Ziel, und so erreichte es Heinz Bussard auch wirklich, daß die Stange unter vorsichtigster Anwendung seiner Kräfte sich zu bewegen begann. Aber es verging unter dieser Arbeit eine volle Woche, und die nächste ging schon ihrem Ende zu, als seine Bemühungen eines Nachts belohnt wurden. Mit einem schrillen Kreischen, das aber dadurch gedämpft ward, daß es unterirdisch tönte, ließ die Stange sich nach vorn ziehen, und die Platte klappte auf wie der Deckel eines Kastens, eine Vertiefung freilegend, in der schwarz angelaufene Gefäße und Schatullen lagen, und – wie es im Liede heißt:

> Da lagen weiße Gebeine,
> Eine goldene Krone dabei –

Die Gebeine aber, bedeckt mit einem bläulichen Film, der in der eindringenden Luft in Staub zerfiel, lagen zusammengekrümmt, und zu ihren Füßen ein Totenkopf, der eine phantastisch große Krone trug, wie man sie auf den Mosaiken byzantinischer Kaiserinnen sehen kann – eine Krone, aus der hie und da im Licht der Kerze, mit der Bussard hineinleuchtete, ein grüner, roter und blauer Stein aufblitzte. Und die weißen Gebeine lagen auf einem schwarzroten vermodertem Untergrund – – –

Es wäre dem ›glücklichen‹ Finder des Schatzes glattweg unmöglich gewesen, auch nur einen der in der Vertiefung liegenden Gegenstände zu berühren. Einmal zuckte ihm die Hand, hinabzulangen, und da war's ihm, als züngelte der dreieckige Kopf einer Viper aus einer der Augenhöhlen des gekrönten Schädels auf ihn zu. Das war ja natürlich nur eine Einbildung, aber sie war so lebendig, daß er grausend die Hand zurückzog, die Marmorplatte über die Gruft der schönen Stefania de' Crescenti hinabfallen ließ und damit seinen Traum von dem Schatz seines Ahnherrn Friedreich endgültig begrub.«

Die Fürstin Campoverde schüttelte sich wie unter einem Frostschauer, als Windmüller geendet und sah besorgt ihren Bruder an, der zwar gespannt zugehört, dabei aber so auffallend blaß, ja verfallen aussah, wie kaum zuvor. Dem Blick seiner Schwester begegnend, trank er hastig seinen kaltgewordenen Kaffee aus und sagte mit schwerer Zunge:

»Das ist unmöglich! Eine Viper hätte in dem hermetisch geschlossenen Loch so lange nicht leben gekonnt.«

»Aber Mario – natürlich nicht!« rief die Fürstin. »Der Herr Admiral hat doch nur gesagt, daß es eine Einbildung war, eine ganz verständliche Ideenassoziation, weil der Rächer die Kaisermörderin eine Viper genannt.«

»Und außerdem liegt der Schwerpunkt der Erzählung doch nicht in der Empfindung des Schatzsuchers, sondern in diesem Beispiel für die Existenz solcher verborgener, im Lauf der Zeit vergessener Kostbarkeiten«, sagte der Capitano sachlich. »Gewiß mag noch viel davon in Roms alten Mauern versteckt ruhen. Glücklich der Finder, der es ruhig nehmen kann, ohne von Dingen, wie dieser Herr Bussard sie fand, abgestoßen zu werden. Freilich wird wohl nicht jeder so zartfühlend sein wie er, denn Gold ist Gold. ›Non olet‹ hat schon der Kaiser Vespasian gesagt. Man könnte sogar Fälle anführen, wo Leichen und Skeletten in ihren Särgen Geschmeide abgenommen und ohne Gewissensbisse getragen wurden. Wissen wir zum Beispiel woher die Steine im Schmuck der Caterina Cornaro stammen, der unsres Hauses größter Schatz ist?«

»Nun, was man nicht weiß, braucht einen nicht heiß zu machen«, meinte die Fürstin lachend. »Ich für mein Teil glaube ganz und gar nicht an die Geschichten vom unheilvollen Einfluß edler Steine, an denen Mord und Totschlag klebt, würde mit Seelenruhe die Juwelen aus der byzantinischen Krone der schönen Viper tragen. Trägt man doch auch Ringe, die jemand bei seinem Tode noch an der Hand gehabt. Übrigens apropos unseres Familienschmuckes: Mario, zeige ihn doch dem Herrn Admiral! Ich selbst würde ihn gern einmal wiedersehen.«

Der Conte sprang von seinem Stuhl auf und schlug mit der Faust auf den Tisch.

»Ich habe Onkel Ubaldo bereits gesagt, daß ich den verd . . . . . Schmuck nicht zeigen kann, weil das Schloß des Tresors verdorben ist!« rief er mit ungerechtfertigter Heftigkeit. Ruhiger setzte er hinzu: »Das Hindernis liegt am Schlüssel, an dem sich einer der Zähne des Bartes abgesplittert hat. Ich habe den Schlüssel zur Reparatur an einen Mechaniker in – in Venedig geschickt; ehe ich ihn nicht wieder erhalte, kann ich den Tresor einfach nicht öffnen.«

Und etwas wie eine Entschuldigung für seine Heftigkeit murmelnd, verließ der Conte das Zimmer.

Windmüller aber dachte: ›Wenn man einem Menschen eine Lüge an der Nase ansehen kann, so ist's bei diesem Conte der Fall. Mit anderen Worten: Ich bin überzeugt, daß seine Frau den Schmuck mitgenommen hat; aber eine innere Überzeugung ist noch keine Gewißheit, und die brauche ich zur Verfolgung dieser wichtigen Spur.‹

»Der arme Mario ist wirklich mit seinen Nerven total fertig, wenn solch eine Geringfügigkeit ihn schon in Aufregung versetzt«, sagte die Fürstin besorgt, indem sie Windmüller die Kaffeetasse noch einmal füllte. »Sie können den Schmuck aber dort auf dem Bilde unsrer Ahnfrau bewundern, Herr Admiral. Freilich ist das so, als ob man Ihnen zumuten wollte, über dem Öldruck nach einem Gemälde von Raffael in Entzücken zu geraten. – Du nimmst doch auch noch ein Täßchen, Onkel?«

Der Capitano dankte, stand auf und Windmüller mitteilend, daß er ihn in seinem Zimmer finden würde, falls er ihn sprechen wolle, entfernte er sich auch.

»Nein, bleiben *Sie* wenigstens noch, und leisten Sie mir Gesellschaft, Herr Admiral!« bat die Fürstin, als Windmüller Miene machte, dem Capitano zu folgen. »Wenn man so wie ich, nur auf einen Katzensprung zu Besuch gekommen ist, dann vergeht einem die Zeit ohne die gewohnten Beschäftigungen schrecklich langsam. Mein Bruder ist einfach ungenießbar, auch Onkel Ubaldo, zwar lieb und gut wie immer, will nicht recht aus sich heraus. Darum freut es mich doppelt, daß ich Sie hier angetroffen habe, denn ich bin nun einmal ein geselliges Tierchen, dem es gar nicht liegt, mit den Händen im Schoß Trübsal zu Familienangelegenheiten zu blasen. Dabei kommt nichts heraus. Mein Sprüchlein darüber habe ich frei von der Leber weg gesagt und muß nun warten, wozu Onkel Ubaldo sich entscheiden wird. Wollen wir vielleicht später eine Gita[32] in meinem Auto machen? Über den Korso zur Musik auf den Pincio fahren?«

Windmüller lag gar nichts daran, sich in seiner Verkleidung neben der Fürstin bei der großen Parade des nachmittäglichen Korsos, zu den Klängen einer Militärkapelle auf dem Pincio zu zeigen. Er bedankte sich zwar gebührend für die dem Herrn Admiral zugedachte Ehre, wandte aber ein, daß er die Annahme doch wohl von seinem Gastfreunde abhängig machen müsse (dem er die Ablehnung schon noch soufflieren würde), und da ihn, allein mit der ihm sehr sympathischen Fürstin, wieder die Spannung einer ihm noch ungreifbaren Erwartung überkam, so machte er den gemalten Schmuck auf dem Bildnis der Dame über der abgeschrägten Ecke des Speisesaals zum Gegenstand einer kleinen kunsthistorischen Abhandlung über Juwelierkunst und knüpfte daran die Bemerkung, daß einem der schönste und kostbarste Schmuck nichts nützen könne, wenn der Schlüssel fehle, dazu zu gelangen.

»Ja, und wenn der Tresor, der ihn birgt, nur einer einzigen Person zugänglich ist«, sagte die Fürstin lachend. »Unser Tresor ist nämlich ein Familiengeheimnis, von dem vorausgesetzt wird, daß es ausschließlich vom Vater auf den Sohn vererbt wird, keinem andern Mitglied des Hauses aber auch nur ahnungsweise bekannt werden darf, wie und wo der Tresor zu finden ist. Übrigens ist darin auch nicht alles, was man unter ›Schatz‹ versteht – Reliquienkammer wäre dafür die richtigere Bezeichnung. Mein Vater hat uns in einer schwachen Stunde einmal erzählt, was alles dieser geheime Tresor enthält. Aus eigner Anschauung habe ich außer dem berühmten Schmuck einige prachtvolle goldene Schaugefäße gesehen, die bei feierlichen Gelegenheiten vom Chef des Hauses höchstselbst ans Tageslicht geschleppt werden zur Zierde der Galatafel, aber was da sonst noch pietätvoll aufbewahrt wird, bleibt schon besser verborgen. Zum Beispiel heben wir gleich einem Schatz ein Richtbeil auf, mit dem vor dreihundert Jahren einer unserer Vorfahren auf dem Platz vor Tor' di Nona laut unserer Überlieferung unschuldigerweise vom Leben zum Tode befördert wurde, ›damit die unserm Hause angetane Schmach nicht vergessen wird‹. Zum Glück ist sie aber doch so gut wie vergessen worden, denn wer sieht denn den Zeugen, wenn doch der Tresor, in welchem er aufbewahrt liegt, dauernd verschlossen ist und ein Geheimnis bleiben muß? Außerdem sind mehr denn dreihundert Jahre eigentlich genug, um derartiges endlich vergessen zu dürfen. Aber nicht nur das Beil, mit dem der arme Mensch geköpft wurde, wird von uns aufbewahrt – nein, auch sein dem Henker abgekaufter Kopf liegt einbalsamiert in einem mit Leder bezogenem Bleikoffer in dem Tresor, in Gesellschaft mit noch sonstigen grausigen Reliquien, deren Verzeichnis uns mein Vater einmal zu Nutz und Frommen vorlas.‹

»Es ist kulturgeschichtlich interessant, worauf frühere Generationen Wert legten«, sagte Windmüller. »Dahin gehört auch, daß in solch' alten Familien wie die Ihrige, Altezza, das Geheimnisvolle ihrer Überlieferungen immer noch eine große Rolle spielen. Es hat aber seine Berechtigung, einen Tresor geheim zu halten; aber Sie bemerkten, daß die Geheimhaltung des Ihrigen nur *vorausgesetzt* wird, was mich darauf schließen läßt, daß auch außer dem Chef des Hauses noch andere Familienmitglieder darum wissen.«

Jetzt lachte die Fürstin hell heraus.

»Sie haben scharfe Ohren, Herr Admiral, das muß ich sagen! Die Sache ist aber ganz in Ordnung; weder der Onkel Ubaldo hat eine Ahnung, wo der Tresor sich befindet, noch mein jüngerer Bruder, auch meine Mutter wußte es nicht, ebensowenig meine leider so spurlos verschwundene Schwägerin. Nun ja, es könnte aber sein, daß jemand, ohne es gewollt zu haben, hinter das Geheimnis gekommen ist, sich aber wohl hüten wird, mit seiner Wissenschaft hausieren zu gehen.«

»Oh, ich bin ganz überzeugt davon, daß auch weibliche Wesen schweigen können«, versicherte Windmüller, ein Auge zukneifend, und wieder lachte die Fürstin wie ein auf einem Lausbubenstreich ertapptes Kind laut auf.

»Weh mir, ich bin erkannt! Damit Sie aber nicht etwa glauben, daß ich spioniert habe – die Sache kam so: Ich war noch eine recht dumme, unnütze Ragazza von fünfzehn Jahren und aus dem Institut daheim zu den Weihnachtsferien. Eines Tages hatten meine Eltern Gäste zum Pranzo eingeladen, nur wenige Personen, für die der kleine Speisesaal genügte. Ich wurde, als noch nicht erwachsen, brav zu Bett geschickt, aber statt zu schlafen, dachte ich an die köstlichen Süßigkeiten, die ich in silbernen Schalen auf der Tafel bewundert hatte, herrliche Dinge, von denen ich nichts bekam, weil meine Mutter die irrige Ansicht hatte, daß Zuckerzeug schädlich für junge Mägen und Zähne sei. Unter diesen guten Sachen aber wußte ich eine Schale voll Nougatstangen, für die ich eine besondere Schwäche hatte und offen gesagt, heut noch habe; und da kam mir der Gedanke, einfach zu mausen, was mir nicht gutwillig gegeben wurde. Gedacht, getan! Ich schlüpfte aus dem Bett in meinen Schlafrock und in ein paar warme, weiche Filzpantoffeln, und nachdem ich berechnet, daß unsre Gäste bereits im Teezimmer neben dem Ballsaal sitzen mußten, die Tafel schon abgeräumt war, stahl ich mich leise die Treppe hinab und in den kleinen Speisesaal, ohne jemand zu begegnen, und fand zu meiner Wonne, wie erwartet, die Schalen mit dem Konfekt auf dem Büfett stehen. Ehe man bis drei zählen konnte, hatte ich eine der kleinen Nougatstangen schon verzehrt und langte grade nach einer zweiten, als ich Schritte ganz in der Nähe hörte, die mich schnell wie der Wind hinter den schweren Stoffvorhang eines der Fenster trieben, wo ich so gut wie sicher war, ungesehen und unentdeckt zu bleiben. Ich war auch nicht einen Augenblick zu früh hinter dem Vorhang verschwunden, als zu meinem grenzenlosen Erstaunen eines der deckenhohen Bilder wie eine Tür aufging und wie aus dem Boden gewachsen, mein Vater daraus hervortrat, in der Hand eine Laterne und das mir so wohlbekannte rote Maroquinetui mit dem Schmuck der Caterina Cornaro, den er jedenfalls unsern Gästen zeigen wollte. ›Klick!‹ fiel das Bild hinter meinem Vater wieder in sein unsichtbares Schloß, er stellte die Laterne weg und ging mit dem Etui in die Gesellschaftszimmer, ich aber verschwand eilends unter Mitnahme einer Handvoll Nougatstangen, die ich im Bett verzehrte, so daß ich am folgenden Tag unbegreiflich appetitlos und mieserig war. Nun, da ich im Rechnen nie eine schlechte Note hatte, so addierte ich mir zwei und zwei zusammen, das heißt, ich wußte nun, wo der geheime Tresor sich befindet, aber ich darf ehrlich sagen, daß ich niemals versucht habe, einzudringen, und keiner Seele von meiner Entdeckung etwas gesagt habe. Nicht einmal dem guten Onkel Ubaldo, der immer der sehr nachsichtige Vertraute meiner dummen Streiche war. O nein – ich bin eine Pavonazetti und weiß ein Familiengeheimnis zu hüten«, schloß sie mit einem sehr anmutigen Aufwerfen des nicht schönen und doch so reizenden Kopfes.

»Davon bin ich fest überzeugt«, pflichtete Windmüller im Brustton der Überzeugung vollkommen ernsthaft bei, lenkte das Gespräch dann geschickt auf ein andres Thema und wartete geduldig bis die Fürstin die Sitzung aufhob, er entlassen ward.

Windmüller stieg in sein Zimmer hinauf, ohne zuvor bei dem Capitano anzuklopfen, denn es galt nun zu überlegen, ob er ihn ins Vertrauen ziehen sollte.

›Das also war's, was ich von dieser charmanten Fürstin zu erwarten hatte!‹ resümierte er. ›Mit der größten Harmlosigkeit von der Welt und ohne auch nur eine blaße Ahnung davon zu haben, hat sie mir den Weg gezeigt, auf dem ich mit nur ein wenig Geschicklichkeit und Glück feststellen kann, ob die Contessa *mit* dem Schmuck entflohen ist, den ich für die sicherste Spur zu ihrer Wiederfindung, so oder so, halte. Gut also! Wo der Weg zu finden ist, wüßte man nun, aber wie wird es möglich sein, ihn zu betreten? Ohne ertappt zu werden, heißt das! Verschlossene Türen und alte Schlösser sind kein Hindernis, denn ich war so weise, für alle Fälle mitzunehmen, womit solche Hindernisse zu beseitigen sind; aber das bleibt doch immer eine kitzliche Sache, weil man erstens nie wissen kann, was sich einem sonst noch in den Weg stellt, und zweitens, ob dem Eindringling nicht Fallen gestellt sind, die einem eine eklige Schlinge um den Hals legen. – Nun, das muß eben riskiert werden, dagegen hilft kein Wenn und Aber. Ein Gehilfe, der, um in der Diebssprache zu reden, ›Schmiere steht‹, wäre wünschenswert; den Pfifferling dazu herzuzaubern, ließe sich nur unter dem Vorwand, daß mein Diener mir hierher nachgefolgt ist, machen, aber dazu ist es schon zu spät, denn die Zeit drängt; außerdem wäre es sehr fraglich, ob der Conte geneigt sein würde, so einen fremden Menschen ins Haus zu lassen. Dazu müßte auch der Capitano eingeweiht werden, was ich denn doch lieber vermeiden möchte; denn gesetzt auch, er versagte mir seine Hilfe dazu nicht, so will ich den guten Kerl doch nicht dazu verführen, mehr hinter dem Rücken seines Neffen zu tun, als er schon in bester Absicht für die Ehre seines Hauses riskiert hat. Auch kann ich nicht beurteilen, wie weit er hierin gehen will und kann. Schließlich aber habe ich allein und auf eigne Faust schon vielleicht wesentlich gefährlichere Unternehmungen vollbracht und weiß, daß es immer das beste und sicherste ist, mich auf mich selbst zu verlassen. Ich *muß* wissen, ob die Contessa den Schmuck mitgenommen hat. Ohne Geld, ohne Mantel hinausgestoßen auf die Straße, würde sie gezwungen worden sein, den Schmuck zu verkaufen oder Geld darauf zu leihen, um weiter zu kommen, sich entsprechend neu zu kleiden – falls das Juwel ihr nicht gewaltsam entrissen wurde. In beiden Fällen wäre es der Start für die Jagd. So, und nun bleibt mir nur, meine Zeit mit soviel Geduld abzuwarten, als das Jagdfieber mir erlaubt.‹

Soweit mit sich im reinen, klopfte Windmüller bei dem Capitano an und fragte ihn, ob es sich machen ließe, ihn eventuell bis zum übernächsten Morgen zu beherbergen, was der letztere sofort bejahte, denn er habe seinem Neffen vorweg gesagt, er hoffe den ›Admiral‹ für mehrere Tage in Rom zurückzuhalten.

»Ihre Anfrage läßt mich vermuten, daß Sie tatsächlich hier auf eine Spur gestoßen sind«, setzte er neugierig hinzu.

»Nun, ich möchte Ihre Vermutung, ohne sie direkt abzulehnen, dahin moderieren, daß ich hoffe, die Spur einer Spur gefunden zu haben«, erwiderte Windmüller mit leisem Lächeln. »Ich bin ein vorsichtiger Fechter, gebe daher unumwunden niemals etwas zu, bevor ich meiner Sache nicht sicher bin.«

»Verstehe!« nickte der Capitano. »Was aber sage ich meiner Nichte, wenn sie morgen fragt, ob ich gemeinsame Sache mit ihr machen will?«

»Oh, sagen Sie vorläufig ruhig ja! Hals über Kopf läßt die Sache sich ohnehin nicht zur Ausführung bringen, und außerdem will die Fürstin Ihre Antwort erst haben, wenn sie morgen abend von Viterbo zurückkehrt. Oh, fast hätte ich vergessen, daß die Fürstin mit uns eine Spazierfahrt zu machen wünscht. Es liegt mir aber gar nichts daran, mich öffentlich in Ihrer beider Gesellschaft zu zeigen, denn wir könnten doch Leuten begegnen, die den Admiral kennen, ihm womöglich erzählen oder schreiben, daß sie ihn hier mit der Fürstin Campoverde und Ihnen spazierenfahren sahen, was entschieden fatal wäre. Man kann nie wissen, wie und wo der Teufel die Hand im Spiel hat, und darum bitte ich Sie, etwas auszuhecken, das diese Spazierfahrt verhindert.«

»Hm – wenn meine Nichte sich etwas in den Kopf gesetzt hat, ist es sehr schwer, sie davon abzubringen«, meinte der Capitano kopfschüttelnd. »Lieb wie ich Teresa habe, wäre es besser gewesen, wenn sie nicht so aus dem Stegreif grade jetzt hergekommen wäre –«

»O nein, sagen Sie das nicht!« fiel Windmüller ein. »Im Gegenteil, das unvermutete Erscheinen Ihrer charmanten Frau Nichte war für mich und mein Ziel von der allergrößten Bedeutung. Ich kann Ihnen das zur Stunde noch nicht erklären, weshalb ich bitten muß, mein Wort dafür gelten zu lassen. Nur diese Gita paßt mir nicht, darum –«

In diesem Moment klopfte es an, und die Fürstin trat, nein, wirbelte herein und fragte, noch in der Tür, ob sie jetzt das Auto zur Spazierfahrt bestellen sollte.

»Ach, liebe Teresa«, sagte der Capitano prompt, »sei mir nicht böse, aber offen gesagt, ich mache mir gar nichts daraus, diese hübschen, kühlen Räume mit Staub und Hitze draußen zu vertauschen. Der Korso auf dem Pincio war immer für mich der Inbegriff der Stumpfsinnigkeit, und auf einer Landstraße dahin zu rasen, Staub zu schlucken –«

»Nun, dann bleibe nur daheim, du lieber alter Brummbär und Stubenhocker!« fiel die Fürstin ein. »Ich werde also mit dem Herrn Admiral allein ausfahren –«

»So? Arrizzi ist zu *mir* gekommen, und nun willst du ihn mit Beschlag belegen?« rief der Capitano scheinbar empört. »Wir wollen ihn aber nicht erst in Verlegenheit bringen, ihn zu fragen, was ihm lieber ist, denn natürlich müßte er sich doch schon aus Höflichkeit dir zur Verfügung stellen. Wie wär's mit einem Kompromiß, das heißt einer Partie Whist mit Strohmann in meiner Bude, falls Mario nicht etwa Lust hätte, der vierte im Bunde zum Bridge zu sein.«

»Da bin ich allemal dabei!« versicherte die Fürstin begeistert. »Warte mal, ich gehe gleich hinüber, ihn zu fragen!«

Und schon sauste sie davon.

»Ich fürchte, Teresa wird sich für meinen dummen Vorschlag einen Korb holen«, seufzte der Capitano. »Bei dem Gemütszustand meines Neffen, dürfte er schwerlich aufgelegt sein, Bridge zu spielen.«

»Macht nichts! Auch ein Whist mit Strohmann ist besser, als die Spazierfahrt«, sagte Windmüller befriedigt. »Ich bin zwar kein begeisterter Kartenspieler, aber auch diese Fertigkeit gehört zu den Requisiten meines Berufes, und da mir der Rest dieses schönen Tages zum beliebigen Totschlagen zur Verfügung steht, so kann ich ihn gern dazu benutzen, meinen liebenswürdigen Gastfreunden das Geld abzunehmen.«

Zur Überraschung der beiden Herren aber war der Conte gleich bereit, der vierte beim Bridge zu sein; vielleicht aus Rücksicht für den ›Admiral‹ und gewissermaßen als Entschuldigung für sein Aufbrausen im kleinen Speisesaal, oder aber, weil ihm selbst die kleine Zerstreuung zur Ablenkung seiner Gedanken gelegen kam. Mochte dem sein, wie ihm wollte – er kam mit seiner Schwester zusammen in das Zimmer seines Onkels, und bald saßen die vier an einem rasch abgeräumten Tisch und spielten Bridge wie ums liebe Leben bis es Abend und Zeit zum Pranzo wurde.

Für Windmüller waren diese Stunden immerhin eine Geduldsprobe, wennschon er auch darin geübt war, die ödesten, sogenannten Zeitvertreibe im Beruf über sich ergehen zu lassen, wozu auch das Kartenspiel gehörte, das ihm oft schon dienen gemußt. Spieler, die im Verdacht des ›corriger la fortune‹ standen, zur Strecke zu bringen. Diese unangenehme Aufgabe fiel ja wohl hier fort und damit auch die Würze; denn er konnte nicht um die Welt den Reiz begreifen, der eingefleischte Spieler mit einer Ausdauer, die einer besseren Sache wert war, stundenlang um eines elenden Gewinns wegen die Beine unter den Tisch zu stecken befähigte. Leute, die den Gewinn nicht nötig haben, entschuldigen ihre Leidenschaft mit der Geschicklichkeit, die das Spiel erfordere; letzten Endes aber bleibt der Gewinn doch die eigentliche Triebfeder, denn warum würden auch solche Spieler allemal niederträchtig schlechter Laune, wenn sie verlieren? Jeder Spieler will gewinnen, man kann's drehen wie man will.

Alles geht einmal vorüber; auch die Tretmühle einer stundenlangen Bridgepartie muß schließlich ein Ende haben. Jedenfalls aber hatte sie bewirkt, daß der Conte davon angeregt wurde, namentlich da er gewann, und er bewies dabei, daß er eigentlich ein recht angenehmer Mensch war. Hätte Windmüller ihn nicht in dem dringenden Verdacht gehabt, seine Frau, im Zorn oder bei kaltem Blut, auf die Straße geworfen zu haben, so hätte er ihn wohl nur für körperlich leidend gehalten, nicht aber seelische Verstörtheit als Hauptursache für sein Verhalten angenommen, wennschon ja auch ihre *freiwillige* Entfernung Grund genug für beides sein konnte. Psychologisch unerklärbar blieb für Windmüller nur, daß der Conte sich standhaft weigerte, alle Hebel in Bewegung zu setzen, die Verschwundene wiederzufinden. Wenn man schon nach einer Erklärung dieser Unbegreiflichkeit suchen wollte, dann konnte man höchstens zu dem Schlusse gelangen, daß der Conte einer von jenen war, die es einfach nicht über sich bringen, ein begangenes Unrecht einzusehen, geschweige denn einzugestehen, und ehe sie das tun, lieber sich und den andern Teil zugrunde richten.

Anschließend an die Bridgepartie war der Conte auch beim Pranzo unerwartet gesprächig – fieberhaft gesprächig, wie Windmüller fand, dem die langen Tiraden, mit denen der Herr des Hauses seine Tischgenossen überschüttete, nachgerade auf die Nerven gingen. Darum war er froh, als die Fürstin sich mit der Entschuldigung einer sie plötzlich überwältigenden Müdigkeit zu einer für römische Begriffe verhältnismäßig frühen Stunde zurückzog, indem sie versicherte, ›wie ein Murmeltier‹ schlafen zu wollen. Damit schien auch die künstlich aufgepeitschte Lebhaftigkeit des Hausherrn ihren Höhepunkt überwunden zu haben, denn er erschien nicht wieder, nachdem er seiner Schwester das Geleit zu ihren Gemächern jenseits des großen Speisesaals gegeben. Da gab Windmüller dem Capitano den guten Rat, dem Beispiel seiner Verwandten zu folgen, worauf auch die beiden Herren sich in ihre Zimmer zurückzogen.

Es schlug eben erst zehn, als Windmüller sein Zimmer betrat, und auch ihn wollte jene Müdigkeit überwältigen, die sich als Resultat vertrödelter Stunden selbst bei den tätigsten Menschen einzustellen pflegt, aber er schüttelte das plötzliche Schlafbedürfnis energisch ab im Hinblick auf die Vigilie, die vor ihm lag.

Eine Stunde später stellte er das Erlöschen des Lichts in der im Mezzanin nach dem Garten zu gelegenen Küche fest, und vorsichtig in den Korridor hinausschauend, sah er mit Befriedigung, daß auch dort wie auf dem Vorplatz das Licht abgedreht war. Auch das Piano nobile lag bereits in tiefes Dunkel gehüllt, und falls die Dienerschaft nach erledigter Arbeit auch zur Ruhe gegangen war, wäre der Weg für ihn frei gewesen; doch war dem Frieden noch nicht recht zu trauen, seine Stunde noch nicht gekommen.

Nach Mitternacht zum zweitenmal rekognoszierend, hörte er den Capitano in tiefen regelmäßigen Zügen schnarchen, dann bis zur Schlafstubentür des Conte vordringend, sah er durch das Schlüsselloch, daß auch hier kein Licht mehr brannte, und sein feines Gehör stellte fest, daß auch der Hausherr schlief: unruhig atmend, im Traum undeutlich und unverständlich redend, aber allem Anschein nach fest, vielleicht unter der Wirkung eines Schlafmittels. Gewisse Anzeichen, wie die tiefen schwarzblauen Ringe unter den Augen des Conte, sowie ein leichtes Zittern der abgemagerten Hände hatten in Windmüller schon tags zuvor den Verdacht erweckt, daß jener sich dem Gebrauch von Schlafmitteln ergeben – eine gefährliche Angewohnheit, schwer wieder abzugewöhnen. Heute konnte es Windmüller indes nur recht sein, wenn der Conte unter Betäubung fest schlief, besonders da sein Schlafzimmer direkt über dem kleinen Speisesaal lag, und nachdem er sich noch genau versichert, daß im ganzen Haus kein Laut zu hören war, hielt er den Augenblick zum Handeln gekommen.

In sein Zimmer zurückkehrend, wo auch er schon längst das Licht verlöscht hatte, entledigte er sich in der durch das offene Fenster einfallenden Beleuchtung der hellen Mondnacht seiner Maskierung als Admiral Arrizzi, die er für alle Fälle noch beibehalten, schlüpfte in einen dunklen Pullover, legte einen Ledergürtel an, der eine kleine Tasche mit gewissen Instrumenten zu tragen hatte, und verließ, auf den Gummisohlen seiner Schuhe unhörbar schreitend, in der Hand eine frisch geladene elektrische Taschenlampe, sein Zimmer, ohne ein Knarren von Dielen und Treppenstufen fürchten zu müssen, da er in dem soliden alten Gebäude ja nur teppichbelegte Steinböden zu passieren hatte.

Vor der Tür des kleinen Speisesaals haltmachend, hieß es nun die erste Probe bestehen, aber sein sprichwörtliches Glück war ihm auch hier treu geblieben: die Tür war nicht verschlossen, sie knarrte auch nicht, als er sie, die Klinke vorsichtig herabdrückend, öffnete. Und nun stand er in dem schönen Raum, darin die Fenstervorhänge zurückgezogen waren und genügend Licht von der mondhellen Nacht einließen, um sich auch ohne künstliche Beleuchtung darin orientieren zu können. Das war Windmüller sehr angenehm, denn ihm lag natürlich daran, seine Laterne nur im Notfall zu gebrauchen. Nachdem sein Auge sich an das immerhin unsichre Licht gewöhnt, so daß er jeden Gegenstand zu unterscheiden vermochte, sich auch dessen versichert hatte, daß in der dem Palast gegenüber liegenden Straßenfront alle Fenster in tiefem Dunkel lagen, beschloß er, soweit es sich eben machen ließ, seinem Tastgefühl zu vertrauen, und seine Laterne abgeblendet lassend, stellte er sie auf den nächsten Stuhl und wendete sich der linken, östlichen abgeschrägten Ecke neben der Tür zu, über welcher das Bildnis der Dame mit dem Schmuck der Caterina Cornaro hing. Warum er grade diese Ecke zuerst der Prüfung unterziehen wollte, war einfach instinktiv, indem er den gemalten Schmuck zum Wegweiser nahm. Die Fürstin hatte in völliger Harmlosigkeit ausgeplaudert, daß ihr Vater hinter einem gleich einer Tür sich öffnenden Bilde hervor in den kleinen Speisesaal getreten war, und daß diese so trefflich maskierte Tür ›Klick‹ gemacht, als er sie hinter sich schloß. Folglich war, um sie zu öffnen, kein Schlüssel erforderlich, sondern es mußte ein Schnappschloß vorhanden sein, das vom Saale aus zu betätigen war. Daß die beiden abgeschrägten Ecken dieses Raumes nicht nur da waren, um ihm die Gestalt eines Sechsecks zu geben, war für Windmüller schon beim ersten Sehen eine ausgemachte Sache gewesen, nur hätte er die Vertiefung dahinter nicht für beträchtlich genug gehalten, um sie für mehr als einen Wandschrank zu halten, in welchen ein erwachsener Mensch eintreten konnte. Nun stand Windmüller vor dem Bilde, überlegend, von welcher Seite es sich öffnen lassen dürfte. Er entschied sich für die zu seiner Rechten, denn nahe dabei stand an der Ostwand des Saales das große Büfett, an dessen Ecke das Bild leicht beschädigt werden konnte, wenn es beim Öffnen damit in Berührung kam; folglich mußte die maskierte Tür sich nach jener, die auf den Vorplatz führte, öffnen. Also begann er rechts von sich den Rahmen nach einer dort angebrachten Verschlußfeder zu betasten. Das Muster des Rahmens zeigte eine Fruchtgirlande, die je rechts und links von Widderköpfen getragen herabhing, der Karnies sprang leicht vor. Die Früchte eine nach der andern auf ihre mögliche Beweglichkeit prüfend, fanden Windmüllers Finger sie samt und sonders massiv aus dem vergoldeten Holz geschnitzt, unverrückbar, nicht niederdrückbar. Dies festgestellt, betastete er die Rückseite des Karnieses und fand dort den Rahmen durch eine Reihe von Schrauben an der Wand befestigt. Die Köpfe dieser Schrauben, im Abstand von etwa fünfzehn bis achtzehn Zentimetern angebracht, lagen flach auf der Holzleiste hinter dem Karnies auf, mit Ausnahme des einen, der in einer kleinen Vertiefung lag; in diese preßte Windmüller den Finger fest hinein, da machte es leise, aber deutlich ›Klick‹, und das Bild samt dem Rahmen öffnete sich ein wenig in das Zimmer hinein.

»Na also!« murmelte Windmüller aufatmend. »Wäre der Fürstin dieses verräterische ›Klick‹ nicht so deutlich in Erinnerung geblieben, dann hätte ich lange hier stehen dürfen und mir den Kopf zerbrechen, wie diese verflixte Tür zu öffnen ist. Hoffen wir, daß der Rest auch nur Kinderspiel ist.«

Bevor er das aber prüfte, ging er, seine abgeblendete Laterne in der Hand, zu den beiden Fenstern, um deren schwere, gelbseidne, grau gefütterte Vorhänge dicht zuzuziehen, damit aus den gegenüberliegenden Häusern kein unvermuteter Beobachter hereinsehen konnte; dann öffnete er die Verblendung der Laterne, und wieder vor das Bild tretend, drehte er es gleich einem Türflügel vollends auf, dabei feststellend, daß dessen Rückwand aus einer schweren, mit Leder überzogenen Matratze, die auf den Holzrahmen aufgeschraubt war. bestand. Dann in die Vertiefung der Ecke hineinleuchtend, sah er zu seiner großen Überraschung nicht etwa den Inhalt des geheimen Tresors, sondern den Hals einer schmalen, abwärtsführenden Spiraltreppe!

»Aha! So also ist die Geschichte«, machte er. »Na denn, vorwärts!« Und nachdem er sich sehr genau dessen versichert, wie das Schnappschloß sich auch von innen öffnen ließ, zog er die maskierte Tür hinter sich bis auf einen ganz kleinen Spalt zu und begann die Treppe hinabzusteigen. Die Stufen waren so schmal, daß der Fuß nur schräg gestellt darauf Platz hatte, aber sie waren solid von Stein, und an der Wand lief, an Haspen befestigt, ein starker Draht, dessen Festigkeit Windmüller jedoch ungeprüft ließ. Auf den Stufen lag dicker, vermoderter Staub, der Spuren von hinauf- und hinabführenden Füßen zeigte, und an mehreren Stellen wie weggefegt erschien.

Schmale, enge Spiral- oder Wendeltreppen, und noch dazu hier, wie in einem Kamin hinabzusteigen, sind schon an sich auch für Schwindelfreie eine Aufgabe; obgleich Windmüller sich rühmen durfte, schwindelfrei zu sein, mußte er doch ein paarmal stehenbleiben, denn diese Treppe nahm und nahm kein Ende! Ohne auch nur einen Absatz, einen Haltepunkt, führte sie in eine unbegreifliche Tiefe abwärts, – seiner Berechnung nach über das Mezzanin und die ganze, enorme Höhe der Eintrittshalle hinab, bis, nein, noch weit unter das Souterrain in die Grundmauern des Palastes.

Aber irgendwo mußte die Treppe doch einmal münden. Viel länger ließ sich auch kaum mehr die schwüle, drückende Luft in dieser kaminartigen Röhre ertragen, in der sie sich hinabwand – eine atemberaubende Luft, in der, je tiefer es ging, immer deutlicher wie ein Hauch von Moder und Verwesung schwebte. Ja, endlich, endlich endete diese schreckliche Treppe auf einer kleinen Plattform vor einer schweren, eisenbeschlagenen Tür, in deren Schloß ein Schlüssel steckte.

»Der verdorbene, fortgeschickte Schlüssel! Ich wußte es doch, daß der Conte gelogen hat! Natürlich, um den Abgang des Schmuckes nicht einzugestehen!« rief Windmüller unwillkürlich halblaut aus, doch ehe er die Hand ausstreckte, die Tür aufzuschließen, mußte er sich den Schweiß abtrocknen, der ihm in Strömen von der Stirn bis in die Augen lief, und es bedurfte einer starken, moralischen Anstrengung, eine plötzliche Anwandlung von Übelkeit zu überwinden, die ihn überfiel. Indes stand sein ganzer Jagdeifer nun auf dem Höhepunkt, jetzt, wo es galt, sich durch den Befund zu überzeugen, daß der Schmuck in dem Tresor nicht mehr vorhanden war; und mit der Hand den Schlüssel fassend, drehte er ihn erst nach links, dann nach rechts, und bei beiden Versuchen Widerstand findend, drückte er die breite, eiserne Klinke nieder, und siehe da! die Tür ging nach innen auf, weil sie ganz einfach überhaupt nicht verschlossen war.

Was Windmüller, mit seiner Laterne in den vorerst nur handbreit geöffneten Spalt der Tür hineinleuchtend, erblickte, war eine Wand, über der ein konischer Luftschacht angebracht war, der vermutlich in eine Esse mündete. An der Wand entlang zog sich ein Gestell oder Regal von altersschwarzen Brettern, auf dem in Lederhüllen und Etuis verpackte Gegenstände lagen und auch der lederbezogene Koffer stand, dessen die Fürstin als Behälter für das Haupt des hingerichteten Vorfahren erwähnt. In die Mitte des Regals war ein doppeltüriger Kasten oder Schrein eingebaut, in dessen Schloß der Schlüssel steckte.

»Aha! Nun ja, da haben wir's wieder! Dieser liebe Conte hat es mir wirklich fabelhaft bequem gemacht«, murmelte Windmüller und setzte im selben Atem hinzu: »Pfui Teufel, wonach riecht es denn hier so infernalisch?«

Um in den anscheinend schmalen, aber ziemlich tiefen Raum eintreten zu können, stieß er die Tür weiter auf, und hineinleuchtend, fuhr er entsetzt einen Schritt zurück, denn was er drinnen erblickte, war so unerwartet furchtbar, daß es ihm den Atem nahm, und er, eiskalt geworden, sich überwinden mußte, die Schwelle der Tür zu überschreiten, um nun pflichtgemäß kalten Blutes jede Einzelheit dessen zu besichtigen, was er hier gefunden.

Dann, ohne auch nur einen Blick noch auf den Schrein inmitten des Regals zu werfen, dessen Schlüssel er mit ausgestreckter Hand hätte erreichen können, zog er, auf die Plattform zurücktretend, die Tür hinter sich zu und verschloß sie mit dem sich leicht im Schloß drehenden Schlüssel, den er abzog und einsteckte. Hierauf stieg er die endlos hohe Treppe wieder hinauf, schloß die Tür mit dem Bildnis der Dame hinter sich mit dem leisen, aber deutlichen ›Klick‹ und kehrte ungehindert in sein Zimmer zurück.

Dort warf er sich, wie er war, auf sein Bett, als grade die Turmuhren die erste Stunde nach Mitternacht schlugen. So wenig Zeit, viel weniger, als ihm vorgekommen, hatte die ganze Expedition nur gebraucht; so glatt, so ohne jedes Hindernis, ohne auch nur die Spur einer möglichen Gefahr war die ganze Sache verlaufen.

Daß Windmüller während des Restes dieser Nacht auch nur ein Auge zum Schlaf geschlossen, durfte er mit Sicherheit verneinen; es hätte jedoch einer so langen Vigilie nicht bedurft, um sich ganz klar darüber zu werden, was seine Pflicht ihm zu tun gebot. Vollkommen wach im Dunkeln liegend, dann durch die offen stehenden Fenster das erste, leise Grauen des neuen Tages dämmern sehend, das in opalartiges Licht überging und als Vorbote der aufgehenden Sonne die Umrisse der im Zimmer befindlichen Gegenstände erst als violette Schatten andeutete, dann sie silbern umsäumte, grüßte er das erste Aufleuchten des jungen Morgens mit befreiendem Aufatmen, und nun aufstehend, legte er noch einmal die Maske des Admirals an. Dann packte er seine Sachen ein und wartete am Fenster auf das erste Zeichen des Erwachens im Hause. Die Sonne geht zu dieser Jahreszeit zeitig auf, doch war es noch viel zu früh zum Aufstehen der Dienerschaft, und erst nachdem die Glocken Roms zum ›Angelus‹ geläutet, hörte er drunten das Öffnen der Tür zum Garten, sah er den Majordomo wie gestern heraustreten, in der Hand eine Gießkanne, die Blumen zu begießen.

Nun verließ Windmüller sein Zimmer, klopfte an dem des Capitano an, und da dies trotz mehrfacher Wiederholung die Schnarchsymphonien des Schläfers keineswegs unterbrach, trat er durch die unverschlossene Tür bei ihm ein, rüttelte ihn wach und sagte, nachdem dies endlich gelungen war:

»Es tut mir leid, Sie aus Ihrem schönsten Schlummer wecken zu müssen, aber der Admiral muß mit dem Frühzug nach Neapel abreisen, und Sie werden ihn ganz selbstverständlich auf den Bahnhof begleiten.«

»Ja, warum um alles in der Welt?« rieb sich der Capitano den Schlaf aus den Augen. »Sie sagten doch gestern –«

»Gestern wußte ich noch nicht, ob und wann ich den Zweck meines Aufenthalts in Ihrem Hause erreichen würde«, fiel Windmüller ein. »Dies ist nun geschehen –«

»In dieser Nacht doch unmöglich!«

»Gewiß, in dieser Nacht. Und nun muß ich eilen, fortzukommen, weshalb ich Sie bitte, sich schleunigst anzuziehen, damit mein Abschied mit den erforderlichen Zeremonien, die der Rang Ihres Gastes erfordert, ins Werk gesetzt wird. Über die Plötzlichkeit meines Entschlusses können Sie hier fabeln, was Ihnen gut dünkt, nur die sonst so gute Ausrede einer plötzlich erhaltenen Depesche dürfen Sie nicht gebrauchen, weil eine Drahtbotschaft nicht durch die Luft geflogen kommt, sondern durch die Haustür herein muß. Sagen Sie meinetwegen, daß der ›Admiral‹ den Spleen hat und sich infolgedessen einbildete, Hals über Kopf abreisen zu müssen – mit einem Wort: annähernd verrückt ist. Und nun presto, Herr Commendatore, presto!«

»Ja, ja, ich werde mich beeilen. Aber Sie müssen doch erst frühstücken – –

»Ich pfeife auf das Frühstück! Sie können ja sagen, daß ich im Speisewagen nach Neapel frühstücken will. Von *mir* aus könnte ich ja einfach fort, wie ich stehe und gehe – *Ihretwegen* soll die Komödie mit allem Drum und Dran zu Ende gespielt werden!«

»Capisco!« versicherte der Capitano der aus ganz persönlichen Gründen froh war, den ›Gast‹ auf gute Manier loszuwerden, dessen fingierte Persönlichkeit ohnedem schon durch die unerwartete Ankunft der Fürstin Campoverde für ihn, den Capitano, zu Unannehmlichkeiten führen mußte, wenn sie in aller Harmlosigkeit erzählte, daß sie bei ihrem Bruder mit dem Admiral Arrizzi zusammengetroffen sei und letzterer auf Umwegen davon erfuhr. Denn man kann nie wissen, wie der Teufel kutschiert.

Fürs erste enthielt der Capitano sich heldenmütig jeder Frage an Windmüller, und setzte dessen ›Abreise‹ mit einer Schnelligkeit ins Werk, die nichts zu wünschen übrig ließ. Bald stand das rasch geholte Auto vor dem Portal des Palazzo, die Herren stiegen ein, nachdem der ›Herr Admiral‹ dem braven Majordomo eine fürstliche Mancia[33] in die Hand gedrückt, der zweite Diener schwang sich auf den Sitz neben dem Chauffeur, und das Vehikel fuhr nach dem Hauptbahnhof ab.

»So, das wäre nun zur Wahrung der Form soweit in Ordnung«, sagte Windmüller unterwegs. »Sie haben mich ja verstanden, warum ich darauf bestehen wollte. Nun bleibt Ihnen noch, Ihren Verwandten meine Empfehlungen und Entschuldigungen für die hastige Abreise zu stammeln. Gleichfalls mit Rücksicht auf Sie lasse ich Sie auch noch in Unwissenheit über das, was ich in Ihrem Hause für meine Aufgabe erreichte. Sie werden es bald genug erfahren.«

»Ich gestehe offen, daß es mir schwerfällt, mich Ihrer jedenfalls besseren Einsicht zu unterwerfen, und Sie wissen, daß es nicht nackte Neugier ist, die mich drängt, mehr als nur eine Frage auszusprechen«, erwiderte der Capitano beklommen. »Es ist ja nicht schwer zu erraten, daß Sie mir Gutes, Hoffnungsvolles kaum mitzuteilen haben, mithin, was Sie bei uns in Erfahrung gebracht, nicht grade erfreulich sein dürfte. Nein, nein, ich will Sie nicht auszupumpen versuchen, aber, hol's der Teufel, was Sie bei uns erreicht haben wollen, geht über meinen Horizont! Sie haben geschlafen, mit uns gegessen, haben stundenlang Bridge mit uns gespielt – Sie müssen ja reinweg ein zweites Ich haben, das während des ganzen gestrigen Tages, abgesondert von Ihrer gegenwärtigen Gestalt, irgendwo und irgendwie herumgeisterte! Gestern vormittag waren Sie allerdings während einer Stunde ausgegangen –«

»Oh, ich war nur auf der Post, einen Brief von meiner Frau abzuholen«, flocht Windmüller mit Unschuldsmiene ein.

»So, so! Nun ja, Sie sagten mir vorhin auch, daß Sie während der vergangenen Nacht erfahren haben, was Sie zu wissen wünschten. Ausgerechnet während der Nacht! In unserm Hause! Dottore, Sie geben mir ein Rätsel auf, für das mein Kopf zu schwach ist.«

»Ich kann mir schon denken. daß Sie es unbegreiflich finden. Nur noch ein wenig Geduld, dann werde ich alle Ihre Fragen restlos beantworten! Ich bitte darum in Ihrem eignen Interesse.«

Der Capitano antwortete nur durch einen schweren Seufzer. Indem fuhr das Auto auch schon vor dem Hauptbahnhof vor, Windmüller winkte einem Facchino, übergab ihm sein Gepäck, umarmte dann zur Erbauung des überflüssigerweise mitgefahrenen Dieners den Capitano, indem er ihm zuflüsterte, ›er solle jetzt nur gleich zurückfahren‹, was dieser verstehend sofort befolgte. Windmüller telephonierte nun seinem Diener, ihn zu erwarten, und fuhr sodann in einem geschlossenen Auto nach seiner Villa, wo Pfifferling ihn grinsend empfing, sich aber wohlweislich hütete, seinem Herrn ein Erkennungszeichen zu geben, solange der Chauffeur noch zusehen konnte.

Nachdem Windmüller in seinem Zimmer die Maske des Admirals abgelegt und sich an den bereits gedeckten Frühstückstisch gesetzt, befahl er Pfifferling, Livree anzulegen, um einen Brief, den er alsbald schreiben wolle, im Palazzo Pavonazetti abzugeben.

»Den Weg dahin finde ich jetzt schon im Schlaf«, versicherte Pfifferling strahlend. »Ich habe in der Trattoria dem Palazzo fisafis jejenüber jestern wieder Makkaroni gespissen, und dabei den Herrn Doktor janz erjebenst in einem Auto vorfahren und rinjehen jesehen.«

»Ich habe Sie auch gesehen«, sagte Windmüller. »Es war überflüssig, daß Sie noch einmal in die Trattoria gingen, aber da Sie ja nicht wußten, daß ich in dem Palazzo war, so tut es nichts. Haben Sie etwas zu berichten?«

»Befehl, Herr Doktor. Die Wirte der Trattoria und die Leute in der Jasse haben anjefangen zu munkeln, daß die verreiste Frau Contessa sich mit dem Herrn Jemahl verkracht haben soll. Und weil kein Mensch ihr abreisen jesehen haben will – jrade, als ob es nötig wäre, daß man mit Pauken und Trompeten zum Verjnügen der janzen Straße in ein Auto rinklabastern müßte! –, da zerbrechen sich nun die ollen und jungen Klatschbasen die Köppe, weshalb sie nachts abjeschrammt ist, wo doch niemand bei zusehen konnte. Von der Dienerschaft im Palazzo sei reinweg nichts zu erfahren; so was, wie die über Tun und Treiben ihrer Herrschaft das Maul halten könnten, sei noch nicht dagewesen. Ich konnte natürlich nicht sagen, daß sie in mich auch so'n Exempel von Beispiel mit Makkaroni zu futtern die Ehre hätten. Und die Wirtsleute wußten auch, daß vorjestern jejen abend Besuch in den Palazzo jekommen war, jedenfalls ein hoher Herr, den der jnädige Onkel des Herrn Jrafen höchstselbst mit Dienerschaft anjefuhrwerkt brachte. Wer der hohe Herr war, konnte ich mich jestern mittags mit eijnen Augen überzeugen, denn ich durfte doch janz erjebenst zusehen, wie er sich hier Bart und Nase anpappte. Ich habe mir insjeheim einen Ast jelacht.«

»Ich gönne Ihnen dieses Privatvergnügen«, sagte Windmüller gnädig. »Und nun trollen Sie sich, damit Sie fertig sind, wenn ich den Brief geschrieben habe, den Sie dem Majordomo des Palastes zu eignen Händen abgeben sollen.«

Dieser Brief, adressiert an S. E. Don Mario Pavonazetti, Conte del' Poggio-Oliveto, dessen Wortlaut Windmüller längst überlegt, war kurz und bündig:

»Herr Graf!

Ich gebe Ihnen nach Empfang dieser Zeilen vierundzwanzig Stunden Zeit, dem Herrn Marchese Aquacalda in Viterbo mitzuteilen, was sich *in dem unterirdischen geheimen Tresor Ihres Hauses befindet*. Sollten Sie die Ihnen gestellte Frist nicht einhalten, so würde ich die Konsequenzen daraus ziehen, das heißt unverweilt den zuständigen Behörden Anzeige erstatten. Den Schlüssel zu dem Tresor behalte ich als Pfand zurück, bis ich weiß, daß Sie Ihre Pflicht erfüllt haben.

Dr. Franz Xaver Windmüller.«

Den Brief abgesandt, blieb Windmüller nichts übrig, als die Wirkung desselben abzuwarten. Zunächst benutzte er diese Zeit, um etwas von dem Schlaf der letzten beiden Nächte nachzuholen, was freilich infolge seiner noch stark erregten Nerven nur unvollkommen gelang. Als der lange Tag dann dem Abend gewichen war, ohne daß irgendwelche Botschaft aus dem Palazzo Pavonazetti oder auch aus Viterbo eingetroffen war, wollte er sich gegen zehn Uhr zur Ruhe begeben, da er die Nutzlosigkeit weiteren Wartens einsah, als er draußen vor seiner Gartenpforte ein Automobil vorfahren hörte, und gleich darauf läutete die Hausglocke Sturm.

»Aha! Der Conte beehrt mich mit seinem Besuch«, deutete sich Windmüller dieses vielsagende Anzeichen. »Hm! Dieser Nobile dürfte sich nicht grade in einer sehr rosigen Stimmung befinden und darum kein ungefährlicher Zeitgenosse sein, weshalb wir uns doch lieber gegen etwaige gewaltsame Argumente seinerseits sicherstellen wollen.« Damit nahm er aus seiner Schreibtischschublade einen kleinen Browning und steckte ihn entsichert in die Tasche seiner Joppe, was kaum geschehen war, als auch Pfifferling schon anklopfte, aber zu keiner Meldung kam, denn ihm folgte auf dem Fuß – nicht der Conte, sondern der Capitano mit allen Anzeichen heftigster Erregung.

»Verzeihung, daß ich so ohne weiteres bei Ihnen eindringe, aber ich muß Sie sprechen«, stammelte er und sank auf dem nächsten Stuhl in sich zusammen.

Windmüller winkte Pfifferling, hinauszugehen, nahm den Revolver aus der Tasche, legte ihn gesichert zur Seite und holte aus dem nebenan liegenden Eßzimmer ein mit Kognak gefülltes Glas, das er dem Capitano reichte, der es mit zitternder Hand ergriff und mit einem Zuge leerte. Dann nach ein paar tiefen Atemzügen sagte er sichtlich erfrischt:

»Ich danke Ihnen, Dottore, und bitte um Entschuldigung, daß ich mich aufgeführt habe wie ein hysterisches Frauenzimmer. Die Ursache ist diese: Mein Neffe erhielt heut vormittag einen Brief, der von einem bei uns unbekannten Privatdiener abgegeben worden war. Ich erfuhr das von Andrea, als er mir meldete, daß mein Neffe zur Colazione nicht erscheinen würde, was mich nicht beunruhigte, weil das in letzter Zeit öfter vorgekommen. Meine Nichte war schon vorher nach Viterbo gefahren, von wo sie im Lauf des Nachmittags telephonierte, daß sie bei den Aquacaldas übernachten wolle, und mich bat, mich morgen früh auch dort einzufinden. Beim Pranzo blieb ich dann auch allein, da mein Neffe dazu nicht erschien, mich aber durch Andrea bitten ließ, nach der Mahlzeit bei ihm vorzusprechen. Als ich bei ihm anklopfte, erhielt ich keine Antwort, und in der Meinung, daß ich seine Aufforderung einzutreten überhört hatte, öffnete ich die Tür und sah ihn zu meinem Schrecken mit dem Kopf vornüber auf seinem Schreibtisch liegen, in der ausgestreckten Hand noch die Feder haltend. Auf meine Frage, ob ihm unwohl sei, bekam ich keine Antwort, und mich über ihn beugend, sah ich, daß er ohnmächtig geworden sei. Ich rief sofort Andrea herbei, und als wir Mario aufrichteten, um ihn auf sein Bett zu tragen, sahen wir, daß er tot war. Ich ließ sofort unsern Hausarzt holen, der meine immer noch offne Annahme leider nur bestätigen konnte.«

»Ah!« machte Windmüller trocken.

»Nein – nicht was Sie denken! Es war ein natürlicher Tod, wie der Arzt ganz einwandfrei erklären konnte: ein Gehirnschlag, verursacht durch seelische Erschütterung und durch Mißbrauch von Schlafmitteln, die er in letzter Zeit, wie Andrea bezeugte, mir nun begreiflicherweise zum Erzwingen der sich ihm versagenden Ruhe gebraucht. Überlegend, ob ich heut noch meiner Nichte die Trauerbotschaft nach Viterbo telephonieren oder besser damit bis morgen früh warten sollte, ging ich zum Schreibtisch meines Neffen, um dort etwaige herumliegende Papiere wegzuschließen, da fiel mir als erstes Ihr Brief, Dottore, den Sie heut früh durch Ihren Diener abgeben ließen, offen daliegend in die Hände, daneben der Schreibblock, auf dem mein Neffe noch geschrieben, als der Tod ihn überraschte und er, vornüberfallend, die letzten Worte verwischte. Ich gestehe, daß mir das Blut in den Adern erstarrte, als ich Ihren Brief las, obwohl ich ja noch gar nicht imstande war zu begreifen, was die Ursache des Ultimatums war, das Sie meinem Neffen stellten. Aber dieses Ultimatum dünkte mich so furchtbar, daß ich mich als ältester Repräsentant der Familie für berechtigt hielt, die letzten Aufzeichnungen des Verblichenen zu lesen. Ihr Inhalt hat mich in die entsetzlichste Aufregung versetzt, unter deren Einwirkung ich Hals über Kopf zu Ihnen fuhr. Ich habe die Blätter mitgebracht und stelle Ihnen anheim, sie zu lesen.«

Ich bin nicht gewohnt, mir von einem wildfremden Menschen befehlen zu lassen, schrieb der Conte ohne Überschrift unter dem Datum des Tages. Am allerletzten würde ich solch' einen unerhörten Übergriff in meine Rechte dem Dr. Windmüller zugestanden haben, dem ich wenige Tage vor diesem mein Haus verboten hatte. Aber sei es drum – ich gestehe offen ein, daß der Inhalt seines Schreibens, das mir heut früh zugestellt wurde, mir den Rest gegeben hat. Unerfindlich ist mir nur, wie dieser Mensch in den geheimen Tresor meines Hauses gelangt sein kann, da ich ganz sicher bin, daß kein fremder Fuß seine Schwelle überschritten hat, auch darauf schwören kann, daß von meiner Dienerschaft keiner ihn durch Bestechung eingelassen hat, er auch selbst in diesem unmöglichen Falle nicht wissen konnte, wo der Tresor sich befindet, von dessen Lage selbst die Mitglieder meines Hauses keine Ahnung haben. Doch darauf kommt es jetzt nicht mehr an. Ich bin sogar froh, daß dieser Windmüller durch die ihm zur Verfügung stehenden, an Zauberei grenzenden Mittel der Qual ein Ende gemacht hat, die ich nicht mehr zu ertragen vermochte. Ich versichere jedoch feierlich, daß weder die Flucht in die Ferne noch auch in den Tod meine Absicht je gewesen, denn ein Pavonazetti von Poggio-Oliveto ist kein Feigling, aber ich hoffte von Tag zu Tag, daß ein natürlicher Tod mich endlich von der Qual dieses Daseins erlösen würde. Gebrochen, wie ich an Seele und Leib bin, war ich mir jedoch wohl bewußt, daß ohne eine Sühne hinieden der Friede weder in diesem, noch im künftigen Leben, an das ich fest glaube, möglich für mich ist, und darum, nicht weil der Dr. Windmüller es befiehlt, will ich durch das Folgende versuchen zu erklären, was ich als meine Schuld bekenne.

Es tut mir leid, den Eltern meiner Frau den Schmerz machen zu müssen, es auszusprechen, daß meine Ehe mit Giacinta Aquacalda die Wurzel alles Übels war. Wenig sympathisch, wie sie mir schon von ihrer Kindheit an war, wäre es für uns alle besser gewesen, ich hätte den ungeheuern Verstoß gegen das Herkommen begangen, von einem Verlöbnis zurückzutreten, das nicht auf Neigung, sondern auf einer Familienverabredung beruhte. Aber ich hatte nicht den Mut, dem Hause Aquacalda diese Beleidigung zu bieten. Schließlich kannte ich auch meine Braut viel zu wenig, um Stellung gegen sie zu nehmen. Ich sah sie nur selten, und dann immer nur in Gegenwart ihrer Mutter oder einer Ehrendame, was ein Heraustreten aus uns selbst natürlich ausschloß. Sie war noch so jung, daß alle geistigen Möglichkeiten in ihr sich noch entwickeln konnten, und endlich fanden die meisten ihr Äußeres so eigenartig, daß man mir vorweg zu einer so schönen Frau Glück wünschte. Schönheitsbegriffe unterliegen dem Zeitgeist sowohl wie dem persönlichen Geschmack. Über das, was man in ihrem schmalen, blassen Gesicht als besonders reizvoll und pikant pries – über ihre fast farblosen Augen kam ich nicht hinweg, denn diese Augen waren leer wie die einer antiken Marmorstatue, sie waren leer wie ihr Kopf, in dem nur drei Gedanken Platz hatten: Kleider, Schmuck und Tanz. Und von diesen nahm ihre gradezu krankhafte Leidenschaft für den Tanz den weitaus größeren Raum ein.

Es war aber immerhin nicht ausgeschlossen, daß in Giacintas junger Seele, falls sie überhaupt eine hatte, alles das, was dem Leben den Wert verleiht, nur schlummerte, und ich habe mir redlich Mühe gegeben, es zu wecken. Vergebliches Bemühen, wie ich nur zu bald einsehen mußte! Meine Interessen fanden nicht die Spur eines Verständnisses bei diesem ziel- und zwecklos durch die Stunden und Tage gaukelnden Schmetterling; sie gab sich auch nicht die geringste Mühe, die Langeweile zu verbergen oder zu verschleiern, die ich ihr verursachte; Theater, Konzerte, die Künste langweilten sie ebenso, sie wollte nichts, als sich amüsieren und tanzen, tanzen, tanzen!

Anfangs dachte ich: Nun ja, es ist das Neue dieses sogenannten Vergnügens, das ihre Jugend berauscht, und mußte bald einsehen, daß es nicht einmal das war, was die Tanzwut in ihr geweckt, denn Giacinta war trotz ihrer jungen Jahre überhaupt nicht jung. Lieber Gott, dem Übermut der Jugend verzeiht man viel und gern! Nein, ihr ganzes Wesen war weder jung noch alt, sondern nur ein Vacuum: Kopf, Herz und Hände tatenlos, nur ihre Füße hatten das Bedürfnis, sich gleich einem Perpetuum mobile zum Klange einer Tanzmusik unablässig, unermüdlich zu bewegen.

Ich gestehe offen ein, daß diese Eigenschaft mich einfach rasend gemacht hat. Man hat mich versteckt und auch direkt der Eifersucht beschuldigt. Vollkommen mit Unrecht! Ich bin nicht einen Augenblick zur Eifersucht gereizt worden, wenn ich sah, daß unsre junge Männerwelt Giacinta ihrer eigenartigen Erscheinung wegen auffällig huldigte, ihr vermutlich auch mit heißen Worten und Blicken näher zu treten versuchte. Denn ob diese Männer schön oder häßlich, dumm oder klug, bedeutend oder nichtssagend waren, berührte sie auch nicht im geringsten, sie sah in der jungen Männerwelt nur lebende Mittel zum Tanzen. Ich weiß ganz genau, daß der Maler Terni für ihren Bevorzugten, wenn nicht für mehr galt – es lohnt nicht der Mühe, das als dummen Klatsch zu erklären. Terni sah in Giacinta nichts, als ein höchst originelles Modell für seinen Pinsel, sie in ihm den Verherrlicher ihrer Schönheit, vor allem aber den Veranstalter rauschender Atelierfeste, die sie durchtanzen konnte. Soweit hätte ich ruhig zusehen können, aber nachdem ich das ein paarmal getan, hielt ich es mit der Würde einer Contessa del' Poggio-Oliveto, die meine Frau doch war, für unvereinbar, diesen Bacchanalien fernerhin beizuwohnen, die ganz dazu geeignet waren, dem guten Ruf einer jungen Dame unvertilgbare Flecken anzuhaften.

Ein Atelierfest ›in Rot‹ bei Filippo Terni war dann die Ursache zu der Katastrophe.

Ich erklärte Giacinta unter vollkommen ruhiger und klarer Darlegung meiner Gründe, daß wir dieses Fest nicht besuchen würden, und stieß damit auf hartnäckigen Widerstand, denn ›es sollte ja doch auf diesem Fest ein neuer Tanz zum erstenmal getanzt werden!‹ Und wenn ich nicht mitgehen wolle, dann könnte ich gern zu Hause bleiben; als verheiratete Frau brauche sie keine Begleitung, habe auch schon andre Feste ohne mich besucht und so weiter. Vergebens suchte ich ihr zu erklären, daß der Unterschied in den Häusern und Personen liege, die eingeladen hatten, daß Terni Junggeselle sei, zu dem eine Dame ihres Ranges allein nicht gehen dürfe, ohne ihren Ruf zu gefährden – kurz, ich verbot ihr den Besuch des Roten Festes. Zur Antwort nannte mich Giacinta ein steifes, ledernes Fossil, das mit ganz unmodernen, verrotteten Anschauungen behaftet sei, und es fiele ihr nicht im Traume ein, sich an mein albernes Verbot zu kehren.

Ich weiß, daß es unrecht war, mich durch solch' kindisches Betragen zu einem Zorn hin reißen zu lassen, der jede Regung der Vernunft in mir erstickte, daß ich mich selbst nicht mehr kannte. Von Natur wohl gelegentlich heftig, war ich zu Gewalttätigkeiten nicht eigentlich geneigt; mir lag nichts ferner, als mich an einer Person, besonders nicht an einer Frau zu vergreifen. Hätte Giacinta auch nur eine Spur von Einsicht besessen, die Sache für dieses eine Mal auf sich beruhen zu lassen, so hätte nie geschehen können, was nie wieder gut zu machen ist. Aber der leere Kopf dieses Weibes war keiner Einsicht zugänglich, was ich doch längst wußte und mich danach hätte richten müssen, wenn nur *meine* Einsicht, meine Geduld und die Lehren meiner Erziehung unter der schweren Herausforderung nicht wie Rauch zum Fenster hinausgeflogen wären! Es ist keine Entschuldigung, soll auch keine sein, wenn ich anführe, daß schon andere Leute, bessere wie ich, ihrem Zorn erlegen sind, weil man doch eben nur ein Mensch ist, dessen Ertragen Grenzen gesteckt sind.

Als am Tage des Roten Festes Giacinta während der Colazione von mir forderte, ihr für den Abend den Familienschmuck zu geben, den die Damen meines Hauses nur bei feierlichen Gelegenheiten tragen, da war ich nahe daran, den letzten Rest meiner Selbstbeherrschung zu verlieren, denn ich sah daraus, daß sie tatsächlich entschlossen war, das Fest gegen mein Verbot zu besuchen. Es gelang mir aber ruhig zu bleiben, indem ich ihr den Schmuck verweigerte, der durch solch' eine Gelegenheit in meinen Augen profaniert worden wäre, doch mein Blut wandelte sich in Gift und Galle, böse Gedanken stiegen in mir auf – Gedanken, die zu hegen ich nie für möglich gehalten hätte. Mit mir und diesen schlimmen Eingebungen ringend, traute ich mir nicht zu, am Pranzo teilzunehmen, um meinen Onkel und die Diener nicht Zeugen einer Szene werden zu lassen, falls Giacinta wirklich fest entschlossen war, das Fest zu besuchen und womöglich wiederholt die Herausgabe des Schmuckes zu verlangen. In meinem Zimmer ruhelos umherirrend, wartete ich darauf, das Auto vorfahren zu hören, das sie zu Ternis Atelier fahren würde. Und was dann geschehen sollte, wenn sie natürlich erst beim Morgengrauen zurückkehrte, müde getanzt – – ich betete, ja ich betete, daß der Himmel mich dann, vom Schlaf überwältigt, nicht hören lassen möchte, wenn sie die Treppe hinaufstieg, an meinem Zimmer vorbei in das ihrige ging – –

Das wäre ihre Rettung gewesen.

Ihr guter Engel hatte sich aber von ihr abgewendet, hatte dem Tanzteufel Platz machen gemußt – oder sie hörte seine warnende Stimme nicht mehr.

Gegen zehn Uhr kam sie herüber zu mir in mein Porzellanzimmer, im rotseidnen Kleid, einen roten, orientalischen Schal mit Goldlahn bestickt umgeworfen, und indem sie im Tanzschritt um die Capo di Monte-Gruppe auf dem Mitteltisch herumchassierte, rief sie lachend, als ob die Sache überhaupt noch nicht besprochen oder ganz in Ordnung wäre:

»Ich komme, mir den Schmuck holen, den du vergessen hast mir zu geben. Signor Terni hat um zehn Uhr eingeladen, und da ich nicht zu spät dort sein möchte, so muß ich das Juwel jetzt haben. Fa' presto[34], Mario!«

Ich wollte auffahren, heftig werden, aber ich beherrschte mich und erwiderte so ruhig als nur möglich, sie müsse mich wohl nicht recht verstanden haben, und wiederholte, daß ich verboten habe, das Fest zu besuchen, und darum auch keine Rede davon sein könnte, ihr den Schmuck zu geben.

Ohne auch nur einen Moment mit ihren Tanzschritten einzuhalten, lachte sie ihr klingendes Lachen, das mir allemal auf die Nerven ging, und fragte, ob dies mein letztes Wort sei. Als ich es, schon schwer gereizt, kurz bejahte, da stand sie still, und ihre mit langen, schwarzen Handschuhen bekleideten Hände gegen die Gruppe des Jagdzugs der Diana stemmend, sagte sie:

»Gut, dann sollst du auch mein letztes Wort hören: Ich werde bestimmt zu dem Roten Fest fahren, und wenn du mir nicht augenblicklich den Schmuck gibst, dann stoße ich die dummen Porzellanpuppen hier hinab auf den Boden, daß sie in tausend Trümmer zerbrechen.«

Zum erstenmal, seit ich sie kannte, sah ich es in ihren farblosen Augen blitzähnlich rot aufleuchten und wußte, daß es ihr Ernst war mit ihrer Drohung und daß ich zu spät kommen würde, wenn ich sie von der Gruppe zurückreißen wollte. Und weil ich nun auch am Ende meiner Geduld angelangt war, so rettete ich die kostbare Gruppe um den Preis meiner Seele.

»Gut«, sagte ich, plötzlich ganz kalt geworden, »es sei, du sollst den Schmuck haben. Aber er liegt in dem geheimen Tresor – du kannst mitkommen ihn zu holen, das spart Zeit.«

Giacinta war sofort bereit, ohne auch nur einen Moment zu zögern, und sie folgte mir, als ich erst die beiden Schlüssel holte, deren ich bedurfte. Ein gewisses Bildnis dient dazu, die Tür zu maskieren, durch welche man auf einer Spiraltreppe zu dem unterirdischen Tresor gelangt. Ohne daß wir unterwegs ein Wort wechselten, stieg ich, eine elektrische Laterne in der Hand, die vielen Stufen hinab, sie hinter mir drein. Ich schloß die Tür auf, die am Fuß der Treppe liegt, und hieß Giacinta durch eine Handbewegung in den schmalen, oblongen Raum eintreten, und nachdem ich die Laterne auf ein Regal gestellt, steckte ich den zweiten Schlüssel in das Schloß eines in das Regal eingebauten Schränkchens, drehte mich plötzlich um, und den langen, seidnen Schal, den Giacinta trug, fest um ihren Mund und Hals windend, warf ich sie rückwärts zu Boden, wo sie, ohne sich zu rühren, liegenblieb, ergriff ein in der Kammer als Reliquie aufbewahrtes Beil, und schlug ihr damit in nur zwei Streichen beide Füße ab.

»So – nun gehe tanzen!« schrie ich, ergriff die Laterne, und die Tür der Kammer hinter mir zuschlagend, rannte ich wie gehetzt die Treppe hinauf in mein Zimmer – – –

So ist es geschehen, und seitdem kommt sie jeden Abend zu derselben Stunde zu mir mit einer Woge von Hyazinthenduft – kommt sie ohne ihre Füße, tanzend, hüpfend, sieht mich an mit ihren weißen Augen, die etwas sagen wollen, was ihr blasser Mund nicht sprechen kann – –

In den Zeitungen stand zu lesen, daß man nachts in den Straßen Roms oftmals eine weibliche Gestalt im roten Kleid und Schal gesehen haben will, sogar Jagd auf sie gemacht hat, daß dieses Phantasma ohne Füße aber so schnell gelaufen, daß niemand es einholen konnte.

War sie das? Will sie von denen, die sie gesehen, erlangen, was ich ihr nie werde gewähren können? Nie, niemals, denn ich bringe es nicht über mich, hinabzusteigen, um den Schlüssel zu dem Tresor, Giacintas Gruft, zu holen, geschweige denn, einzutreten.

Denn ich weiß, wenn ich hineingehe, dann wird sie aufstehen, und – – –

Mit dem unausgeschriebenen Satz, bei dem der Tod den Schreiber überraschte, endete das tragische Bekenntnis des Conte del' Poggio-Oliveto. Schweigend legte Windmüller die Blätter vor sich auf den Tisch, und gespannt sah der Capitano ihn an, bis er endlich die Frage nicht mehr unterdrücken konnte:

»Und nun? Was muß nun geschehen?«

Windmüller faltete die Blätter sauber zusammen und strich sie sorgfältig glatt, bevor er antwortete:

»Wo es keinen Anzuklagenden mehr gibt, hat auch der Ankläger sein Recht verloren. Für diesen kam ja nur der Marchese Aquacalda in Betracht, und nun würde es sich meines Erachtens nach nur noch darum handeln, Ihnen beziehungsweise dem nunmehrigen Chef Ihres Hauses anheimzustellen, ob und wieviel von der Wahrheit der Marchese erfahren soll. Da gibt es zwei Alternativen, von denen eine wie die andre gleich schmerzlich für die Eltern ihrer unwiederbringlich verlorenen Tochter sein würde. Die eine ist, dieses Bekenntnis dem zu übergeben, für den es meinem Ultimatum zufolge niedergeschrieben wurde. Es kann sein, ist aber eigentlich wohl nicht anzunehmen, daß der Marchese es den Behörden übergeben wird, denn wie ich schon bemerkte: Wo es keinen Schuldigen mehr gibt, fällt auch der Ankläger fort. Was hätte dieser auch durch eine Anklage zu gewinnen? Nichts, als einen ungeheuern Familienskandal, ein Aufwühlen von Staub zur Sensation des Publikums. Die andre Alternative wäre die, das Bekenntnis, welches ja an keine bestimmte Person gerichtet ist, einfach zu den Geheimakten der Familie Pavonazetti zu legen und es mir zu überlassen, meinem Auftraggeber, dem Marchese Aquacalda, beizubringen, daß es ratsam sei, mit der Wiederfindung seiner Tochter nicht mehr zu rechnen, da durch die verlorene Zeit seit dem Verschwinden der Contessa deren Spuren vollkommen verwischt seien und man nur annehmen könne, daß sie, schutzlos durch Roms Straßen irrend, einem Verbrechen zum Opfer gefallen ist. Vielleicht ist diese Alternative um ein weniges barmherziger für die Gefühle der Eltern, als die nackte Wahrheit; um so mehr, als ihre

Hoffnung, die verlorene Tochter wiederzufinden, ohnehin nicht mehr allzu groß sein dürfte. Für Ihre Familie wäre damit auch gewonnen, was ich wohl kaum erst zu sagen brauche: Sie alle sind schuldlos an der schrecklichen Tat. – Sie dafür büßen zu lassen, die Sie auch ohne das Wissen Dritter schwer genug daran zu tragen haben, wäre für mein Empfinden eine Ungerechtigkeit.«

»Und Sie verlieren bei einem illustren Klienten den Ruhm, den Fall restlos aufgeklärt zu haben, was auch ungerecht wäre!« rief der Capitano aus.

Windmüller zuckte mit den Achseln.

»Lieber Freund, ich darf Sie doch wohl so nennen,« sagte er herzlich, »meinen Ruhm beziehungsweise meine Eitelkeit kann und will ich in diesem Fall nicht nur mit Seelenruhe, nein, sogar sehr gern in Watte verpackt in die Rumpelkammer stellen. Ich habe Sie und die Fürstin, Ihre Nichte mit Ihrer gütigen Erlaubnis in mein Herz geschlossen, das sich aufrichtig betrüben würde, wenn Ihnen zu der Trauer um Ihren plötzlich in der Blüte seiner Jahre dahingeschiedenen Neffen und Bruder auch noch das schwere Kreuz des Bekenntnisses seiner Schuld aufgebürdet werden sollte. Also handeln Sie ohne Rücksicht auf mich, wie es Ihnen gut dünkt oder wie es der nunmehrige Conte del' Poggio-Oliveto entscheiden wird.«

Der Capitano begnügte sich nicht damit, Windmüller die Hand zu drücken, er sprang im Überschwang seiner Gefühle auf und umarmte ihn mit nassen Augen.

»Mein jüngerer Neffe schwimmt zur Zeit noch auf seinem Kriegsschiff im Ägäischen Meer, aber ich denke, daß ein Funkentelegramm ihm anstandslos Urlaub verschaffen wird, und bis er hier sein kann, will ich es auf mich nehmen, Marios trauriges Bekenntnis zurückzuhalten«, sagte er nach einer Pause.

»Es tut mir ja leid, die lieben Aquacaldas noch länger in Ungewißheit zu lassen, aber ich bin es meinem Neffen, dem nunmehrigen Chef unsres Hauses schuldig, ihm die Entscheidung anheimzugeben. Nur den plötzlichen Tod Marios muß ich natürlich sofort nach Viterbo melden – – o Gott«, setzte er erschüttert hinzu, »schwer liegt die Schuld auf mir, die Katastrophe herbeigeführt oder mindestens doch beschleunigt zu haben, indem ich Sie in unserm Haus unter falschem Namen eingeschmuggelt habe!«

»Darüber brauchen Sie sich keine Vorwürfe zu machen«, versicherte Windmüller, der diese Erkenntnis vorausgesehen und auch danach gehandelt hatte. »Weder Sie noch ich selbst konnten ahnen, was das Resultat meiner Anwesenheit bei Ihnen sein würde. Beide hatten wir nur die eine Absicht: die Contessa wiederzufinden. Dazu hoffte ich, einiges Material in Ihrem Hause zu sammeln. Nur, daß Sie glaubten, daß die Contessa freiwillig fortgegangen sei, während ich die Überzeugung gewann, daß der Conte sie hinausgeworfen habe! Nun hielt ich es für wesentlich zu wissen, ob sie den bewußten Schmuck mitgenommen hatte, denn wenn sie ohne Geld, ja sogar ohne Mantel plötzlich auf der Straße stand, lag es nahe, anzunehmen, daß sie das kostbare Juwel verkauft oder ins Leihhaus getragen, um sich die ihr so notwendigen Mittel zu verschaffen. Ich glaubte freilich eher, daß ihr der Schmuck geraubt, sie des Besitzes wegen getötet worden sei. Der Schmuck aber mußte, um der höchst wertvollen Steine wegen, deren ungewöhnlicher Schliff ihr Auffinden mit ziemlicher Sicherheit voraussetzen ließ, auf die richtige Spur über den Verbleib der Verschwundenen führen. Falls die Contessa demnach den Schmuck nicht mitgenommen, mußte er noch in dem geheimen Tresor sein, oder aber sie hatte ihn, dann hatte der Conte gelogen, als er behauptete, den verdorbenen Schlüssel zur Reparatur weggeschickt zu haben, weil er nicht eingestehen wollte, das Juwel hergegeben zu haben. Von dem einen wie dem andern mußte ich mich durch den Augenschein vergewissern, und zu diesem Ende war ich in Ihrem Hause. Das ist alles.«

»Alles?« wiederholte der Capitano zweifelnd. »Ja, wie war es für Sie denn möglich, den Tresor zu finden, dessen Lage selbst mir nicht bekannt war, jetzt zu dieser Stunde noch unbekannt ist?«

»Nun, Herr Commendatore«, erwiderte Windmüller ausweichend, »Sie wissen ja, es gehört zu meinem Beruf, mit zwei Augen zu sehen und mit zwei Ohren zu hören; ich bin eben gewissermaßen ein zweibeiniger Polizeihund, der auf eine Spur gebracht, auch findet, was er suchen soll. Ein harmlos hingeworfenes Wort, ein Blick etwa, und meine Gabe zu kombinieren wiesen mir den Weg, auf dem ich übrigens die erwarteten Hindernisse nicht einmal fand. Sollte der nunmehrige Conte del' Poggio-Oliveto im Nachlaß seines Bruders keine Notiz finden, die ihm den Weg zu dem Tresor zeigt, dann bin ich erbötig, ihm das gut gewahrte Geheimnis zu verraten. Den Schlüssel, den ich als Pfand mitnahm, übergebe ich Ihnen nun zur Verwahrung; was er verschließt, werde ich selbstredend keiner Seele verraten«, schloß Windmüller, dem daran lag, durch keine Silbe anzudeuten, daß das harmlose Geplauder der Fürstin ihm den Weg zu dem Tresor gezeigt, und hastig setzte er hinzu, um weiteren Fragen des Capitano vorzubeugen:

»Lieber Freund, ich fürchte, Sie sind durch die Aufregungen dieser letzten Stunden viel zu erschöpft, um noch länger darüber zu reden. Zudem liegen Ihnen ja auch noch alle die traurigen und schmerzlichen Anordnungen ob, die das Hinscheiden eines so nahen Angehörigen verlangt. Sollten Sie meiner jetzt oder in Zukunft bedürfen, so seien Sie überzeugt, daß ich allzeit bereit bin, Ihnen mit Rat und Tat beizustehen, soweit es in meiner Macht liegt.«

»Ich weiß, daß ich mich auf Sie verlassen darf, lieber Dottore«, sagte der Capitano dankbar, indem er sich erhob, und die Blätter mit dem Bekenntnis zu sich steckend, setzte er zögernd hinzu: »Wenn man einen Menschen geliebt und geschätzt hat, wie ich meinen Neffen, dann ist es doch sehr hart, ihn nach seinem Hinscheiden in einem andern Licht sehen zu müssen. Wären Sie nicht da, mir das Gegenteil zu beweisen, so würde ich geneigt sein zu glauben, daß er diese Blätter nicht mehr im Vollbesitz seiner geistigen Fähigkeiten niedergeschrieben hat. Verwirrt war sein Geist aber doch wohl am Schluß, dessen letzte Sätze von der Erscheinung seiner Frau phantasieren, daß sie ihn jeden Abend zur bestimmten Stunde heimgesucht, ›um von ihm zu fordern, was er ihr niemals geben konnte‹. Und dann damit einen Zusammenhang mit dem in Roms Straßen gesehenen Phantasma zu suchen – kann der Kopf eines noch klar denkenden Menschen auf solche Gedanken verfallen?«

»Ich kann darin eine Geistesverwirrung nicht erblicken«, versetzte Windmüller ernsthaft. »Von den Beispielen in der Heiligen Schrift abgesehen, haben wir das Zeugnis vieler glaubwürdiger Menschen; ich nenne nur Namen wie Goethe, Kant, Schopenhauer, Blücher, Zurbonsen, Karl Wilhelm[35], Alban Stolz und viele andre, die uns über von ihnen geschaute Erscheinungen Verstorbener berichten. Aber ich leugne, daß ein sogenanntes Medium sie gegen Bezahlung zitieren kann, weil schon der bloße Gedanke an eine solche Möglichkeit eine frivole Verunehrung der Würde des Todes ist. Fast alle uns beglaubigten Erscheinungen haben einen einleuchtenden Zweck gehabt: daß es diesen Dahingeschiedenen durch göttliche Gnade gestattet ward, sich in ihrer irdischen Gestalt zur Erfüllung eines sie nicht ruhenlassenden Wunsches zu zeigen, der entweder bezweckt, auf Erden etwas gutzumachen, oder um eine Fürbitte zu flehen, die sie entsühnen könnte. Darum halte ich es für vollkommen glaubhaft, daß Ihrem Neffen seine unglückliche Frau erschien, um von ihm zu erbitten, was er ihr nicht zu geben vermochte, weil ihm davor graute, in die geheime Schatzkammer hinabzusteigen und nochmals sehen zu müssen, was ich leider – oder zum Glück, wer weiß es? – gesehen: die arme Seele wollte von ihm ein christliches Begräbnis in geweihter Erde. Was war die Schuld der Armen? Selbst wenn sie wirklich solch' ein törichtes Geschöpf war, wie es ihrem Gatten unerträglich wurde, dann hatte sie doch immer noch die begreifliche Unvernunft ihrer großen Jugend zu ihrer Entschuldigung. Was man als eine wirkliche Schuld bezeichnen könnte, hat er ihr in seinem Bekenntnis nicht vorzuwerfen vermocht, während er selbst sich mit so schwerer Schuld belastete. Und warum sollte die arme Seele, die hienieden für ihre unselige Tanzleidenschaft so furchtbar büßen gemußt, nicht auch in den Straßen umhergeirrt sein, in der Hoffnung, sich jemand kundtun zu können, dem es gegeben ward, sie zu sehen, und ihr das zu verschaffen, was ihr – Mörder ihr versagte? Wenn den Zeitungsberichten zu glauben ist – und mir scheint, daß die Beschreibung des Phantasmas, die mit der irdischen Gestalt der Gemordeten so seltsam übereinstimmt, ein Recht dazu gibt –, dann hat sie freilich nichts anderes damit erreicht, als was gedankenlose Menschen in ihrer geistigen Überhebung gewöhnlich nur in solchen Fällen anzufangen wissen, falls die bleiche Furcht, die sie natürlich niemals eingestehen würden, sie nicht gleich zu unrühmlicher Flucht zwingt. Ceterum censeo: ich gebe mich der Hoffnung hin, daß Ihre Familie der armen Seele zuteil werden lassen wird, was sie durch ihr Erscheinen sicherlich erbitten wollte, mit dem allen Heimgegangenen nachzurufenden frommen Wunsch: Requiescat in pace.«

»Povera Farfalla – Amen!« sagte der Capitano, indem er sich erschüttert bekreuzte.

Das Jahr, in welchem sich die Tragödie im Palazzo Pavonazetti zugetragen, war vergangen. in dem ihm folgenden war der Mai wiedergekommen, als eines schönen Morgens Dr. Franz Xaver Windmüller in seiner Villa am Gianicolo in Rom in das Zimmer seiner Frau eintrat, ein paar Briefe in der Hand.

»Die Post hat mir eben zwei Botschaften gebracht, die dich, Liebste, ebenso überraschen, wie sicherlich auch erfreuen werden«, sagte er vergnüglich schmunzelnd. »Bei mir haben sie wenigstens unleugbar diesen Erfolg gehabt, denn ein großes Geheimnis ist gut gewahrt worden. Nun, um dich durch weitere Vorreden nicht länger auf die Folter zu spannen: in dem ersten Schreiben laden uns der Marchese und die Marchesa Aquacalda in aller Form zu der bevorstehenden Vermählung ihrer Nichte, Donna Beatrice Cefalú, Herzogin von Rocca Saracinesca mit dem Signor Enrico Valdoro aus Mailand, wohnhaft in Rom, feierlich in ihren Palazzo zu Viterbo ein.«

»Wahrhaftig? Nein, dieser Valdoro! Solch' ein Duckmäuser! Nicht gemuckst hat er, wenn er uns besuchte, was doch recht oft geschah!« rief Frau Evis, die Hände zusammenschlagend.

»Sagte ich's nicht, daß du überrascht sein wirst?« lachte Windmüller. »Ich war's auch redlich, denn daß der gute Junge auch den Mund halten kann, hätte ich ihm in diesem Maße nicht zugetraut; im Gegenteil war ich durch sein Schweigen über das Thema ›Beatrice Cefalú‹ ganz überzeugt davon, daß man ihm im Palazzo Aquacalda längst gezeigt, wo der Zimmermann das Loch gelassen. Nun, um so besser, und bin ich auch der Meinung, daß wir die Einladung, geschmeichelt wie wir davon sind, natürlich annehmen, nicht? Nebenbei eine schöne Gelegenheit, uns mit einem möglichst unpraktischen Geschenk nobel zu machen, dir ein neues Gewand zuzulegen, und mir, meinen ganzen Ordenssegen zu lüften, damit er nicht verschimmelt. Soviel zu dem ersten dieser Briefe. In dem zweiten, der die ganz große Überraschung enthält, schreibt mir Valdoro selbst aus Mailand:

Hochverehrter und sehr geliebter Signor Dottore!

Wahrscheinlich werden Sie gleichzeitig mit diesen Zeilen die Einladung des Marchese Aquacalda für Sie und Ihre angebetete Gemahlin zur Teilnahme an meiner Vermählungsfeier mit meiner heißgeliebten Bice erhalten. Da drängt es mein Herz, Sie auch von mir aus zu bitten, mit Ihrer beider teueren Gegenwart das hohe Fest der Erfüllung meiner höchsten Wünsche zu verherrlichen, denn nicht nur, daß meine Familie Ihnen durch Ihren Beruf eine Dankbarkeit schuldet, die niemals erlöschen wird, so verehre ich in Ihnen den Urheber meiner irdischen Glückseligkeit. Hätten Sie mir vorigen Sommer nicht Ihren Brief an den Marchese Aquacalda zur persönlichen Bestellung anvertraut, so säße ich wahrscheinlich heut noch im Brunnenhofe von Santa Maria della Quercia malend und wüßte nicht, wie ich mich *Ihr* nähern sollte, die mein ganzes Herz erfüllt – nie wäre es entdeckt worden, daß meine liebe Mutter die Institutsfreundin der Frau Marchesa war; ein Umstand, der mir den Freibrief für den Palazzo Aquacalda verschaffte.

Unsre Hochzeitsfeier wird nur in kleinem Kreise stattfinden, weil es ja kaum ein Jahr her ist, seit Sie dem Marchese die Hiobspost brachten, daß mit einer Wiederfindung seiner Tochter unter den Lebenden nicht mehr zu rechnen sei, indem die über ihrem Verschwinden untätig verstrichene Zeit jede Spur von ihr verwischt habe. Trauer um die Vermißte haben die beklagenswerten Eltern nicht angelegt, da eine positive Bestätigung des Todes der Contessa del' Poggio-Oliveto selbst durch Sie nicht zu erlangen war; aber abgesehen von den äußerlichen Zeichen der Trauer, ist die in den Herzen der beraubten Eltern um ihr geliebtes Kind nicht erloschen, haben sie nie aufgehört, für sie wie für eine Verstorbene zu beten. Es war sehr großzügig von diesen edlen Menschen, meiner süßen Bice die Stelle einer Tochter in ihrem Haus und in ihren Herzen zu verleihen und mir jene ihres erwählten Bräutigams. Dem wurde auch kein unüberwindlicher Widerstand entgegengesetzt, weil meine heißgeliebte Braut mit der ihr eignen, unwiderstehlichen Charakterfestigkeit erklärte, sie würde nie einem andern Mann als mir die Hand reichen. Ohne mich einer Überhebung schuldig machen zu wollen, darf ich aber sagen, daß ich bei der Frau Marchesa und ihrem Gemahl meiner selbst wegen einen dicken Stein im

Brett habe und daß ihr anfänglicher Widerstand nur Formsache war, um dem Kastengeist zu opfern. Nur war uns zur Bedingung gemacht worden, unsre Verlobung geheimzuhalten bis zur offiziellen Anzeige unsrer stattzufindenden Vermählung, und das war auch der Grund, weshalb ich Sie, verehrtester Signor Dottore, und Ihre wunderschöne Frau Gemahlin in Unwissenheit meines Glückes lassen mußte. Alles verstehen, heißt alles vergeben, nicht wahr?

Der Hochzeit werden außer Ihnen nur noch meine Eltern, meine Schwester als Brautjungfer, mein kleiner Bruder als Page, der Fürst von Campoverde mit seiner Gemahlin und deren Onkel, der Commendatore Ubaldo Pavonazetti, beiwohnen. Der jetzige Conte del' Poggio-Oliveto ist zur Zeit noch auf seinem Kriegsschiff abwesend, da er zunächst seinem Beruf als Offizier der Königlichen Marine treu bleiben will.

Indem ich hoffe, Sie an meinem Ehrentage im Palazzo Aquacalda zu Viterbo glück- und freudestrahlend begrüßen zu dürfen, küsse ich Ihrer Gemahlin die Hand und verbleibe in ewiger Dankesschuld Ihr getreuer

Enrico Valdoro

Nachschrift

Fast hätte ich vergessen, Ihnen folgende wichtige Mitteilung zu machen: Zufolge uns erst neuerdings bekanntgewordenen Familienbestimmungen hat im Fall, daß Besitz und Titel des Hauses Cefalú beim Erlöschen des Mannesstammes an die zu Sukzession gelangte weibliche Linie übergehn, der Gemahl der legalen Erbin den Namen und Titel eines Herzogs von Rocca Saracinesca anzunehmen, welche Bestimmung gesetzmäßig verbrieft und versiegelt ist. Davon hatte ich keine Ahnung, als meine süße Bice sich mir verlobte, aber ich denke, es wird mir nicht schlecht stehen, wenn ich vom Traualtar, zudem ich als schlichter Enrico Valdoro geschritten, als rechtmäßiger Herzog von Rocca Saracinesca zurückkehre! Und warum auch nicht? Woher stammten denn die Medici in Florenz und die Torlonia in Rom vor Erlangung ihrer fürstlichen Würden, als aus alten Bankhäusern? Genau wie ich, der Ihnen, verehrtester Signor Dottore, das schon noch mitteilen mußte, damit Sie vor Erstaunen nicht etwa auf den Rücken fallen. Also denn: A tosto, tosto![36]

E.V:

Frau Evis Windmüller brach in ein helles Lachen aus.

»Das ist ja großartig!« rief sie aus. »Nun, da unser junger Freund es in seiner angeborenen Bescheidenheit, vielmehr in seiner köstlichen Naivität selbst findet, so wollen wir ihm gern zugestehen, daß ihm der ›Herzog‹ wirklich nicht schlecht stehen wird.«

»Tja«, lachte Windmüller herzlich mit, »im ›Trompeter von Säckingen‹ heißt's zum Schluß:

Liebe und Trompetenblasen
Nutzen zu viel guten Dingen;
Liebe und Trompetenblasen
Selbst ein adlig Weib erringen«

Man darf also widerspruchslos behaupten, daß nicht nur eine virtuos geblasene Trompete, sondern auch Pinsel und Palette zum gleichen Ziel führen können. Nun denn: Ad multos annos!

Fußnoten

1. Sommeraufenthalt

2. Schlafzimmer

3. Anmerkung der Verfasserin: Dieser wörtlich wiedergegebene Aktikel wurde mir ohne Angabe der Zeitung, aus der er geschnitten ward, im Jahre 1928 zugestellt. Er ist unter der fett gedruckten, oben genannten Überschrift gezeichnet: ›Von unserem Korrespondenten Fr.K. Rom, 28. August.‹ (Jahr nicht angegeben.) Da es mir unmöglich war, den Namen der Zeitung zu ermitteln, so mußte ich mir die Freiheit nehmen, den Artikel ohne zuvor eingeholte Erlaubnis abzudrucken.

4. Erlaubnisschein

5. Gabelfrühstück

6. Meisterstück

7. gemischter Salat

8. Eine auf Abwege geratene

9. Eine Art lombardischer Käse

10. Gasthof

11. erster Hauptstock mit den Gesellschaftsräumen

12. Edelmann

13. Staatsanwalt

14. Saison

15. Packträger

16. gest. 1879 im Gefängnis

17. Velletriner siebenmal Schurken

18. Sümpfe

19. Keuschheit

20. liebe Tante

21. Hauptmahlzeit

22. Zwischenstock

23. Helf' Gott

24. Laubengang

25. Amme

26. Esel

27. Mädchen

28. Teuerste Signora ich bin so glücklich!

29. Auf dem Gipfel der irdischen Glückseligkeit.

30.   daß ich nichts gesehen habe

31.   Suppe

32.   Ausflug

33.   Trinkgeld

34.   Mach schnell

35.   Kuhlenbeck

36.   Auf recht bald!

9 788027 312306